名家植物手记系列

大自然的时钟

DAZIRAN DE SHIZHONG

韩育生 著

长江出版传媒 湖北科学技术出版社

图书在版编目（CIP）数据

大自然的时钟 / 韩育生著．— 武汉：湖北科学技术出版社，2019.5（2022.5，重印）
（名家植物手记系列）
ISBN 978-7-5706-0575-0

Ⅰ．①大… Ⅱ．①韩… Ⅲ．①散文集－中国－当代
Ⅳ．① I267

中国版本图书馆 CIP 数据核字（2019）第 018517 号

责任编辑：张丽婷
封面设计：胡　博
插　　图：周一凡
督　　印：刘春尧
责任校对：傅　玲

出版发行：湖北科学技术出版社
地　　址：武汉市雄楚大街 268 号（湖北出版文化城 B 座 13~14 层）
邮　　编：430070
电　　话：027-87679468
网　　址：www.hbstp.com.cn
印　　刷：湖北金港彩印有限公司
邮　　编：430040
开　　本：710×1000　1/16　17 印张
版　　次：2019 年 5 月第 1 版
印　　次：2022 年 5 月第 4 次印刷
字　　数：230 千字
定　　价：55.00 元

序

寻找扎根文学和心灵的自然种子

——北京图书馆十年写作小记

1. 种子落

记得我三岁时在黄土高原乡村院落的土堆上玩耍，身旁趴在牵牛叶子上享用美食的一只青菜虫，不知为何突然快速爬行起来，那个盯着叶子看的懵懂小孩，一时间吓得手足无措，慌忙退缩。但很快，好奇心驱除了瞬间刺激带来的恐惧，小孩开始试着用手去抓那只逃窜的生灵。看着在手心里扭动的虫子，小孩止不住咯咯咯地笑出声来。那种奇妙的感觉，不只是撬动世界一角的开心，还有一种茫然混沌的感知，在四肢百骸里蔓延，似乎眼前的世界一时变大，同时又变得越发奇怪，难以捉摸。手心瘙痒，手臂颤动，那个幼童还不明白，自己的手掌心里正握着一颗随时都会飘散的灵魂。

当我身高有家中猪圈围栏那么高时，已经有资格、有胆量观看猪圈里日渐长大的大白猪进食。似乎永不知饥饱的大白猪，冲向倒食人，带着难忍的冲动，发出一声声殒命般的哀号，翘起的耳朵上下晃动，鼻孔里哼哼唧唧喘着粗气，张开大嘴吞吃鲜嫩的野草、霉变的菜叶、几乎要溢出猪槽的麦糠。大白猪进食的快乐，那份贪婪忘情的满足，刺激又无比难堪的吃相，诱发着人身体里深藏的某种欲望。我抬腿攀上台阶，双手紧抓护栏，下巴抵住猪槽上方的横杠，沉醉在大白猪吞咽食物吧唧吧唧的声音里。大白猪进食的那股欢乐劲，其中一定藏有某种神奇的催眠魔力。那种催眠的魔力，直到进入纷繁复杂、瞬息万变的社会，才让人逐渐明白：所有生命，都会因心底对贪婪的期待，因寻找那份灵与肉的极度满足，变得可敬，可怜，又可悲。

漫天的雪花纷纷扬扬，望不到尽头，灰白色连接了天际所有的端面。我松动一下肩上的书包带，用舌头去接冰凉的透明六角形晶体。整个天空张开比我的嘴更大的一张嘴，似乎正要把世界一口吞下。上学的小路上铺满“白纱”，结了冰晶后，走上去一步三滑。雪有时小，有时大，雪层的厚度累积连绵，像人心上喜乐的变化。放学后，奔入回家的雪路上，冻得通红的双手、面颊，在奔跑中，变得格外纯净、温暖。旷野上看不到人影，几个小孩子尽情打闹，根本不吝啬耗尽身体里所有的活力。最后，累得像中了子弹，仰天直倒在足以盖住半截小腿的雪被里，砸得雪花四溅。半睁的眼睛上，眼睫毛被连绵的雪花敲打。指甲盖大小的雪花，同我的身体形成 90° 的对应。无数降落的白色精灵，一会儿像生成在笔尖上旋转的字迹，一会儿像冰矛落下。身体像灌了铅一样沉重，脑海里的想象，被扑面的雪花牵引得忽远忽近，没有尽头。身心的双重疲惫让人昏昏欲睡。雪上的大梦究竟给了一个小孩多少无声的秘密？不能知道当时的自己是否听懂了冬去春又来的声音。

中间有将近二十年时间，我经历了固执的学校苦读，更有血与汗的社会磨炼。这个时间段里，失落的彷徨，天南海北的迁移，是一条幽曲折叠、暗影斑驳的回廊。朋友对我职业的巨大转变感慨说，真是人生一段漫长的“歧途”。感谢朋友金子般的体谅。私心觉得，自己能有今天安静、快慰的书写，正是因这段将近二十年漫长探索中寻寻觅觅的长征。今天毫不慌乱的写作根基，全藏在这段混沌、艰苦的爬行探索得来的地下矿脉里。当然还有难以言说的幸运，侧道闪现而出的美好机缘，朋友有意无意中的真心引导。所有这些，才让我在面对社会伸出的一双双温暖的充满爱的手时，稍做一点审慎的迟疑，没有那么快地向生活做出妥协。

来北京后安静地写作，等于生命的自我基本完成，对人生只剩一个目标，静待自己一直朝它走去。一路上依然刮风下雨，但这些也只是在证明，写作本身并没有想象的那么一帆风顺。

当心无旁骛，生命里便有圣殿一直存在。

人生最美好的想象里，其实从来都没有过写作。写作在我的身体里藏得如此隐蔽、坚决、可怕，就像一头奸诈凶狠的豺狼。以至于写作多年，依然不能确信，单靠写作，是否能同时拥有一份看透长路的爱情，拥有一份自由抉择的生活？但写作顾不上我的担忧，它无可阻挡地冲进我的生活，把与写作无关的一切撕得粉碎。

写作试图要带给我怎样的超越？这个难题依然会在很多年里困扰我。

有那么多文学上天赋、才华超群的人，竟然都聪明地避开了写作的暗礁，以保证不会把生活的航船撞得粉碎。我曾被尖刻的嘲讽困扰，也听到过善意的规劝。曾以为，这些话里有人生方向的指引。现在则明白，来自他者的参照，来自社会的回音，都不能决定自己脚步的走向。

住昌平时，有几年静静坐在国家图书馆里写作。住大兴时，首都图书馆又成了我写作的书房。在图书馆里定然找不到我想要写作的自然之神的全貌。写作的世界里同时在生成着多样的迷茫。但当与自然主题结伴，空荡荡的写作世界就像是为我打开了一重又一重真实可见的空间。自然的主题里，能明确感知，自己飘散的灵魂始终都在生成着一份凝聚。生命、自然和一个人的灵魂在每一个写作的日子里相互触碰，生命的孤独感与生命试图攀缘抓取的本质像峡谷回音一样激荡、绵延、共鸣。时代的碎片原本是要把我的注意力、我的意志，分解到迷失的世界里去的。但每当写作开始，一切试图削弱我的碎片便开始围绕我旋转。这些幻觉的浪花将一艘写作的航船在时间的海面上浮起。文字刻下去，化为鹿群的蹄印，并为众人所见。缥缈的幻觉，悄然化为真实，变为可看可读的存在。写作的无意义同时与写作紧密相伴，这种感觉总让人难过，却又在读者的回应中证明着精神探索超越金子般的价值。

喜欢大自然，是自己从小生活乡间的本性。自然主题在心里呼唤，让走入山野的脚步，一点一点唤醒另外一个可以和“林妖树怪”结盟的自己。与山花、草木相遇的每一个瞬间，都以别样的方式，对要写下的文字形成冲击。虚与实的交换，思与感的呼应，让隐匿的自然和有形的自然变得形影交错、丰饶多面。走入草木山林，自然的神秘只是被眼睛收集。但在写作时，这枯荣渐变、生死交织的草木山花，又化作铁矛，穿透身体，变为爱意，占领心房，由外而内地把曾经分离的生命之我和自然之我融为一体。

2. 书房与时钟

第一次站在国家图书馆北区的大门前，我心里特别平静。身在其中写作多年之后，我才开始试着勾勒它在我心里的样子。

这个结构新颖、宽敞明亮、安静舒适的建筑其实难以描述。它的外在于我，就是静态一景，那是独立完整的钢结构组成的一本线装古籍和一本现代书籍叠放在一起的建筑景观。当它进入到写作空间，又自成一个变动不息的神秘宇宙。巨大的图书馆并非因钢筋、砖石、水泥的结构而被街道、高楼淹没。初看，它和城市街道上的其他建筑并无不同，但它的内里收集着光与魂的秩序，让它不仅是书籍的图书馆，同时还成了纯真图书馆。在写作中，它总是不动声色地变为故事深处的投影。文字的世界像星空一样闪耀，眼前的图书馆不知不觉会和古往今来那些消失又重现的图书馆交汇重叠。这些跨越时空的图书馆，各自隐匿的调性，还有矗立在时间里弹奏出的音符，无形中会谱成令人惊诧又恍惚的宏大交响曲。关于图书馆的这种感觉，难道是我一个人瞎想出来的？

我只在国家图书馆南区（旧馆）借过几本书。第一次来国家图书馆原本就是为借书来的。

记得那一天天气晴朗，我怀抱着D·H·劳伦斯那本自己就会“跳舞”的《大海与撒丁岛》走出图书馆南门的台阶，脑海深处还在回想，是一根怎样的指挥棒，能将隐藏在一条街道各个角落里的音符从沉睡中唤醒？心中还期望着那个奇情奇景将来也能在自己的作品里出现。不小心一脚踩空，差点滚下台阶去。趔趔趄趄中，平衡着身子，左手边一个新式建筑被阳光照得闪亮的银边在眼角倏忽一闪。其实不需要特别吸引，自己也会走到国家图书馆的北区去（新馆）。但那亮光闪得如此耀眼，总有一些不同寻常的意义在。

此后一千多个属于写作与寂寞的日子，便要在这个内部如漏斗一样的天井里和我的人生、希望结伴同行。有五年时光，国家图书馆北区，就像我的禅院。但有个来看我的朋友说，这么好的地方，真是全中国最美的书房，怎么会是禅院！她理解我的比喻，但不喜欢这种说法。她似乎要对我说，人生，可要知足！

国家图书馆二楼开阔的工具书书墙的北区，有整整一面《中国植物志》和各个地方植物志组成的书墙，书墙旁边的位置是国家图书馆里我最喜欢的地方。天井从地下一层到三层都由开放式的通道连通。顺着天井的台阶走下一楼，一楼外围东侧，几乎有我需要找的各种古今中外自然史和文学史的书籍。自己的想象力和好奇心，因写作的压榨，会显出苍白与匮乏。关于文学、历史、自然的杰作和种种应有尽有的资料，为我狭窄的视野提供了随时都能打开新视域的可能在图书馆里，感觉到了漫游的灵魂与故事的丛林给我的激发是那么多。天井的地下一层是个独立的存在，四面书墙有满满一整套，大概几千册的《四库全书》。

在这个地下一层的书桌上，我校对过《美人如诗 草木如织》和《香草美人志》再版的所有资料。

根据写作的重点不同，我会选择坐在不同的位置上。《西北草木记》2010年出版时，书稿并不成熟，但当时的自己并没有意识到。之后相隔四年，又有一次真正意义上成熟的再版。中间的几年时间，本书中的“北京四季”一辑和“自然精灵”一辑，就是在二楼植物工具书的书墙旁边，断断续续修改着《西北草木记》的间隙随机写成的。

这两辑和《西北草木记》里所写的乡愁截然不同，它们是我在北京试图看到自己新生活的一部分。生活当然不能只有幻想，生活要求着另外一种行动，要求走入社会，要求在人群中去寻找爱与被爱，只有这样才能建构起来一份完整的生活。

写过北京四季的人太多了，我的北京四季又有什么样的独特之处？每一天，倾听着这个城市的时钟、自然的时钟和生命的时钟在我心里以不同的节奏各自鸣响，我能听到“北京四季”的声音吗？

行走在“北京四季”里，倾听“自然精灵”的苏醒，定位着自己生命时钟的坐标。关于自然，这是我喜欢的写作姿态。

杂志社短暂兼职的工作，把我从昌平带到大兴。不可避免，工作无情地占据了我的写作时间。工作地点的变动，让我离国家图书馆远了，反倒离首都图书馆近了。因为有新作品要出版，杂志社的工作正好停了，终于能在首都图书馆里重新开始安安静静地写作。

华威桥旁边的首都图书馆，看起来没有国家图书馆那么有气势，如果说国家图书馆有它特别意义上的赋格，那么首都图书馆就像一首白居易写在落叶上的白话诗。两者的藏书对我的写作来说，基本都够用。如果真要把两者做一个比较，我喜欢国家图书馆开放式的天井，但更喜欢首都图书馆的包容、开放与随和。

书中的第三辑“寂静乡土”和第四辑“时光小镇”，都零散地写于多年前。但在首都图书馆里，书稿完结，新的写作主题还没有展开，中间有一段空白时间，正好让我能够整理以前所写的林林总总的碎片。“寂静乡土”是我在家中短暂停留的记录，那时候我还没有决定写作，但内心有一个空阔的宇宙正在一步步觉醒。在自我的深处，有个独特的时间因子在我的心里莽撞地冲进偶尔写下的文字里，将一个迷茫的自我轻轻呼唤。写这组文字时，一个生命正穿过时间的迷雾，穿行在人生浅滩上。写“时光小镇”时，第一本书《美人如诗 草木如织》刚刚出版，我从深圳辞职，还没有决定来北京，生命如放飞的笼中鸟一样自由，便独自到广西黄姚古镇做了一次三个月的漫游。“时光小镇”虽然像是旅行日记，但文字中有一个安静的时间镜面对应着每一日的生活。“时光小镇”里的自己已经是一个即将复活的自己。

我喜欢大自然，对生命的奇变和神秘有一种强烈的窥探欲，这也是我对书写自然充满兴趣的原因。很多时候，是动植物本身给我设置了生命的迷宫、时间的迷宫，让我游离其中，乐此不疲。在自然这个宏大的概念之下，时间是它分泌出来的一个独特因子。这个神秘的因子，表面上似乎被我疏离了（还没有一篇文章专写大自然里的时间），其实，多年以来，在写作中，我无时无刻不在使用着时间大刀捅出来的变换又多维的强大力量，来开拓我在文字里的疆土。它很早就是我写作中不可缺少的兵器。

“自然”这个概念如何分解出“时间”这个主题？这个特别的疑问，让我把“北京四季”“自然精灵”“寂静乡土”“时光小镇”四个不同写作端面聚合为一口时间的古钟。这些原先自成一脉的文字城堡，在时间这个独特的封闭空间里一经聚合，好像成了同一样事物。

曾经，这口大自然的时钟，藏在我的内心深处，在《大自然的时钟》这个主题里，我才第一次听到它悠扬的鸣响。

一石

2018年4月17日　首都图书馆三楼

目录

辑一　北京四季 / 001

辑一

北京四季

BEIJING SIJI

七月的时钟

七月，热乎乎的空气扑着面，絮状白云在天上拉起帘子。

乘坐 345 路公交车，经过德胜门外大街天桥下面的涵洞，透过车窗玻璃，不经意间看到一大片爬满侧墙的五叶地锦，爬藤上的叶子像被开水烫过，变得枯黄萎靡。迎着风的叶子，朝着墙外的部分依然是那种翠绿，朝着墙壁的部分却变得蜡黄。眼前的景象，好像有看不见的生命水波正在时间的潮汛里悄悄退潮。

五叶地锦生病了？还是在秋冬的季节未来之前就要匆匆赶着退场？

也可能是自己太过孤独，因此在季节变化的倒影里，在生命奔波的路途上，总会不自觉在万物身上看到自己残缺不全的样子。猛一看到五叶地锦的叶子大片大片地枯萎，这是夏日啊，与周围的饱满生命显示出来的突兀反差让人惊讶。

很多天，每当 345 路公交车从涵洞开出，生命力对半均分流逝的叶子，就像一幅裸露着伤痕的生命静物画，生与死对撞的图景会在我的脑海里如心电图一样跳出来。

也可能是五叶地锦在这个炎热的夏季感冒了，那些枯黄叶子展示出来的，正是它和病魔斗争的结果。

不久，看到蜡黄的颜色收尽，绿叶重新挂满墙壁，心里因一物而生的片刻的谜团也好像解开了。风里的五叶地锦大概会说：“我的生命复活了，风中飞扬的舞台召唤我，我醉人的舞蹈还没有跳完。”

用一种充沛的生命力里隐藏的妩媚触动我的五叶地锦，是不同寻常的。

自然的时钟镶嵌在随处可见的地方，又隐藏得如此神秘。它镶嵌在风声里，镶嵌在水滴和草木潮起潮落的生命气息里，这个神秘时钟如何精确地转动，好像没人在意。

透过五叶地锦叶子由黄变绿的过程，自己真的看到了自然时钟转动的指针吗？这是我深藏于心的秘密。每个人的心里一定都藏有类似数不过来的秘密。

槐花秩序

夜幕下，风像鸟儿一样，从肩膀上掠过。

我站在公交车站台上。一棵国槐的树梢拂过肩头，微微晃动，灰沉沉的树枝缝隙中间，万家灯火光影的河流一层层渗透过来。

这些影子是鬼魅的出行，是灵魂的游荡，还是温和的挽手？我定定地看着，心里想。

国槐枝头的花开得正盛。昏黄的街灯里，宝塔一样的国槐花序，身子散开，静悄悄开着，精灵一样幽暗、洁白。花儿离人那么近，仿佛能闻到浮动的暗香，能觉察到影动心动的媚惑。

等了好久的公交车，依旧没有到来。

肩头的花儿倒是显得更加安静，扑向时间的那份张扬，被路灯投下的橘黄光影压着。透过灯光和花影的遮掩，世界像在一个素静的世界里安息着。随手摘下垂到手边来的几朵槐花。槐花的花瓣硬硬的，有点脆，闻上去却并无所谓的暗香。用力捏碎，碎裂的花瓣缝隙中间渗出蜜汁一样的水色，小花中心柔柔的花蕊，像一个潜伏着正要逃出幽密空间的精魂，手指间捏着的，或许正是这精魂的绝望和叹息。

我从小熟悉的是国槐的近亲洋槐花，两种豆科植物的花序不同，花形却非常类似，都像隐伏着的微笑，半张开的嘴。

为什么洋槐花总会在我心里唤起一种音乐的节奏？洋槐花的花香里包裹着

我最珍贵的生命记忆，是深远如钟声的童年、故乡。眼前的国槐花触动了我记忆里关于洋槐花的时间密码，那些沉在时间深处的花香里，包含着我的人生为之努力不息的重要动因，展露着人生的成长给予我退却和进攻的步伐。

身处的城市里的国槐花序，看起来如星星一样散落，却有着自己严密的秩序。等到秋天，季节的信风把高亢的笛声吹进万物的脉络，国槐的叶子染上金黄，那时，它定会吟唱起属于自己的金秋之歌来……

要等的车的灯光突然一下子在眼前那么亮，突兀地扫过国槐的花儿，扫过我的眼睑。

风与叶的同盟

北京的二月，就像写在笔记本纸面上思绪情感之外的留白，看似满目空疏，却又密布唯属于早春里时间和心跳骚动不安的针脚。

寂寥、清疏的群山，浪花一样翻涌，人心的敏感和大地的颤抖悄然共振着。

这样的二月，万物如老僧入定，快到悟时。

我独自从昌平坐345路公交车，又转331路，到香山脚下的北京植物园，去听早春脚步声的方向来自哪里。

隆冬世界的铁灰，到春晓季节，颜色变得柔黄而妩媚。但从路边光秃秃的乔木身上依然难想枝繁叶茂的样子。

自从来到北京，这是我第一次来这个期望中给我无数憧憬的园子。那时，植物分类学的知识还没有唤醒心里展开的博物世界。只是凭着路边秃枝上所剩无几的黄叶，连同大众熟知的植物名字里堆积的故事，唤醒着我在植物园里行走的脚步。

冬天的疾风有着各种各样凌厉峭拔的形式。收藏风势的博物馆，正是用激烈的姿态扛过隆冬时节，依然残留在枝头的黄叶。

植物园里幽曲宛转的路上空荡荡的，几乎看不到行人。冬末初春的园子，还被沧桑孤单的气氛包围着。园丁不少，忙忙碌碌地搬迁、修整花架，浇灌草坪。

草木的灵魂如幻影穿过空镜，穿过为数不多几个游人的身心。

往黄叶村去看曹雪芹故居的路上，无意中抬头在路边的银杏树的枝头，看到整棵树唯余枝头的一片黄叶，它把冬天疾风的力量用柔和的拳曲的身子做了收藏，原本扇子一般平展的叶面，在冬天的生命季节里，变成了如刻刀雕出来的玫瑰花的样子。那份螺旋的扭曲，就像冬之花莫名延续的故事，吸引了我的手指。

把那片独特的叶之花从枝头摘下，需要花上一些力气，才能保全这冬与春衔接的使者努力而得的成果。把叶子展开来时，担心会把这薄而脆的银杏叶给揉得粉碎。叶子的韧性很好，把它像弹簧一样在手掌上摊开，能看到二裂分开的银杏叶精致的脉络。手一松，叶子瞬间又拳曲成玫瑰花的样子。叶子内蕴的潜能里，不仅释放着银杏的植物之力，还渗透着漫卷过天地的风的狂想。

离开枝头后，这片银杏叶好像失去了支撑它的某种重要的东西。

几天后，在书桌上，无意中把正在阅读的《尤瑟纳尔研究》压到叶子上，清脆的碎裂声传来。拿开书本，看到原本精美的叶子已经成了一堆碎末，好像藏在它身子里风的精魂骨架，逃逸出被时间困住的身子，顺着日影偏移的窗口，跃上窗边逐渐泛绿的白杨枝头，回归到大自然无拘无束的天地中去。

白果和银杏

书架上无穷的书满足着一个人的种种想象，满足着一个人对生命的好奇的肆意延伸。

我安静地坐在国家图书馆里，不再需要刻意地满天下行走。通过想象，通过写作，就好像能做到自己想做的任何事。

正是在这样的环境里，让我逐渐意识到，大学毕业之后，从泉州到深圳，从深圳到北京，隐藏在盲目的漫游中阅读、写作的情结，终于展开了，终于平静了。虽然这试图展开的写作之路将是个更为艰苦的生命旅程。

中间10年，生命被社会捶打，不断淬炼自我，所得微小的生命价值，终于要生根发芽了。正是在生活里以失败者的姿态行走的10年，才成就了今天自己行走的脚步。虽然未必一切如人所愿，但不再为追寻什么感到焦虑。

每到中午，我常从国家图书馆走过魏公街，去吃午饭。路边总会遇到高高大大的银杏树。

六月底到七月初，路边银杏树上青绿的扇贝一样的叶子萎靡了起来，叶子不再是那种撑起来的翠绿色，叶边绕了一圈疲惫的柔黄。细看时，发现鱼子一样一簇簇的白果，缀满银杏的侧枝。

雌雄异株的银杏交错种植，让人意识到，一个成熟的季节正在来临。精神抖擞的雄株，在激情荡漾之后，时间之门把一股神秘的阳刚之气从某个隐蔽的角落唤醒。雌株则因为做了母亲的一种阵痛，幸福地缩了身子，生命的爱怜不再只为自己，出于本能，它把自己的目光完全投注到怀里一群珠圆玉润的孩子们身上。

在这样的季节，穿过长街，没有因渴望幸福感到悲伤，也没有因寻找宁静感到寥落。有一种孕育成长的节奏，协同风，结伴阳光，正踩在雨滴沾湿的方砖地面上。

白果和银杏在这个时候走入我的视野，就像时间里压不住跳动的脉搏。

桐子鼓

“妈妈，树上长小瓜瓜了。”小孩子用圆鼓鼓的手指着路边树枝分叉的地方说。泡桐刚刚结子，一个一个的泡桐子正错落有致地排列在眼前高处的枝丫上。

“那是泡桐子，不是小瓜瓜。”妈妈心不在焉地解释着，眼睛看着抱在肩头的孩子，又看看路边急驰的车流。

“不是小瓜瓜，那是什么呀？什么是泡桐子啊，妈妈？”

妈妈被这样的疑问给一下子问住了，用手抚摸着孩子粉嫩的脸。“泡桐是一种树，泡桐子是它结的果实。”

“嗯……像娃娃打的鼓，像不像，妈妈？”小孩子用一种认真却又拿不定主意的眼神望着妈妈。

“啊，是，我们皮皮说的是。”妈妈顺着小孩子的话说。可能是不忍把孩子天真稚嫩的好奇心的火焰给浇灭了。

“那就叫桐子鼓。妈妈，能叫桐子鼓吗？”

……

我在路边这对母子身旁不远的地方等着来接我的朋友，母子俩的对话吸引了我。当我听到孩子说“桐子鼓”时，一种美感的诧异在我心里激起一阵涟漪。“桐子鼓”三个字把我所意识到的时间的镜面一瞬间击得粉碎了。

尘埃的速度

城市里一条干净的街道，很像是一段给植物输送水分和养料的纤维脉管——假设这座城市也是一株能生长有生死的植物的话。

一种家常的滋味弥漫在嘈杂喧闹的街道里，在时间的流逝当中，有平淡得看不见的力量，无声无息，又神秘莫测地推着每个生活在街道里的人往前走。

走过这样的街道，被这种俗常的熙熙攘攘的人群突如其来地触动时，看到神秘的时间笑脸，正印在人行其中的空气里。空气干净似无，那种感觉会让人诧异。伸出手，尘埃和光影交织的空气里，仿佛有一种速度奇特的流质正为我所攫取。

有一天，街道上突然像变魔术一样停满了挖掘机、打桩机、搅拌机和坦克一样的运输车。直径一两米的水泥管道，一节节从运输车上卸下来，排满街道两侧。打桩机像得了强迫症一样，和平整、坚硬的水泥地面死磕。很快，水泥地面屈服了、粉碎了，露出了下面柔软的黄土层。挖掘机冲上来，开始掘地八尺，把一个新的王国的轮廓强行建立起来。

正是在这样的环境里，我看到了不同寻常的尘埃的样子，它不是与阳光结盟的隐身的尘埃。尘埃无处不在地飘浮在街道上，飘进街道两边的民居里。它们总在早晨太阳照亮街道时消灭掉一切安静，无情地占领整条街道。中午，尘埃开始得意扬扬地享受起自己的胜利果实。夜晚的昏黄街灯里，弥漫的尘埃显出忧郁、衰败，开始在夜色中隐退身形。

日复一日，在此起彼伏的躁动中，尘埃从开动的机器身上，获得一种被时间所抑制的加速度。尘埃像火箭一样在街道上飞腾，整条街道百无聊赖地忍受着尘埃留下来的一道道痕迹。

几个星期的忙碌之后，突然在某一天早晨，我走出楼道，来到街上。好像有清澈的溪流洗过一栋栋楼房的边边角角，洗过被尘埃遮蔽的绿树叶梢。复归平静的街道上，匆匆的人流，比从前更有活力地穿过街道重新复活的心脏。

喧嚣的尾声依然能够在街道上看到，顺着重新修整过的水泥路面的边角，点点新土的痕迹正粘在空心砖泛绿的青苔上。

日常的街道似乎又回归那种熙熙攘攘的俗常。内在的骚动和众人的生死节奏相互交织。变革中震荡起来浮现在众人眼前的尘埃，改变世界的速度有多快，有多慢，正像镜子一样照着眼前平和的生活。

莲子的通道

七月中旬，街边的小摊上开始出现一堆堆售卖的莲蓬。莲蓬有放在玻璃盒子里的，有放在尼龙袋子上的。

三四岁的女儿和年轻的妈妈，像一对花蝴蝶一样走过街边。女儿停下来，盯着一堆湿漉漉的莲蓬看。莲蓬看起来既不像水果也不是花，更像诱人的玩具，诱惑了孩子的脚步。

“妈妈，这是什么，是玩具吗？”

“这是莲蓬，剥开了，里头有莲子。公园里的荷花见过吧？这是荷花谢了之后长在水面上的果实。”

妈妈弯下腰挑了几个绿色的莲蓬，付了钱，把装了莲蓬的小袋子交到孩子手上。小孩子提了袋子，在天桥上晃晃悠悠穿过人群奔跑，妈妈也没有拦着。

在孩子心里，荷花的种子一定是甜的。池塘里美得炫目的花吸食了阳光的精华，还有令她欢喜的清凉、明净的雨露，美好的一切都是光彩和蜜的形式。在妈妈心里，荷花的美丽样子和莲子里的一点苦心相互渗透着，她觉得结了果实的莲蓬，是往昔努力生活过的那个令人怀念的青涩的自己。

到家时，如果孩子品尝到莲子的微苦，问起这苦的来处，再给她说一说这苦的源头吧，如果不问，也就算了。一个年轻妈妈的心愿，大概也就是这些。

还有一次，微风和阴天烘托着一个惬意舒适的清凉傍晚，我离开图书馆，从过街天桥上经过，看到一个女孩子，可能是读书读了一天读累了，从小摊贩那里买了一枝莲蓬，站在风里，用手撕着莲蓬，从里取出翡翠一样的莲子。清苦的莲子能解开百转千回的思维乱麻吗？我走过她身边，走上人行道，直到上了公交车，心里依然浮现着那个剥莲子的女孩子的容貌身影。

佛教里，莲子是菩提，是慈悲，是大善，是至爱，是光中隐秘的纤毫。自然的莲子进入人心幽曲的通道，世间美好，凡失去一点苦心隐忍的卫护和萦绕，都会如滴水落到水面上，瞬间破成碎影。

进入莲子的圣境，就像来到静止时间的核心。不是说一颗心获得了指引，走到了生命艰难寻找的奥秘所在，而是不再想到自我，终于可以摆脱欲望的缠绕，忘我地爱这个多灾多难的世界。

每个人的生命里都有某个神秘、纯净的梦，它和物质的绚烂、辉煌无关，是一点点晶莹、冰凉、坚硬的意识之花。莲子的通道就是通向这个梦境的一条道路，这条路寂静、深远、艰难，却一直都存在。

黄金树

冬天，我去地坛公园参加书市，随着芜杂的人流，穿过桧柏、松塔，看到一棵高耸向蓝天的巨大树木，叶子几乎落尽，爆炸式伸向天空的侧枝，泛着微黄青白的颜色，让人惊奇。

围着树干，仰着头，用手触摸这即使在冬天的萧疏和死寂里都让人觉得铁一样坚硬的大树，心里浮起一股新奇、欢快的情绪，好像这情绪是我和眼前的大树共同生发出来的。

树能长这么大，至少应该上百年了吧。我不知道它的名字，却有一种想和它相识的怪异感觉，从心中涌出。

粗大树干的一侧，挂着一个黑底白字的铭牌，铭牌上清晰地印着三个字：黄金树。我看着这三个字，好像有一扇童话世界的大门在眼前悄然洞开。我在心里问：人们会围着这棵树祈福吗？它真的是碳水化合物组成的吗？黄金树这个突然凸出意识河流上的名字，对我来说，代表的不只是尊贵，还隐含着一种如火山爆发一样点燃生命的激情。

来年八月，陪初次到北京的父母和侄女侄儿到北京动物园去。在夜行动物馆旁关了一只凶巴巴的山猫的铁笼子边上，走得有些疲惫的父母坐在两棵高大树木浓荫下的木条椅上歇息。他们被眼前两棵大树旺盛的生命力所吸引、震撼，随口问我这些树木的名称。

两三个人合抱的树木算不上是多么惊人的大树吧，但已经可以让人对这样的生命产生肃穆。树木光直的主干大概三米多高，树身像是小孩子用乳黄、青绿和葱白的颜色画了许多月牙一样美丽的色块。伸向天空的浓荫，芃然如火焰，有一种遮天蔽日的气势在升腾。繁密的树叶枝丫中间，漏下来的阳光，好像正从这庄重生命的躯体中间艰难挤过来。

树侧枝中间有连缀在一起的一串串带了毛刺的核桃一样的球果。我数了几串球果的数量，这是三球悬铃木。告诉父母，可能是法国梧桐。母亲说，咱们家里的梧桐树比它差太远了，你看看，人家北京的梧桐树，长得这么有气势。我拍着母亲的肩膀，和父亲一起笑她。我告诉他们这树还有一个好听的名字——黄金树。

或许这个名字超出了俗常，带着一股说不出来的神秘，他们用一种敬畏和迷茫的安逸神情望着头顶的树木，好像有乡村的神灵正把时间的金粉撒在眼前的树木上，由此，自然的树木开始变成神仙国里隐在云海中的仙树了。

古槐和常春藤

常春藤一路飞旋，密密匝匝攀上古槐，古槐斑斓嶙峋的身躯被一层细密鲜活的绿色斑纹萦绕。古旧和初新，在这样的交织中，反倒显出历经时间不老的古朴。

几百年的时光洗礼使一棵老树显出一种悠然、宁静的体态，死去、枯竭的枝丫由一年一年的新雨染成焦黑、姜黄，最后成了思虑深重的灰白色。

古槐四周新树的嫩苗和鲜丽的碎花中间，轻快地跳跃着寒来暑往的飞鸟。总觉得飞鸟们在老树身上停留的时间要长一些。在所有生物的本能里，飞行疲倦之后的小憩处，选择的不是飘逸着花香、在风里摇摆放纵活力的所在，而是一个无味无尘、安静如山的清凉洞穴。古槐的新叶淡然长开，不会低垂到地上，也很少会迎着风势生长。水从根部流经整个树脉，像江河穿越平原。

槐花开了又谢，谢了又开；槐花子的种壳鼓了又瘪，瘪了又鼓；古槐的光影在树下聚了又散，散了又聚。古树傍依的地方，一时变成柴门瓦屋，一时又变为峻伟殿堂。

那么，紧紧拥抱着它的细嫩娇柔的常春藤是从哪里来的?

某个午后，不知什么原因，一棵常春藤细苗的几丝毛根抓住了古槐树干旁的几把泥土。看不见的根，看不见的生命，由看得见的风和雨浇灌。寒来，是一种依靠，暑往，是一种安静中愉悦的侵扰。

有一天，古槐说："远山背后的长河要枯了。"然后是一声长长的叹息。常春藤因为不能回应这种叹息而觉得苦恼，于是，它也没有问古槐同不同意，就像袅袅升起的炊烟一样攀到古槐的肩膀上，并且调皮地用嘴去吹古槐的耳梢。

"远山背后的长河现在枯了吗？"常春藤只看到远山背后朦胧的雾气。

"没有枯，又有新的流水来了，我的根尝到过长河里新水的味道。"

于是常春藤可着劲儿绕着古槐的身子盘绕，以便能在古槐的身上嗅出长河的新水究竟是个什么味道。

多年之后，在刚刚立秋的时候，我在城市一处老寺门口，看到的古槐和常春藤正是这副样子，常春藤的老枝和古槐的躯干已经让人很难分得清紧紧拥抱着的两个生命，谁是主体。古槐的树顶上，翘起脚尖来看着世界的反而不是老树，而是常春藤的新芽。枯萎的树干中间，有一个忽隐忽现的作为生命装饰的喜鹊窝。相互伴随的季节里，古槐和常春藤应和着风雨发出时间里的声音。枯枝在风里嗦嗦抖动，寒雪打着旋儿在枝头飞舞，树杈中间的喜鹊窝里就会响起鸟儿不安的鸣叫。

缠绕着常春藤的古槐树洒下浓荫，阴凉里藏着的时间小舟，正从我这个时间过客内心的江河上渡过。

立秋和秋老虎

“立秋算是怎么了？”

“秋天到了！”

“秋天一到，气温就开始下降，天气开始变凉了。”

“虽然立秋了，但是还有二十多天秋老虎呀。这几天还是这么热，是不是？”

“秋老虎也不是每个秋天都有。”

“还以为年年都能遇到秋老虎。遇到气势汹汹的秋老虎，秋天会显得不同寻常。”

立秋的上午，我在高速巴士上听几个老北京聊天。北京立秋这一天，按习俗要吃肉、吃饺子。我的家乡西北似乎没有这样的风俗，立秋这一天好像也没有特别要呼应的事情。我只是记得，立秋这一天似乎要吃饱吃好，尽量少吃长条形的瓜果一类，但也没有特别的禁忌。于是晚上去水萝卜饺子馆，吃了鸡肉香菇水饺。潜意识里的这颗呼应习俗的心，是父母教给我的。

秋老虎的劲儿很烈，但路面的温热并不能遮掩自己心里的清凉。在默默的努力当中，从书里走到书外，再由书外走进书里，不知不觉中大半年的光阴过去了。寒暑易逝，得到和失去的，无法具体说清，只觉得自己像鼹鼠，在看不见的时间地层里，拱出一小块属于自己的写作洞穴。

秋来逐渐就会听到秋声。秋蝉这个时候叫寒蝉还有些太早。但蝉在窗外高大的白杨树上，一遇热天，就发出木锯锯树的噪音。立秋之后的街道上，酷热依然扎扎实实地落在柏油马路上。

立秋，就是时间之箭上的一个节点，它是单向的，没有回路。秋老虎则是季节的一个往复，当副热带高压依然控制着天空的呼吸的时候，秋天起始阶段依然被盛夏的淫威所左右，这个时候，秋就退后一步，待夏的强弩到达它不能破纸帛的时候，再用突然而至的寒气把失去的季节优势重新夺回来。

不动月季

积水潭地铁出口的对面是个人工小湖，小湖靠近马路一边的漆黑铁栅栏里长着一排排的月季。寒风横扫一切的时候，我时常匆匆忙忙走过这个路口，走过那几排沉默的月季。

冬天的草木似乎都长着相似的样子，没有任何点缀的枯黄树身，伶丁的任风摆弄的枝条，矮灌木则像是绷紧了神经进入睡梦中的灰不溜秋的刺猬。

正是在这样的季节，地铁站台上匆忙麻木的人群，让人觉得像是站在一个失魂者的渡口。

地铁出口处常见的那几排无魂的草木，让人觉得萧疏寥落。大多数时间，当这些灰暗的影像进入我的眼帘，内心对季节更替的感知其实已经变得麻木。但在另一个想象的时空，有一个混沌初始的状态，正在心中逐渐孕育出另一个新世界。

只要脚下的边界在延伸，只要肚子不“咕咕咕”地响，天气是阴是晴，倒很少在意，更不用说去注意路边的花开花落了。

遇上心情不大好的日子，窗外空枝压顶，枯草被风的寸劲搅碎。这样的时候，我会选择睡一觉，柔和的暖气和温暖的被窝像加油站一样，会重新培植出那个为孤念而努力下去的平静的自我。

一个突如其来的雪天，雪的片羽压着大地，白色的突兀使世界显出少有的宁静。

走过积水潭路口的那排小栅栏时，在一小块雪绒如蕾丝连缀起来的美丽花边下面，竟然看到几簇月季的新芽，正探出寒冰，一小节一小节地生发，半透明的紫红色新芽，勾住雪片消融的无意，仿佛游戏着青春的手，正向我伸过来。

盛夏的月季蔷薇，如空气一样围在身边，据说有人写下月季“雨露花残人自笑，仿佛凝喜破空明”的话。我是没有这么在意过。长在积水潭边铁丝栅栏上的一棵棵月季，与浮躁的人流和热烘烘的汽车尾气混同在一起，新叶子看上去也是乏乏的，不管是怎样的香水月季，花朵都萎靡了。曾在冬天看到藏在雪下让人惊鸿一瞥的生命力的戳出，全然消失不见，生的寥落像闷雷一样，在那些月季的生命天空上炸响。但生的气息凝聚成的绿叶与花儿，并没有在阵阵热浪中消融，月季穿起一身世俗的铠甲，懒洋洋地应付着绚烂、热燥的季节，如小鸟飞过炼狱。

初秋，一切正当时令，开始做着走往一种古朴老境的准备。

我走过积水潭，发现那几排月季的叶子变得微黄，这些枯黄可能不只是因为秋声脚步的催促，而是生命里积了太多无聊，使得身上的一部分在麻木中剥落死去。新的生命正在变得更轻，变得更接近永恒了。

石上小虾

雨后，轮廓如小提琴一样的沙甸子[①]里，水似乎要溢出来。

水边的一块并不平坦的青石上，一只小青虾正摔打着身子，激烈地扭曲，桀骜不驯地拍打，为跃进水里做着惊人的努力。小青虾一定是在水里受了强烈的刺激或者惊吓，可能是被一条凶狠的黑鱼追击，慌不择路中跃出水面，落到那块救它命的石头上。一团小小的柔软有机体，刚刚逃离虎口，又要为重新活下去竭尽全力，全身调动起来的力量，正将死亡的黑海劈开雪白的浪花。

偶遇的这个情景，拦住了我的脚步。

雨后的沙甸子里活物真不少。夜梦一样的泥鳅，会突然搅起一汪浊水，嘴上的长须顶开水面的浮草，背上细碎的黑斑在水面上一闪不见。一只鳌虾的钳子，突兀地夹着一根不知何处找来的枯枝，嘴里冒着“咕咚咕咚”的水泡，将枯枝从水草中间戳出来。

小青虾依旧在青石的凹面上“噼噼啪啪”地摔打。会不会是那只庞然大物一样的鳌虾，趁着小青虾做梦的时候，把自己的那把大钳子戳到小青虾身上，梦中的小青虾便带着未醒的梦魇，惊蹿到青石上来的呢？

经过一番挣扎，如果小青虾从青石上摔到涟漪阵阵的水中，等在水边没有离去的死亡暗影，会不会迅速一口把它吞灭？即便有如此悲观的可能，我依然

---

①沙甸子，是在河床上挖出巨大沙坑后地下水渗透出来而形成的小湖。

期望它在脱离死亡的阴影之后，能顺着水中看不见的潜流，游到一片安全的水域里，和它的兄弟姐妹们在一起。

天空的雨意还没有完全消退的意思。我就这样无聊地站在水边，担忧着这只小青虾的命运，好像它的命运和我的命运有什么独特的关联。

一只小青虾的生死，对大自然里生命的轮回更替来说，并不足道。但对小青虾来说，死亡逼迫它唤醒潜藏在身体里的那只困兽，却像是不可战胜的。

看着它终于跃到水里，倏忽不见，我的心头终于舒了一口气。

小病和病中自然

北京秋天到来的标志，按照气象专家的说法，连续五天，最高气温都在22℃以下，就可以算是秋天真正到来了。秋分已过，阳光的热度似乎不减，30℃的气温依旧笼罩着路面。衣服由短袖变成长袖，又由长袖变成短袖。生命和自然正站在一个看不见的跷跷板的两头，比试着耐心和倔脾气。

从写作中抬起头，就如同把自己从观念、幻象、冥思和文字的城堡中唤醒。竭尽全力，写一点微不足道、意义不明的文字，对我，既是一份如苦役般的劳作，又是一份难言的快乐。用精神的幽灵塑造文字的城堡时，一副血肉之躯在忘我的写作中，变成了被这个世界遗忘的没有归宿的躯壳。精神的工厂开足马力进行生产时，血肉之躯定然在遭受看不见的超负荷磨损。如初生牛犊般投入写作，很容易会忘记自己也是一副血肉之躯。

写完一本书，就像做完一个梦。终于可以把绷紧的神经放松，悠闲自然中，懒懒散散地舒展一下筋骨。身心就像舞台上有灵的戏服，一场戏落幕后，终于可以折叠起来。

中午搬一个分量不轻的木箱，腰部猛地用力时，我感觉到轻飘飘地错力，初时只是微微感到后腰针一样刺疼，很快又恢复了正常。夜晚在灯下写作，腰部无力的酸痛加重起来，等到这酸痛实在难以忍受，想要从椅子上站起来时，就连直腰和弯腰的动作竟然都做不完整。原本活灵活现的自己，突然变得像个石膏人。我一时被莫名的紧张攫住，心脏怦怦直跳。

两天后，病痛没有加剧，也没有好转。便找盲人按摩师做了全身按摩。盲人按摩师的手如钳子一样捏住后腰，我绷紧全身的肌肉，腹腔屏住气息，一种酥麻的阵痛经由盲人的手指传遍全身。她说："好久没有锻炼了吧，肌肉都吃不住力。"她给我按摩腰部，抬起肘子，用适宜的力度顶住腰间的一个个穴位。"你腰部的肌肉两边都不太对称了。这里的肌肉硬硬的，可能是有些腰肌劳损。"我趴在按摩床上，模模糊糊想起家乡书房角落里那对被遗忘的哑铃，想起清晨迎着阳光奔跑的脚步声，想起蹬着飞驰的自行车，让风如狂涛一样向着自己涌过来。

医院里的针灸师把一排银针扎入我的脊背，然后又把一根银针扎到我的膝关节的膝弯里。无法知道几根细针如何刺激我的运动神经，让它由局部的瘫痪状态逐渐恢复正常。只能说是正常，要真正达到健康的标准，还需要付出艰辛的努力，要重新调整作息时间，要在生活里加入更多运动的元素。针灸师的针扎过两次后，他说："你需要一个护腰，需要适度的锻炼，注意腰部的保暖。"这话听得让人悲哀。

我开始强制增加日常的运动量。到卫生间里洗漱时，会在塑料盆里盛满水，像练功的武僧一样，双手端起水盆，小臂撑得笔直，做一组又一组弯腰挺胸的动作。在商场里，买回一个绿色、一个紫色的 7.5 公斤的哑铃，早晚都会做三组动作完全不同的屈伸运动。又买了一辆二手自行车，每隔两天，像野兔一样朝着住所近旁的十三陵水库狂奔而去。差不多两个小时的骑车旅行，汗流浃背中骑过一段又一段长长的缓坡，在用力征服坡道的过程中，腰部的酸痛像浪花击向船头一样，一阵一阵向我砸来。征服缓坡，意味着自己疲软的腰部肌肉正接受着煎熬和磨炼。这样的煎熬和磨炼，正同我大口大口地呼吸一样，虽然咬紧牙关，身心又觉得无比舒畅。环绕十三陵水库的车道，大部分时段寂静无人。沿着下坡道疾驰时，水面的波纹和树叶的波浪，随风卷动，与四季变化的节奏呼应。朝开暮合的鲜花如雨沁大地一样，把轻盈灌注到我的肌肉、血脉和精神的脉络里。感觉身体里有头野狼在复活。空无一人的旷野，接纳着我的一次次怪异尖锐、几乎声嘶力竭的呼喊。

一点突如其来的病变，由写作的忘我加于身心，又意外让我将运动和生命置于自然的节奏里。重新恢复肌体活力的努力中，大自然延伸了藏在我身体里的渺小，又扩展了流淌在我血脉里不容动摇的庄重，让我看到，关于写作的意志，不管地动山摇都是无法改变的。

雷鸣和闪电

平川里晴朗的蓝天看得人茫然又恍惚。一走入溪流中开的峡谷，缭绕的浮云在水汽充沛的山林中好像突然获得了急剧成长。四处游荡的轻风无所事事，美丽的山谷也似乎愿意被这样的柔风任意吹拂。穿林而过的小溪，如阿拉伯的银月弯刀。溪边的水草上，栖息了无数随风而起的蝴蝶。透亮的虚云绕过绿树的枝丫，紧箍着裂痕斑斑的巉岩上的灌丛，灌丛如岩羊一般，在山脊上随风跃动。

拐过一个精致的水滩，水滩上芦苇的影子遮住几只水鸟忽隐忽现的身影。每一处山道拐角，突兀的岩石像随时要撞到人的额头上一样闯入视野。岩石如大蟒仰起的巨头，堵住了生机盎然的天空。岩石顶端，一丛挂了不知名红果的灌丛，分成两叉，在风中随意摇摆。

往山谷深处走，山间逐渐阴凉下来。山林危石上的白云，色泽由淡转深。山顶上，能够看到，阴暗沉重的云层里似乎隐约有闪电躁动的气息。走在阳光和阴影交替的石阶上，突如其来，一阵急雨鞭打着行走的脚步，似乎在质问："要赶快原路返回，还是继续往山谷深处走？"雷鸣先是从未知的地方偷偷窥探，然后变幻为莫测的节奏，好像要把正在穿过的峡谷炸碎。

阴晴交接的山谷，山峦依旧，雷鸣一阵一阵接连而至。

正是在这种情形之下，我在路边岩石的臂弯形成的避雨小亭里，满怀惊讶地看到了天雷正在勾动闪电之卵。山顶的云层被未知的力量积压成苍白的颜色，阳光从侧面照到这个云团聚集的旋涡一边。云层内部所发生的天翻地覆的变化，从外部看上去，更像一个安静的鸟巢，闷雷在那个鸟巢里撕心裂肺，声音几乎没有一丝外泄，有一场秘密的分娩正在进行着。

在淅淅沥沥的雨声里，我探头，偷窥着大自然心情激动难以自制的时刻。

几秒的时间里，风雨在秋日山林的静默中，变得如豆娘一样瑟瑟不安。突然看到，一把银色的箭如水银一样溅到不远处高耸的岩石上，岩石上有裂岩的碎屑腾起几朵看不见尘土的小花。更多的闪电如溅起的水痕，在山脊上，神奇地压迫着闪电梦境般扩展在空气里的张力。

一个人的山谷

山谷入口处是一个漫溢的水库，水面的葱绿中，倒映着白云的浮动和燕雀的飞翔，水里的小鱼、水草缠绕嬉戏，加深了水的宁静和幽深。风送来山野的呼唤，万花筒一样笼罩着山野的绿树山花，层层折叠着山谷的四季。

淡淡白雾笼着山谷，走上花岗岩铺成的台阶，抬头能看到随时都像要碎落下来的石头牙子。山谷的曲径将眼前的山野围成一段一段自然的盆景，山谷因此像有走不完的诱人趣味。

中午的阳光在山谷里透过白雾照射，在大自然的投影仪中，能察觉到此时树影的缓缓移动，正标识出一天里时间转动的刻度。

走入幽静的山谷，大自然纯粹的美，伴着水声，会将人的眼神吸引得飘忽。时间在身边流逝，空气也变得静止。

两边山岩的峭壁，挺起胸膛，迎着阳光，傲然而立。斜坡上柔和的花草，像一双自然的素手。小灌木由山顶一路沿着雨水冲刷的沟渠层层生长。一些小乔木，是渴望阳光，或者借了鸟雀的翅膀，把根牢牢扎入裂岩的缝隙。这些草木山花、虬根和飞枝披挂，像极了山岭自造的铠甲。这样想的我，在这个寂静无人的山谷里，成了被山间溪流冲到浪尖上的水花。

从一个缓坡走到另一个缓坡，连接这些路径的，不只是我的脚印。

太阳照过山顶的绿坡，清澈的溪水在脚边的岩石之间流淌。溪水每到一个洼地，总会积成一汪一汪深邃的水潭。漏斗一般的水潭，如同昆虫的复眼，在山水和岩石渐变的喧闹中，宁静地注视着蓝天之外的苍穹。

路边被砌到石头里的一棵老桑，挣扎着试图把大地拔起来，苍老斑驳的树干上，因为过度用力，皴裂的缝隙中间渗出了玛瑙一般的金黄色树精，树精的一半正被阳光穿透，一半沉在阴影里。我意外看到一个橘黄色的壳上带了黑斑的甲虫，静静沉睡在树精所造的墓碑里。我把照相机的镜头转换角度，来捕捉自然这个行为艺术家神来之笔的作品。这幅难以察觉变化的自然的杰作，正在被一双无法揣度其频度、速率和力量的手改造着。

自然的一部分神秘由寂静创造而成。站在这样的山谷里，感觉周围涌向我的寂静，也正是时间本身。

树尖上像风吹散的烟雾一样飘落下来一只岩松鼠，一下子惊得我停下脚步。它飞快地穿过我的头顶，像个风中精灵，一眨眼，已经在几米之外的圆石上驻足观望。我等着它和我对望，这样的希望在几个片刻里终于达成。和小时候曾经养过、在袖筒里钻进钻出的花松鼠不同，眼前的岩松鼠，对人特别警惕，当我向它伸手，它立刻像风中的沙之花，瞬间在岩石的平面上失去了踪影。

溪流经过山涧，朗朗水声挽成一个个招人的迷结。无数岩石上，梦境之花此起彼伏地开放，又在下一刻风镜的平面上，把自己撞得粉碎。薄薄水雾里像隐藏了无数自然的精魂。这雾使整个山谷沉浸在一种诗词到达不了的氛围里。微风把雾气吹送到山脊时，它们又和山顶的绿树有了亲密的遇合。如果风不大，阳光也不烈，这风、这雾、这温和的阳光，在山尖上，会造出爬到山谷高处的奇迹：白如美玉的云层，多变缠绕，如银蛇出行。

当云层变得幽深，会诞生出突然而至的闷雷和闪电。我看着山顶上交织如土星圆环一样的云团，东张西望中，突然被兜头轰下的闷雷吸引，突然而至的惊雷，把我的迷梦惊到岩石中，似乎更加难以苏醒。

山谷里有各式各样的路。有些路是悬挂的木排，走上木排，木排下水波的银光，如同巨掌托起飞翔的鸟儿。有些路是水泥墩子，漂浮在水面上形式各异的水泥墩子，把水路分成宽窄不一的儿条。走过这样的桥，让我想到南方水流充沛的河面上，珍珠项链一样延伸向远处的石跳桥。有些路借着天然巨石上凿出的台阶延伸，青白相间的花岗岩的石头路面，千百年间，被人和兽的脚印打磨，显出如白虎脊背上的纹理的样子。

贯穿峡谷的山溪牵引着人，走在这样的路上，让人忘了孤独，忘了疲惫，忘了内心的种种残缺，忘了人生路上追而未得的伤感。

这个下午，山谷就像属于我一个人。水面上的银光到处散落，心中的孤独因为无人分享，加剧了它在大自然中的撞击，更显出一种傲气和自得，我未曾想到自己的孤独还有如此的个性。

女人即自然①

◎ 孩子的钟摆

从德胜门外345路公交车总站走出来，眼前的人海如万纹鳞闪的水波，时间的风潮让人流如浮沙一般涌动着。

同我一起下了公交车的，是一对看上去像从乡下初到北京的夫妻。女人怀里抱着一个看上去一两岁的孩子，孩子脑袋奇大，头发稀疏，眼睛四处张望。男人提着一个臃肿的牛仔布包，满脸的风尘仆仆。

可能不常坐车，也可能身体不舒服，正要下车时，女人的身子软得像面条一样，脸色蜡黄，额头上渗出黄豆粒大的汗珠，怀里的孩子几乎都抱不稳。

女售票员赶快过来问："怎么了？生病了吗？""啊，谢谢了，没事，没事，经常这样，一会会就好，一会会就好，谢谢啊，谢谢啊！"男人惶惶恐恐地感

---

①这两个场景，一个发生在德胜门外345公交车站旁，一个在中关村的中心大街上。这两个场景带着"女人即自然"的主题，在一个月左右的时间里，困扰着我，不管怎样写都无法写出我当时身处那个情境时心中的感触。最终帮我完成作品的，是两个情境里不动声色的孩子。是他们带着我，摆脱那些自以为满是真知灼见的理论框架，带着我在安静中呈现世界深远如海的一角，带着我白描出母性与自然之间持久而神秘的关联。

谢售票员的热心，孩子被妈妈的样子感染，一时间“哇哇”地哭叫起来。男人手忙脚乱，包裹都忘了拿，一手从女人怀里接过孩子，一手去搀扶自己的女人。我帮他把正不知该如何处理的包裹拿起来，他顾不上感谢，就匆匆随着人流下了车，走向总站的出口。

女人走到人行道边的银杏树下，甩开男人的胳膊，双手扶着树干瘫软了一般蹲下去，干呕起来。男人抱紧孩子，六神无主地站在女人身边，在女人后背上不断抚摸轻拍，嘴里喃喃自语。我提着包站在他们身后。孩子因为过度哭泣，仿佛虚脱了一般，抽抽搭搭，在父亲的怀里一抖一抖。母亲和病痛的搏斗，在以这个女人为整个生命依托的孩子的心里，究竟激起什么样的波澜，无人能够体会。

奇怪的是，孩子也开始学着父亲的样子，从那个慌乱、懦弱的男人的怀里倾斜了身子，一只小手紧紧揪住父亲脖子上T恤衫的领子一角，一只手在母亲的头发上轻轻地拍打。因为这个动作，孩子仿佛一下子长大了，显出一种成熟的气质。

女人依然在干呕，难过得像要死去，嘴里发出牛马过度劳累时发出的粗重喘息，后背一躬一躬的。孩子的大脑袋晃动着，哭泣声并没有停止，他甚至用手去拽母亲的头发。

大概几分钟的时间，女人的魂儿好像到遥远的地方进行了一次远行，和未知的病魔握手辞别后，再次回到银杏树下，回到被嘈杂纷扰的世界围绕的此岸。

她低着头，气息逐渐平稳下来，原本紧紧抓着树干的双手，反伸过来，试图要握住拍着她头顶的孩子的手。孩子的手依然如机械钟摆一样在母亲的头上拍着，仿佛他愿意用自己幼小如烛光一般的生命力，把母亲的微笑和温暖从某个消失的世界里召唤出来。

女人抬起头，缓缓站起来，浑浊的眼睛盯着孩子。那一刻，女人的眼神仿佛不是眼前邋遢女人的眼神，而是和周围的草木、土地、天空紧密相连在一起的来自大自然的眼神。

她没说一句话，只是从男人怀里把孩子抱过来。孩子在母亲怀里，停住了哭泣，任凭母亲用纸巾擦拭他的泪水和鼻涕，他好像很乐于接受这个重新变得有力量的女人的摆弄。刚才笼罩着这个孩子内心的焦虑，如炊烟一样消散了。

男人一时醒悟过来，忙不迭感谢我这个陌生人颇有些耐心的帮忙。“真是太感谢了，感谢啊，感谢！”在他身边的女人、孩子，正在慢慢恢复平静。生活俗常的影子重新笼罩住了一家人。

◎ 雨地街角

虽然云把整个天空封得很严，却并不让人以为是阴雨天。天空很亮，没有风。

微微的凉意是突然而至的，在树叶间和路面上惊起一阵小小的风，雨先是像流星一样稀稀拉拉坠地，之后便下得如满山的竹林那样稠密起来。

路上，行人撑开的伞，就像阳光下野地里鳞次栉比盛开的灯盏花、田旋花。世界成了一个伞花飘浮的池塘。

一个行色匆匆的母亲，匆匆从街边的小巷子里推着自行车跑出来，似乎有很急的事情催着她。自行车后座是个如半扣篮子一样的帆布支架，支架围起的小棚子里露出一双穿着粉红塑胶凉鞋的小孩子细嫩、白皙的脚。如果不看孩子，只看推车子的人，还以为只是一个温婉秀丽的少女，但从她疲惫的眉角和翘起的嘴唇上，能够看到来自生活的忧愁，还有每一天要担起责任来的疲惫。她冲得匆忙，几乎撞到我身上，我赶快给她让路，她向我点了一下头，像是对冲撞了我的歉意。

稠密的雨地里，世界唰唰作响。女子用身子倚住自行车，拍了一下遮挡孩子的雨棚，一只手撑开伞。雨已经把她的半个身子打得湿透了。然后，她弯下身，把头伸到后座的绿色帆布棚子里。棚子里的小孩好像很听话，很安静，两条白净的小腿不时左右摆动着。

母亲窃窃私语的眼神和孩子懵懂、明亮的眼神对视，这样的情形让我对这对雨中母子怀了一种说不出来的温情，这温情也将我的生命在这个片刻抚慰。

女子骑上车，一手撑伞，一手扶着车把。水流在路的两边形成了潺潺的小溪，自行车行驶在这样的水路上有些艰难，轮胎在雨水中碾出一串白亮的水花。

往前几十米处是个红绿灯交替亮起的十字路口，交通协管员橘红色的身影在路边拐角斑马线旁的尼龙伞下面晃动着。路对面的人行道上的绿灯正一下一下闪着。年轻妈妈的自行车刚冲出去的时候，指示灯正好转成红色。一辆黑色轿车“嘎吱”一声急速停在了斑马线中间。

刚刚走到十字路口的我，被眼前的情形吓得心惊胆战。年轻妈妈的车子正好擦着黑色轿车的车头边停下来，自行车歪斜了一下，又瞬间被她用手扶正，力量大得惊人，伞已经从她手里甩到了地面上。

雨中看不清她的脸，但并不觉得她有什么样的慌乱。交通协管员嘟嘟囔囔，一边对她说着什么，一边帮年轻妈妈把掉在地上的伞拿起来。黑色轿车里一个肥头大耳的男人，隔着摇下的窗口气急败坏地冲口就骂，他想用最恶毒的脏话去骂这个差一点使自己走了霉运的女人。雨水从天上倒灌下来，女人黑色的头发紧贴在她的鬓角和额头上。当他的眼睛扫过车子后座上那双白白净净的小腿时，一瞬间又把正在骂出的脏话硬生生堵在了嘴里。黑色轿车后面，其他车鸣起喇叭，黑色轿车的主人仿佛发泄一样，也猛地按了一下喇叭，“嘀——”的一声，尖尖的声音穿透了雨雾。年轻妈妈重新扶正自行车，拿稳伞，朝着黑色轿车弯了一下腰，推起自行车，快速在雨中跑起来。

雨花四溅的世界里，一个带着孩子的年轻母亲，金刚一般撞透死神的大门，带着自己的孩子，冲到马路的对面去了。

荒草滩

十三陵水库西边，是水库干枯的尾部露出水面的一片荒草滩。荒草滩在冬天枯萎下去的时候，落日黄昏里，看上去像是梵高画上打着旋的飓风在呼喊。见到好多次这样的情形，第一次让我惊诧，第二次还是惊诧，第三次依然惊诧……使人惊诧的不只是自然光影即将熄灭时,那种激烈燃烧起来的雄壮美景，还有一种连接着天地的孤独，愁生愁，情念情，从整个山林坡地的浪涛上，浮现出一种惊人的气势，仿佛一种安静的沉寂里，有一双水晶之手，会将整个世界握在掌心。

我骑着自行车，从这种沉寂中迅疾穿过。风在耳边、眉梢飞掠，世界清凉而平静。

从眼前草滩的样子可以想象出水库丰盈的样子。水覆盖着这片草滩的时候，整个湖泊看上去一定像一个无瑕的少女，满湖跌宕、流淌的，一定是梦一般的浅绿和深得化不开的湖蓝。荒草滩现在看上去似乎是这个湖泊跌碎后留下的一块疤痕。但自然是神奇的魔术家，它似乎正在修复着时间深处的某处破碎。

草滩不知不觉凋零，又变得繁盛。听着这样的生命之歌，每到哀婉凄零的时候，又会预备重新推开春花盛开的大门。在这种时间的交替变换里，可以理解时间这个静默画师笔下点染在土地、山林、草木中的画意。

独自跑步或者骑车，沿着十三陵水库的环湖公路，追着季节的细微波澜，经过这片荒草滩。草滩上惊飞的绿头鸭，湖面上掠地的灰鹭，树林中叽叽喳喳的麻雀，草丛里一闪一闪的白眉，拖着尾翎准备好要去参加舞会的灰喜鹊，还有白鹭袅袅娉婷的身影……随着我追风的脚步，此起彼伏应答着奔跑中的喘息。这种应答中凸显出的孤寂感，把我更深地带入自己的世界。

一年中，我所见的，围绕着湖泊，除了水上项目的比赛，或者一年一次的北京国际长走大会，卓滩平日里多是荒芜和寂寥结伴。除了坐在岸边稀疏的垂钓客，鱼儿不多的水边，剩下的只有追逐孤独的日月。

偶尔有组队而来的自助旅游者或者观察大自然的发烧友，逐梦人一样跑向草滩深处。如此平凡、单调的草滩，在他们眼里倒像一场盛宴。荒芜不再被漠视，反而独有一种与都市喧嚣不一样的奢华。

守山的山民，是经过荒草滩最古老的人影，他们本可以走入紧邻的闹市，走入纷繁的生活，但他们依然穿着黄胶鞋和裹腿裤，满身汗渍沾着尘土，脸色憔悴，仿佛史前遗民一样过着和这个世界关联不大的生活。每一次和他们在山道中间相遇，都让我意识到这座现代都市的古奥和深刻，不仅来自宫殿遗迹，更来自人的基因。

也有和我一起在黄昏（我时常在周末的下午，坐五站公交车，到水库边来）爬上小龙山眺望落日的人，有些是一家人，欢颜里是平凡幸福的生活漫溢，也有独行者，类似我，迎着生命的寥落，试图把对自身深深的疑虑、困惑和天地的绵延连接在一起。

三月和十一月，荒草滩上的风吹得正欢，芦苇金色的杆和银色的羽叶，让草滩有诗中唤灵的神秘感。整个荒草滩随风起舞，仿佛岁月一直到大地尽头，依然都会延续自己的活力。

在这样的季节，在黄昏将尽之前，常能在近乎凄凉的草滩上遇到即将结婚的情侣们。枯黄青灰的背景，在生命季节最美的入口，是个多么遥远的暗许——暗许着将来，一直到白头，依然还能保持爱挽成心结最初的样子。包裹在白色婚纱里如梦如痴的新娘，被懵懵懂懂的爱人扶着，或抱起。荒草滩枯萎下去的世界，背景如此厚重、坚实，生活的种种艰难好像都能阻挡住。幸福鸟在这样的荒草滩上飞翔，正要驱除一年里过度沉寂而染在时间手指上的污垢。

这样的两个月份，骑车经过荒草滩，风中浓浓的寒意依旧，内心的孤寂并没有减去几分。风中的点点轻快，如镜子一样从心里映照，仿佛追随着艰辛努力的风声的写作之花，以及有幸在荒败草陌和寂寥山林中退去又涌来的潮声里的幸福之花，都会有朝一日在眼前的自然深处次第绽放起来。

星辰坠落之花

花苞仿佛是夜晚生长出来的，这是白天看到花苞时的印象。它们看上去鼓鼓的，一层绿绿的茸毛包裹着将要爆发的美得致命的子弹，从中能够感觉到使人快意的生命力茁壮迸发出的激情，还能感觉到花苞里藏着能将香气四散于时空中的轻盈，这轻盈能够使任何一个对生命抱有热情的人内心颤抖。

花苞如同希望之嘴。

“妈妈，看，这个嘴嘴要唱。”公园里一个三岁的孩子对她的妈妈说起眼前蔷薇花的花苞。妈妈担心孩子会去摘花，细嫩的小手被轻微的勾刺扎到，赶快把孩子从花前抱走。

走过这个小孩子的身旁时，我倍感珍惜地收藏起了她说的话——她说出的话，是我想说而没有说出来的。她听到自然在唱，她和大自然一样纯真、坦诚。孩子身上有比大人更靠近自然的东西。

夜晚，仰望天幕上的星辰，那些星辰在无限遥远的地方散发出雾蒙蒙的光。这些光正从高空倾泻下来，那星光走了亿万年的路程，才落到一朵花儿的新芽上。那层淡淡的银色光芒，像是用银器包裹着，一定有海一样深的神秘波动包裹在这层半透明的影子里。静静的凉夜里，它风驰电掣，穿过无数漆黑的幕布，固执地把梦幻的气息渗透到一个生命即将醒来的眼睛里。

夜晚被这个银色的迷梦纠缠，昏黑与迷乱，那些点染了星辰暮光的花儿，有新的喜悦在心里跃起。

第二天，我坐在公交车上，看着车窗外跳跃在阳光下的花朵、隔离墙上的月季、树篱上缠绕的蔷薇、野草丛里的毛茛、突兀孤立的丝兰……眼前的花影和昨夜星辰里的花影重重叠合，好像眼前的花朵身上正显出忽隐忽现的星光。

感觉到了某种说不出的星光坠落之痛，它在和一个陌生的生命相互交融时把自己完全地分解，之后，消失在了坠落的片刻。正是有这样的消融，无数奇迹之花才会在暗夜里醒来。

眼前的花朵，看起来普普通通，淡香飘散在风里，美的形制像极了祭台上的烟云。但每朵花，它的生命都是开始于星光坠落之夜，它的盛开里，有把梦境里的影像变成真实的启示。它在对行色匆匆的每个路人说话，诉说每一朵花开都有它必然背负的原因。

在这样的一个清晨，因为感觉到花上星辰的坠落，觉得车流穿行的街市和草木，正被某个迷梦一般的航船牵引。

博尔赫斯①写过一篇《柯尔律治之花》，故事里说，一个人做梦，梦到自己到了一个花园，临别时，花园主人赠了他一朵玫瑰。梦醒时，他惊诧地发现自己手里握着一支盛开的玫瑰，花上的露珠还是圆的。柯尔律治之花审视着生命的神秘。我的星光坠落之花是在审视着生命的源头，还是在疑惑这生命的因果？

---

①博尔赫斯（1899—1986），阿根廷诗人、小说家、散文家兼翻译家，被誉为作家中的考古学家。他是只写小文章的大作家，他的作品书写了世界的混沌性和文学的非现实感。他的文章是历史、现实、思想三位一体的范本。

时光隧道

什么能够让人变得瞬间认不出来?

真实的答案只有一个：时间的位移。下一刻的自己永远是此生最大的神秘，这也正是活着往前看的意义之一。

从德胜门转27路公交车到西直门外，然后转808路或106路到国家图书馆，这一小段一年当中不断往复的路，早晨会遇到脸上带着倦容的上班族，傍晚又会与霓虹灯影里拖着疲惫身影的下班族撞在一起。相同的地点，遇到不同的人群，看到相异的生活画面，不同梯度的人生，在这个庞然巨物般的城市的边边角角上，展示出迥异参差的多态。我理解这种多态，理解种种时代的人性，便像部分地理解了时间。

不管什么时候，我在德胜门的车站上碰到最多的，永远都是路人行色匆匆中脚下若隐若现的焦灼。繁华都市里的初次拥抱，做着永远诀别的身影，被站台旁广告栏里的玻璃镜面所记录。

望着城市摩天轮上处于边缘地带的各个族群，他们以强韧的生命力承受着这个城市变化最大的离心力（自己正是属于这样一个漂泊的群落，正试图用写作来重塑自己的人生，目前的生活看起来似乎和这座城市无关，和整个世界的烟熏火燎无关，但事实上，那种埋藏在冥思和审视当中的关联要更加紧密）。

到西直门外下车，心情就会变得平缓。站在德宝饭店旁边的站台上，时常会下意识去看头顶的蓝天，看清凉、萧疏中孤寂撩人的落雨，看飘雪散落的静美，或者看掩藏于生活丛林里的深邃空间。等车的片刻，生活之焰如潮水般退去，在周围不高的楼宇凹凸阻隔出来的空间里，去感受自然和隐秘世界的变化节奏在心里产生出来的奇特共鸣。生活之手伸展，时间之眼睁开，在站台上，自己成了一个对隐秘世界顶礼膜拜的人。

公交车从西直门外往动物园去，会经过一条不算长的隧道。说是隧道，其实只是一道几百米的凹下地面如波浪谷底那样的车道，车道上面凌空架着的，除了北展桥，还有另外两座双车道的桥梁。车子在这个隧道里飞驰而过，仿佛冲浪运动员瞬间从一个浪尖滑到另一个浪尖，车出隧道，公交车的车头就势会有个剧烈晃动的回落，窗外被头顶宽大的桥梁分隔出来的太阳的光幔，如同舞动的剑光那样在眼前一闪。

车子有时候掌控在一个中年女司机的手里，和缓从容地进入这个隧道。在车子穿过隧道一分钟左右的时间里，会让人生出种种错觉，仿佛车子是在经历一个没有尽头、闪耀着光彩的时空隧道，蛋黄一样的光和蓝玉一样的光，交替在眼前滑过，然后，桥梁灰蒙蒙的影子覆盖过来，之后，银色的亮光和幻觉一样由深变浅的白光互换了。在这些光影的栅格里，感觉自己的身子缩成了没有重量、没有体积的一团。

微微在座位上向后靠，这个缩小的自己其实是那么笃定。此刻的自己既是草，又是露，也成了跨越时间的阶梯。风从半开的车窗口吹过，穿过我，穿过另一边的窗口，穿越世界而去。在隧道水泥墙上攀爬的五叶地锦由下往上，像绿色火焰在腾起。阳光和蓝天正在落下，这种光影时间的坠落和升腾，温和得让人迷恋，使人安眠。

这种感觉舒服极了，曾经有一两次，我甚至幻想，这车不要开出隧道就好了。

遇到堵车的日子，车子在隧道里如海牛那样蠕动。光影交错变慢，甚至停止，光在心灵镜面上的反射会变得奇特，车窗外水泥墙上光影的波动，像是凝固在那里，会让人想到世间万物生生死死的潮汐，四季变换中的轮盘，马里亚纳海沟暗潮涌起的明线，珠穆朗玛峰顶飞雪的冰凉。

恍恍惚惚，真的感觉到自己穿行在某个时光隧道里，身体里无数死亡的细胞和新生的细胞正在做着交替。这种交替里，我的欢喜和忧愁也在新陈代谢着。穿越隧道的片刻，自己在生命的岁月里老去多少，又在精神世界的感知上获得了多少？在科学的急速边界上探索时间和空间之谜的科学家们，定然也和我有过类似的神秘幻觉，将生命频率和科学频率交织在信息化的数据里。

车子骤然加速，把我从迷梦中惊醒。似乎等了很久，其实在隧道里等了不过几十秒，至多不过十分钟。我把手探出窗外，捉一缕梦与时间的原子到手里。

一个黄昏，车子经过隧道，西沉的落日如同独眼巨人最后的惊诧那样，将世界染满娇艳的橘红。我拉着扶手，站在拥挤的公交车里，却觉得世界安静得只有我一个人，只有我拥有此刻洒满世界的红光，只有我的心跳扑通扑通，除此之外，一切都像不存在。

车进入隧道，橘红的黄昏仿佛突然凝聚了，时间的地平线在眼前绵延伸展。不知为何，一种没有由来的感动将我包围，让我忘了自己身处的孤独。

生物龛里的灵魂

在萧焜焘[1]先生编著的《自然哲学》一书中，我第一次读到“生态龛”一词。“生态龛”一词由英文“ecological niche”翻译而来，指的是生态学研究中生态单位种群的基本单元，“生态龛”这个概念的分支下面，是更具体的“生物龛”概念。比如一只猫的整个生命过程就是一只猫的生物龛，一棵杨树在萌芽、生长和死亡的生命循环过程中与整个生存环境发生的种种互动关系就是一棵杨树的生物龛。生物龛的概念很有些自然王国故事集的味道，这种生命在一个生命容器里游动的动态一下子吸引了我。“龛”在中国人的意识里，是供奉神佛的小格子，算得上是收藏灵魂、珍藏信仰的容器，具有在西方人眼里难以言传的东方神秘主义色彩。翻译过程中，这个将东方的神秘主义和西方的实证主义结合起来的独特概念，激发了我的特别兴趣，仿佛藏于万物身上那个神秘的时间指针在眼前又一次被我看到。

让我们以一棵杨树的生命循环来看一看生物龛里究竟藏着怎样的故事。

早晨，阳光像水银一样流淌在大地上，一棵杨树被这样的光芒照射着。阳光开始照射意味着每片叶子上的叶绿素工厂开始了它的工作，光从四周涌入叶子，叶子选择性地吸收了红光和蓝光，然后把不需要的绿光驱赶出来，被叶子

---

① 萧焜焘（1922—1999），湖南长沙人，近代著名的哲学家、教育家。

遗弃的绿色，投影到人的眼睛里，成了人类看到的森林草木的颜色。这绿色是我们肉眼看不见的那个自然工厂全力开工的信号灯。看到绿色，便是等于看到隐含的生命活力在像流水一样奔腾起来。

杨树的根部如同人的心脏，它有一种本能的压力，需要向周围的空间吸收尽可能多的水分，这种压力在根部形成了杨树的根压，如同一台永不停歇的泵。当我们把树木的根部切出口子，时常会看到有清水从口子里流淌出来，这清水如同杨树的血液。在这样的压力当中，清澈的流水通过植物维管束，像一根根透明闪动的银线，这些银线通过杨树粗壮、结实的躯干和繁茂的枝叶连接的通道，在我们看不见的空间里，架构起一个恍若神秘宫殿般的水晶世界。好可惜，这个杨树形成的魔方一样的水世界的循环，除了想象之外，无法直接用眼睛看到。

杨树下方是低矮的灌木丛，还有常见的禾本科和藜科的杂草，这些草本借着杨树的荫蔽，逐渐获得自己生命的自由。

繁盛的杨树身上，时常会爬来腐蚀和毒害杨树生命的天敌。黑如蜜豆的象甲，还有像金刚武士般夹住人的手指死死不放的天牛，它们用电钻一样的口器，撕开杨树的树皮，把吸管插入树干深处，把杨树作为运输通道的木质部毫不留情地切断。它们以杨树输送的水分里的养料作为自己的食物。还有能把杨树叶一扫而光的天社蛾、杨尺蛾。这些季节性的重大虫害，刺激杨树不得不同周围的环境进行战斗，它如果不聚集起自己所有的生命力，努力在敌人攻击中存活下来，就会在这样的战争当中，被外来敌人吞噬干净。

当然也有好邻居，比如杨树顶上用风干的树枝搭建出自己的厅堂楼阁来的花喜鹊，既是杨树的邻居，也是杨树战斗的同盟军。

有时候，淘气的牧羊小孩来到树下，擦着鼻涕，挽起袖子，“刺溜刺溜”爬上杨树光滑的树干，比猴子还要灵活。他们伸手去掏树顶喜鹊窝里的鸟蛋，随手折下鲜嫩的枝叶，丢到围在大树下“咩咩”叫的羊群里。一群群的山羊，还有拖家带口的绵羊，从杨树下走过，杨树贡献给它们可口的食物，它们则把黑豆一样的羊粪蛋蛋撒到杨树周围的土地里。

初春时节，杨树成行的街道两边，杨絮飘飘，人们既讨厌空气里白色的飞絮迷了自己的眼睛，又被这飘絮携裹诱出梦幻与星辰织成的恍惚。夏秋时节是杨树的积累期，积累生命的成长，沉淀下一份沉重，一圈看不见的年轮这个时候潜滋暗长。冬天是杨树的冬眠期，或者，对这么一棵树来说，说它休眠更为恰当。它的木质部在这个时候变得更为坚硬，这是为对抗雷击电闪、风暴骤雨而准备的铠甲，不需要的、废弃的树枝被朔风刮断，散落地下，给人们做了柴薪。杨树满怀欢喜地变成水瘦山寒的世界里的一件独物，它的所有力量，或者说在自然中所保有的作为一个独特物种的灵魂，全都集中在冻土下面的根部了。

一棵杨树的生物龛大概就是光、水分、二氧化碳，再加上一点矿物质的积累沉淀过程。它从一棵嫩苗长成凌云大树，让自然里那些分散的物质，通过它合成碳水化合物。如果没有意外事件，一棵杨树的生物龛，就是无数个季节循环当中深藏着的生命再造的奇迹，是生命永不枯竭的成长、战斗的过程。

有一天，黑云压着顶，杨树已经长得很高很高，几乎能够摸到黑云垂向大地的丝带。“轰隆轰隆”的雷声是它熟悉的，这声音总让杨树发抖，它的整个身躯在狂风里舞动。天要不仁，物就只能默默承受死亡的呼唤！闪电从天而降，一个惊雷带着一颗太阳般的闪电从树顶瞬间直贯而下。被击中的杨树，树身如同火鸟一样熊熊燃烧。

第二天，牧羊人经过这个拦腰断裂的大树，满树绿如翠玉的树叶焦痕斑斑，秃枝上还冒着一缕缕蓝色的青烟。牧羊人抬头愣愣看了半天，他被造物瞬息变幻的生灭激起了内心说不出来的无常感，忍不住叹息一声。他很快又在现实中醒过来，快速转身，跑到村子里，叫了亲戚邻居，一起把杨树拦根锯断，分段拉上板车，运到家里去做建造家具、房屋的材料了。

之后，杨树的腐根里开始爬出蚂蚁，有蝈蝈在打碗花的盛开中鸣叫，近旁的风铃草、狗尾草、蒲公英长得繁盛起来，在这些草木一生一灭中间，枯树中的蚂蚁也不知不觉般来去好几回。

一个杨树的生物龛就这样倒掉。但新物种的成长、盛开并没有因此停止。

一天，一条绿色的小蛇爬过草丛，盘在腐朽的树桩近旁一棵刚刚冒出地面的新苗旁，它经过长途跋涉，累了，想要在这里休息片刻。绿绿的杨树苗把几丝阴凉洒到小蛇斑驳陆离的身上，蛇嘴里吐着芯子，缓缓从杨树苗的身边爬过，它的水晶之眼里，看到了一个新的生物龛刚刚合拢。

白狐

作为生灵的狐，是狡诈、聪敏、优雅的象征，白狐更有一种隐秘、多变、通灵的性情。游离在大自然中的狐狸，长久以来给人这种飘逸又迷人的感觉，好像人的灵魂碎片有一部分不小心遗失到无人的荒野，被这种犬科动物据为己有，从而使它具有了能和人亲近的能力。

中国的神话传说，那个试图驾驭又超脱了自然之力的世界里，一切自然物都被一种叫作仙或者气的东西净化并包裹，这种气凝聚在每一个生命的身体里，经过千万年的淬炼，会发生连通不同世界的异变。

神话的概念是由原始宗教派生出来人对自身存在的一种想象和安慰，因此在神话世界里，大自然中的动植物的异变必然趋向具有人格化，能够口出人言，能够不惧衰老，会唤灵为实。人类是如此羡慕自然精灵无拘无束的自由，渴慕呼风唤雨、穿越时空的能力。自然精灵想当然也会羡慕孤芳自赏的人类，试图拥有思念多情中诞生的忧愁和幸福。

说到底，狐变其实就是人变。神话故事里，看起来是人和自然的纠缠，这种纠缠，神秘又难以捉摸，但在生命无尽的奇想里，其实是对社会弊端的讽刺和个人命运的憧憬。

读妙趣横生的《聊斋志异》[①]，狐与人的边界更加模糊，便对狐更多一份亲近，

---

①《聊斋志异》，简称《聊斋》，俗称《鬼狐传》，是清朝著名小说家蒲松龄创作的文言文短篇小说集。书中多写花妖狐媚与人相恋的故事，文字简练，描述传神生动，在浪漫主义的想象中，包含着作者对社会的讽刺和对个人命运的不平，是中国古典短篇小说中对现代文学影响深远的经典作品。

更生一种神秘的窥探。

曾在北京动物园里看到过几只困在栅栏里的白狐，失去自由后，饱受屈辱的白狐把泥土地面刨得坑坑洼洼。很多参观的人喜欢用细长的树枝或人造的食物去逗弄那几只神情萎靡的小动物，可能神话里的它们太过诱人，看到眼前的实物，更激发了大家的好奇。白狐神色黯然地蜷曲起身子，已经发灰的白毛稀稀拉拉掉落，眼睛里看不到一点灵性与狂野。白狐，连同它的基因和它的美丽传说一起，像是被一股可怕的力量给固化了。这股力量不只是这个关着它的铁栅栏围成的封闭监狱，还有那些天天围着它啧啧称奇的直立两足动物的脚步声和不怀好意的目光。

我曾经有过与一只白狐的相遇。那只独一无二的白狐，在我眼前突然出现时，像是撞碎了神话与现实的边界。

那次奇妙的相遇，发生在寒冷的十二月，一场大雪下过之后不久。写作的间隙，身心有些疲惫，我便到北京昌平的双龙山风景区散心，完全忘了当时正是封山的季节，却误打误撞，巧遇景区自然调查团的到来，得以随团进入景区，然后找了借口，脱离团队，独自爬向双龙山的山岭脊道。

环山纵横盘绕的山道上，正午的阳光洒满雪野，秋天的荒草，枯黄、稀疏、蓬松，充满迎着风的虚幻飘摇的柔情。在我的头顶，在我的手边，荒草随风摆动，发出“唰——唰——唰——”的悠长声响。我奔跑时发出的粗重呼吸，与荒草的声音呼应，在耳边鸣响。

在进山口的标牌上看过双龙山的介绍，说山里曾经有白狐出没。因为白狐的传说，还在山里拍摄过一个《白狐传说》的电视剧，讲述在这个平淡无奇的山林里，曾经有过一只名声在外、情动四方的美丽狐仙。

双龙山的海拔不高，山路虽然狭窄曲折，但路面基本都是平整的泥土路和石头路。白雪在路面上、碎石上、荒草上积聚起来，封山后，还没有人走入山的深处，厚厚的积雪看上去纯净极了。阳光照着山岭，积雪却一点都没有消融，白雪依着山势，风卷细浪，翻着滚动的“白纱”。卷起的雪粉吹进我的脖子里，粘到我的眉毛上。

山门入口，话很多又热心肠的售票员，特别对我强调：“最多两小时给你爬山，太迟我就关门了。”

爬到半山处，我已经气喘吁吁。在道路拐角，山风把高高挂在树枝上的雪粉吹落，雪花在阳光里从天洒下，突如其来的清凉，阻住了我的脚步。眼前的金色阳光里，雪意缥缈，光携裹着雪的美，被寂静包围，天地悠悠，世界之美如此庄重。白色何以会圣洁，在那种时刻，山石草木间涌出一种简洁与安然的气息，把我紧紧包围。多日写作带来的精神上的疲惫，冰一样消融。

风势卷着荒草，羞涩的雪之女神和在一个山道上迅跑的男子，在那一刻惊诧地相互对视。荒草在一急一徐的山风中摆动开合。山野耸动，世界仿佛轻轻在摇。

就在这样的时刻，我从眼前草丛的罅隙中，猛地看到一只白色精灵。在这个午后，它的身上带着大自然遮掩不住的灵动、轻盈，那种跃动是我此前在任何一种动物身上极少见过的。出于日常的习惯，这个白色精灵正顺着山道，按着往日熟悉的轨迹，下山觅食。我此刻站立的地方，正是它觅食通道必经的某个路口吧。当它意识到有一个异物逼视着它的时候，也呆住了。阳光里，那只泛着银光的白狐，一动不动地看着我。

走南闯北，见过一些珍禽异兽，但在那几秒钟里，我确信自己看到了此生以来最美的动物。我们相距只有五六米，它在高处，从乱石嶙峋中跃入草丛，来到我面前，和我遥遥相对。它的眼睛望着我，眼神里看不出多少惊慌失措，倒好像是在做某种回想，风吹动尖尖的冰雕一样的耳朵，狐尾迎风飘动，音符一般荡漾在荒草间。我在低处，被突现眼前的情形同样惊到，还没有意识到自己刚刚撞破了一个多么美的传说，只觉得跃动在山中的这个精灵，探寻的眼神里竟然有种似曾相识的感觉。

白狐发觉眼前的人并没有多少危险的气息，只不过阻碍了它下山觅食，让它感到不快，便机敏地选择转身离开，临走还用眼睛的余光瞪了我一眼。

正当白狐的消失让我怅然若失时，它又在不远处一个高高的山脊上出现，身体修长的线条几乎要融进雪野里。它回头向我站立的地方定定地看着，看看我这个傻瓜是不是已经走开。如果我不在了，它或许又可以顺着原路跑下山岭。我再次看到白狐的身影，真是开心，在这一刻，因为懂得这只异兽的一点心曲，我甚至朝着远处的白狐挥起手来。白狐有点迟疑，但终还是转身，在崖间起伏跌宕的褶皱中，如溅落的星星一样消失不见。

这时，我才想起手里的照相机，后悔忘了把白狐的影像记录下来。

接下来攀登双龙山的路，变得说不出的亢奋，双脚在裂岩和枯叶铺就的路面上跑动，脚下的轻盈就像是从那只白色精灵借来的。

一路上我的眼睛不时四下里搜索，但除了眼前的风、荒草、阳光和白雪，没有再见到那只白狐一次。没人能体会当时我心里的兴奋和惆怅，这感觉到现在偶尔还会变为一点莫名的愁绪。

写给惊春

午后，暖融融的阳光下，轻缓的风穿过四野，有鸟飞过刚刚披上新绿的垂柳梢头。看到季节的翅膀像钉子一样钉在时间的山水里，感受这些变化，内心陡然生出一股暖洋洋的环流，想要和眼前的变化相呼应。

走过郊野公园的草坪，看到一个年轻母亲正在兴趣盎然地教自己稚嫩的孩子读古诗。我坐在这对母女近旁的木椅上小憩，看眼前水面上粼粼闪动的波光和远处莽山背后湛蓝的天空。

“三月四月万物生，木生草长枯荣成。”妈妈提着声音教。

“三月四月万物生——木生草长枯荣成——”孩子拉长了声音学。诗句不知来自哪一首古诗，也有可能是妈妈自己一时写的。母亲的声音温润，孩子的声音清脆，母亲的声音里有起承转合的节奏，孩子的声音里有描摹画线的纯真。

我转头看去，年轻妈妈正揪了一把垫单下面的草，把青草在手掌上摊开，给孩子介绍着，这个啊，是枯萎了的，叫枯，这个呢，是春天里刚刚长出来的新芽，叫荣。孩子似懂非懂地看着妈妈的手掌，又抬头望一望妈妈的脸，然后突然伸了脖子，探着头，把妈妈手掌上的草用小手猛地拍到地下去，然后调皮地望着妈妈：“现在什么都没有了！”片刻的对视，母女两个一齐哈哈笑起来，然后接着玩拍拍手的游戏。

草坪上有人在跑着放风筝，周围视野开阔，微风带起风筝，年画般的风筝在天上飞着，“蝴蝶”赶着“苍鹰”，“蜜蜂”追着“蜈蚣”，“蝴蝶”的美丽丝带比孔雀翎还长，“苍鹰”看上去飞得那么温顺、谦和。

小女孩突然站起身来，年轻妈妈急忙随着站起来，帮她擦着手上粘的面包渣和奶油。小孩子像是有什么非办不可的事情，挣脱了妈妈的呵护，急匆匆跑向草坪边的一大丛迎春花。母亲呼喊小女孩的声音吸引了四周人们的注意。我从天上收回视线，看着小女孩的背影，她站在这个季节唯一盛开的花圃前，正用小手摘一粒一粒的小黄花。孩子稚嫩专一的动作，表露着一种敏感的心性和特别的好奇心，也让人看到一个孩子内心难以捉摸的动态。

小女孩拿着摘到的花，跑到妈妈面前，像是在大海边捡到闪亮的贝壳，向着心爱的人炫耀一般问：“妈妈，这是什么花，是报春花吗？”口气骄傲又疑惑。

“妞妞好棒噢，就是报春！但它还有一个更好听的名字，叫作迎春花。”母亲高兴地点着女儿的鼻尖一字一顿地说，每点一下鼻尖，女儿的眉毛就会皱一次。

我随性在公园里走，转过人工的水塘。夏天的傍晚，有不少人在水塘里游泳，也有人在水塘边钓鱼，绕着水塘的石子路也适宜用来慢跑。现在是春天，“水寒绿瘦人轻薄”，一路上见到更多的是缓缓踱着方步的人。

出公园门口的一段路，两边种了不少连翘，常言说“迎春花烂漫，连翘喜相连”，很久以前我还分不清连翘和迎春的区别。

碰巧又遇到草坪上的那对母女，妈妈背着一个包，拉着女儿的手，干净利落的妈妈和蹦蹦跳跳的孩子走在我身后不远处。

“妈妈看，这里到处都是迎春花！”

“这个叫连翘，你看它的花朵比迎春花的花朵大。”

“那它和迎春是不是一家的，怎么长得这么像？”

“连翘开得比迎春花要晚一点。”

“连翘开得慢，是不是就要迎春赶连翘，让连翘快快开？”

我禁不住停下脚步，回头去看小女孩。她妈妈不好意思地向我说：“小孩子尽乱说。”

小孩子一点都没有乱说。她惊醒了我迟钝、沉闷的心。这篇文章是为这个小女孩写的。

写给时间不逝，写给惊春。

世上最大的健身房

沿着时缓时陡、狭长绵延的山脊，我扶腰爬上山麓，一路上，汗珠顺着双颊流下，滚落到长满青蒿、灰藜的乱草丛里。

生命是个流动的系统，所谓身体的病痛，不是在这个流动的系统里发生了疯狂的扩张，就是在身体的某个地方产生了特别的淤塞和拥堵。和常坐办公室的人不同，投入写作的人，在阅读写作的过程中，常会处在忘我状态里，精神的自在和肉体的健康往往会发生失衡。

有一段时间，我有些不知高低深浅地罗列了好几个主题，然后开始齐头并进，写得不亦乐乎。好嘛，写倒是畅快了，高度专注的后果是腰和脊背开始酸痛，逐渐直不起腰来。

不得已，我买了护腰，扎了干针，贴了膏药，服了药丸，开始适度长走、慢跑，时不时往野外的山中去。

住地不远处，有一个盲人按摩店。我到那里按摩，每次一个小时，按摩的师傅几乎都是同一个矮矮胖胖、声音洪亮的女按摩师，刚开始觉得这样的人怎么会按摩，第一眼有些看不起人家。好嘛，一躺好，那个手像鹰爪一样，第一次就捏得我直叫唤，赶紧说："可不要把我像豆腐一样捏碎了。"她的一双手像长了眼，顺着脖子一直抓到脚，每个穴位都能捏到，轻轻揉着，直着嗓子问："这个地方吗？要用力？力度这样？这样？"我蒙着头，一次次回答："轻点，再轻点，好，刚刚好。”心里想，真是个女鲁智深啊！

之后我就毕恭毕敬地叫她张师傅。她的一双手让我知道自己脊背上哪几处肌肉是轻度劳损，哪处板结得比较严重，哪些地方肌肉松弛，哪里缺少锻炼。张师傅的手一用力，总会让我疼得直叫。

按摩了一周，感觉好多了，临别时张师傅告诉我，去爬爬山，不远处可有世上最好的健身房。十三陵水库旁的小龙山的山道，就是热情的张师傅推荐的。

我的腰出现问题是在四月，得到按摩师傅的建议是在五月，五月底开始执行爬山计划，一周基本两次。到七月，身体基本恢复了正常。

从腰肌劳损的“泥坑”里爬出来，身体恢复如常，才觉得健康真像人的呼吸，平日无所见，须臾不可少，千金买不到。

十三陵水库靠北的山麓叫蟒山，又叫大龙山，那是北京登山台阶最多的山道。正因为山高路长，爬一个来回至少要六个小时，最适合节假日的游历，不太适合日常锻炼。小龙山在十三陵水库的南边，山势低缓。我基本沿着山脊爬行。山脊上很早以前曾是皇家陵园的外墙，现在外墙完全拆掉了，只剩下残垣横亘的地基，正好成了爬山并不规整的台阶。从小龙山南麓上山，到昌平电视塔下山，加快速度，一次两个半小时，刚好可以出两次通汗。

晚春初夏去爬，路两边的颜色是从灰色中渐渐复活过来的嫩绿。一路上，扑面的绿色被大自然的生气浸透，能带给人心平气和的满足感。看着眼前自然交替的变化，汗珠伴着绿色复生的节奏，那种自然生机的音律在心里往往沉淀为诗的旋律。运动的舒展挤压四肢的活力，我会朝着人烟空茫的大地，无所顾忌地呼喊，声音撞击山风的细弦，送来悲怆、寂寥和无畏的颤抖的声息，在心中往复共鸣。

夏秋时分，尽量躲开似火的骄阳，即使是伴着小风，野草丛里还时不时会透出闷闷的热气，山林和大地都热腾腾的。山道两旁，伴着脚步的还有看不见的蚂蚱、蝈蝈在草中歌唱。飞舞的蝴蝶在野菊和石竹花上停得长久，对盯着它看的傻瓜完全无视。年轻情侣，中年夫妇，家长拉着孩子，警卫员陪着老首长，总会遇到各式各样的人，在那条陡峭狭窄的山道上，如马陆一样爬上爬下。

爬山时，脸上流淌的汗珠，与健康肌体从四肢上表达出来的快乐，都在印证着："山，是世上最大的健身房。"

我偶尔会想，一个盲人按摩师傅，她爬过如此险要的山道吗？如此准确的经验，是从别处听来，还是她自己领会到的？她作为昌平本地的居民，为人热情，做事诚恳，看起来大大咧咧，其实很有一点礼数的待人接物，很大部分智慧是从本地的日常生活经验传承下来的吧！

冬天爬山会少一些，主要是因为北方的风。不在北风呼啸中爬过山脊，很难知道冬天的山顶上，风吹得究竟有多猛。即使天气晴好，爬到山顶，从军都山脉的风口吹来的风，也会让人连说话都困难，一张嘴，"呼呼"的寒风吹得人的喉咙刺疼，不得已，只能选择用鼻孔呼吸。

我就这样一边坚持着锻炼，一边重新开始有节制地写作。在调节身体和精神探索的平衡过程中，逐渐摸索寻找着长久写作下去的恰当方式。

京城飘絮

三月中旬已经隐见细碎的棉花球儿在空中飘,满街市的,像灵魂细碎的火焰,幽幽燃烧在人影中。

每一年的杨树花总是开得隐秘,花在微风里怯怯的,有点像魔怔一样抖着。春风吹得迅猛,开放的杨树花上,毛茸茸的絮状白丝,随风而起,白色的小绒球就开始追着街道上的脚印在跑了。听到被妈妈抱在怀里的小孩子,指着飞舞在风中的白球儿叫:“啊,雪,雪,妈妈快看雪!”妈妈耐心解释:“春天里哪来的雪啊!这是柳絮,柳树发芽了,正在悄悄开花哩。”杨絮和柳絮看上去并无多少差别。

人间四月桃花开的时候,柳絮依然像初雪一样,迎着阳光,在晨风里、在晚霞里,无穷无尽,飘动、浮荡。城市因此像是满布了春风的哀愁。

坐在国家图书馆的四楼,身旁是能看到天际线的大玻璃窗,窗外能看到柳絮像在天上地下浮游的浪荡子,从窗前,一阵接着一阵,漫不经心飘过。春天,抬头远望天空,有时灰蒙蒙一片,有时又从湛蓝渗透成碧色,窗外空气里飘浮的慢悠悠的白影,很容易引人陷入忧虑与幻梦。图书馆近旁,是绕了半圈的花园草坪,草坪上种着柳树、云杉、碧桃、桧柏,新种上不久,移植来的种种树木,枝叶上飘浮的生机还细若游丝。笼在这些新树树枝上发白的飘絮究竟是从哪里来的?

近旁是紫竹院公园,紫竹院里,旱柳、垂柳沿着水塘小湖成行生长,密密麻麻长得丰盛。紧靠着紫竹院的图书馆这边,春天的礼物之一,便是连天飘絮的景象。紫竹院公园与国家图书馆真是季节互为注脚的映衬。

中午从图书馆出来，沿着两边长满银杏树的街道，经过万寿路、魏公村街，走上 20 分钟的路，独自去吃“李先生”的辣味炸酱面或者梅菜扣肉饭。偶尔要上几个小菜，独斟一杯小酒。生而为人的孤独，写作之外，不外乎如此。

四月初，有几天劲风吹得很烈，甚至让人怀疑会不会出现倒春寒。春风烈，是为了给新生命的成长以更大催动，催动它由内在的剑戟破开结了整个残冬的硬痂。银杏树就是在这样的氛围里，不几天时候，就披满少女般的新绿。

走在街道上，柳絮飘过来，女孩子会偏过头躲开这烦人的白絮，男孩子会用手像驱赶苍蝇一样赶开空中浊物。柳絮那么轻，想躲开，反而一下子向你扑过来，到快粘住人的身子，又顺着气流，一个盘旋，瞬间像冰上精灵一样飘向远处。

在柳絮飘飘的人行道上，常能碰到一个胳膊残疾的少年，蓬头垢面，神色木然，残废的一只手夹在两腿中间，好的一只手撑着地面。双膝跪着一块硬纸板，声调像念经的僧侣，一边不断机械重复着向路人磕头的动作，一边像唱个喏儿一样，拖长了声调，气息一甩一甩地发出“谢——啊——谢——，谢——啊——谢——”的一高一低的声音。在他身旁的棉毡里，裹着一个缩得如婴儿般大小，老奶奶模样深睡不醒的畸形人。柳絮飘啊飘，银杏树长啊长，新绿的春天，白色的精灵，沉默的世事，深不见底的生活。空气和时间，在那一小段路上，硬得有些圪人。

阳光从雪松的缝隙中间洒落，高楼中间，春光烂漫，飘絮让世界陷入迷茫。无人意识到，时间溅落之珠正通过这恼人的白色精灵，在世界里深深飘落。

雾焉

六月，雷阵雨过后的阴凉早晨，正是炎热的盛夏难得的礼物。天微阴，灰云一直朝着天空高处飘，路面上的积水被微风吹得刚刚散去，只留下道道湿痕与车辙嬉戏。

公交车依旧穿过每日的街道、人流。高耸的楼宇和街边小吃摊保持着高度一致的喧闹中的沉默，在迎来送往着脚步匆匆的人群。

公交车与街边水流缓缓流淌的水道并排而行。水道有八九米宽，两旁原本种了高高的国槐，因为房地产圈地，都被挖掉了，空着的土台很久没动，伤疤一样难看，不得已又种了披散开的迎春花。春天的时候，经过这条水道时，我总会转过身，注视眼前盛开的早春，倾听季节的声音在河流的漩涡中涌动欢腾。

这个早晨，原本是很多个平常早晨中的一个。

目光滑过泛青的水面时，那青色泛出无数难解的纹路，我暗自猜测那纹路是水底的水草染上去的，但又没有标准的答案来解开水面色泽变换的谜题。可能是光的错觉，我在水面上看到爬满了如小灌木般竖立的白纹，那些白纹弯弯绕绕，在水面上勾勒出一种又一种花草的影像。我痴迷地看着这个水面上变化万千的植物园的诞生，对生命这个概念迷糊起来。

几十秒的时间里，公交车一直都在这样的水道边飞驰，要从眼前朦胧、奇妙的植物园幻觉中醒过来，真有些舍不得。究竟是神秘影子的映照，还是光的画笔，在创造着水面投影到我眼里来的一个植物园？

景物很快从眼前划过，想象的残影，眼前流动的光，很快就要从眼前消失。穿行于迷雾中的花影，清晰得如同路两边的树木，似乎要从水面上浮起。

经年亲近植物世界，经年亲近神秘自然的时空，看到水面上花影重叠着显现，大自然给我的惊喜之情又同我的想象之海轰然撞击。

这个平常的早晨，突然从无数个平常的早晨里脱颖而出。心里被一种美的重塑的强烈意识过滤着。

我们仍未知道那天所看见的花的名字①

我们一起往前走着，湿湿的路面上传来“啪嗒啪嗒”的声响。虽说撑着伞，但雨好像不大，把手伸到伞外，并未感觉到雨把手打湿，只感觉到些许凉意。

“好像……要不要撑伞啊？”你迟疑地把头伸出伞外，朝向美丽的阴得没有尺度的天空。

几只雨燕擦着路旁法国梧桐树顶端轻轻摇摆的叶子，箭一样从眼前一下子没入雾蒙蒙的虚空，像极了几滴雨滴滴到长空无际的时间的湖面上。被雨燕吸引了几秒注意力的你，恍惚了一瞬，大概雨燕把你夜晚飘在梦里的几片落叶衔走了吧。毛毛细雨的水珠晶莹透亮，如珍珠密网一样出现在你黑黑的头发上。你扮了一下鬼脸，把头缩进了伞下。伞下安静的阴影挡住了细密的雨的击打，被雨打湿后的你，变得清亮明快，摇着头，头发上的雨滴四散开来，把我的衣服都打湿了。

“呵呵，没想到雨这么大！”

---

① 标题的名字来自一部由长井龙雪导演、于2011年4月热播的日本动画片《あの花》，中文名一般翻译为《未闻花名》，但翻译得最有青春滋味的，还是《我们仍未知道那天所看见的花的名字》。我所写的故事本身与动画片并无关联。

雨其实不大，只是稠密中带着不动声色的欢喜。

植物园的小路上，一块块错落有致的空心栅格的水泥板下面，密布如小雀儿一样的杂草，杂草把俏皮的绿尖儿从栅格的空隙里伸出来，和走过路面的脚嬉戏。

昨天和今天早晨未曾想到有雨的时刻，还以为植物园里清朗纯净的空气当中，火红烂漫的鲜花，会有一种美的欢喜来迎接我们。没有想到，向往的阳光，在阴沉沉的云雾里失落之后，安静的雨露，带着清洗过的绿的芳容，这朦朦胧胧中的绿，在雨中把一切疲惫都洗净，然后用它们青翠温润的脸，来迎接两颗舒缓游离的心。

什么人能预料这样出乎意料的欢喜呢!

走出小径，到了一条开阔的主道上。可能知道有雨，植物园里游人不多，主道上安静异常。这种时候，下得没有断绝的毛毛细雨的琴弦上，仿佛跳动起几乎清晰可现的清脆音符。

“啊，有个花园，群芳水榭！”

“哪里有什么水榭？”

缓坡旁整排高高的杜仲在雨的迷雾里显得幽深而美，随着一点风吹过，酷热季节藏在植物身体里的那股清凉，如影随形地抚过全身。即使撑着伞，也会让人禁不住快活地想把双臂伸开，向着植物园里百草生发、万木成林的世界发出欢快的呼喊。

“哎，看啊，是牌子！”喜欢时不时把头伸向伞外的你，像麻雀一样叫着。

沿着路牌的指向，走不了多远，就看到一个木质的门廊，看起来像是木质，但也可能不是木质的，经年生长的常春藤密密匝匝从高处垂下绿的瀑布，枯藤新叶层峦叠嶂的生机，通过眼睛渗透到人的骨子里，让人禁不住心旷神怡。

“《绿野仙踪》里会不会有这样花仙子的门厅？”

“谁知道！”

进了门厅之后，两棵玉兰树像淑女般婉约地站在那里。春时早过，盛开的白玉兰已经不再晶莹洁白，再一次圣洁、绚烂绽放，与四月相爱的心，已经寄托到来年的梦里。标致青翠的圆叶上，覆满蒙蒙的梦都穿不透的雨珠，看上去仿佛失落过，又似乎有所得。这种安静的快乐，被细雨相拥着，除非伐倒，世间再没有任何力量能剥夺玉兰树此刻安然休憩的姿态。

你仰头看玉兰树，玉兰树低头看着你。树荫浅薄，凉风游荡。无垠大世界之外，一个清晰可见的小世界围拢在了玉兰树下面。

走过几十米外，高高的乔木潮水一般退去，小灌木笼着一圈一圈美丽夺目的花草。

细雨微风中，花儿妩媚，草儿妖娆。眼里的一切，干净、明亮、欢喜、温暖。幻境中的世界也不过如此吧！

真的面对这样的美，走得有些疲累、懒散的双腿，突然被来自一股说不出来的冲动激活了。花儿都有名字，草儿都有来归。不管对自然的好奇心有多大，什么好奇心好像都能得到满足。你像个学生一样，用照相机记这些花草的笔记。

花圃里，别致的假山上，喷涌出明亮的细水流。

“它们是为了使这些花草不孤独才这样设置的。”听到你对花间水榭如此解读，真是个不错的理解。

“但是，你看，这里怎么会有一个没有花的花圃？”

园子中间，一块汉白玉砌成的平台，比周围的水榭花圃的平面稍低，是一个直径三四米的绿台，不知名的纤细的绿草，疏密有致地相互手挽着手，在细雨中织出一个半透明的绿色台子。

“如果不下雨，可能这块绿地没有现在这么好看。”

好看吗？净雨初洗之下，它的纯净和周围色彩竞芳的喧哗明显能区别开来。

满园子都是美，唯独这里是一点静，静得能留了你的脚步，静得能安抚那被妖娆激荡起的心。你的手抚过绿草，啊，水珠泛着银光在你手里跳跃，在银光背后，绿的云烟在聚集……你突然住了手，银光不再，绿的云烟消散了。一朵米粒般的小花，泛着浅黄，又似乎有着玉的润白……你怔怔看着，然后慢慢俯下身，仿佛发现了什么不该被惊诧的东西。

一点微笑浮现在你的脸上。而我被这青翠中的鹅黄所吸引，放眼四周，又聚拢眼前，目光涣散，神思潜游，感受着花圃设计者想要表达的整体美的节奏。

“来看，这是什么花？”你说着话的时候，已经蹲下身来翻开绿丛，去查找无名小花的行踪。

顺着你拨开的草丛空隙，我看到一枝纤细的苍绿色的藤枝。然后你站起来，如蝴蝶一般双手握着，脸上有一点欢喜，又有一点忧伤。“啊，好喜欢，比所有的花都喜欢，喜欢这朵安静的花。”花从何处来，花往何处去？似乎要知道，却又一概不明白。

“一朵小花有什么大惊小怪的？”

“靠近，你自己看！”

我靠近那片绿，几乎把眼贴到如莹的绿草平面上，在晶莹水珠稍稍凹下的光影汇聚之地，在震落雨滴后显露出来的只有黄豆粒般大小的地方，好像是被一股神奇力量撑开一般。

“颜色好奇怪噢！”

确实，随着眼睛视角的变化，花的颜色，有时候浅黄，有时候翠白，有时候又呈银灰。刚刚要展开的花瓣上，毛茸茸的仿佛覆盖着一层蠕动的雪。把照相机的焦距调到最近、最清晰，还能看到花萼上星星点点的玫瑰红。分辨不清楚花儿是羞涩还是热烈，仿佛透过时空，它在盯着你看。

“什么花，知道吗？”

“不知道，爬藤植物刚刚开出的花。”

“它让人觉得好孤独。”

“每朵花都是孤独的。”

“但它很平静。如果你静静看它，会有一种说不出来的感动，想去陪伴它！”

“这么纯净的一片绿就是它最好的伙伴。”

“但是，这怎么算，应该有另一朵……”

我们继续在园子里的各个花圃里走，感动、惊讶、欢喜的浪花逐渐散去了，剩下的是身处其间的惬意。每次从园子的一边走到另一边，总会经过园子中心这片如莹的绿台，自然而然会在绿台边小憩。藏在绿丛里的小花，因为太过微小，花形还未变成舒展的样子。想要把它的样子清晰记住，然后在园子里密布的花草铭牌上比对着知道它在自然里的位置，但很多次不是没找到，就是模模糊糊中忘记了。它悄然的美，默默收集着自然的天光，安然盛着雨季的水泽。它多么孤独，多么快乐，多么悠闲，多么期盼。因为不知道具体的名字，所以无法用长久的记忆去牵挂它了。

“多么想知道它的名字”这种心里说不出来的奇怪想法，仿佛回旋在心灵峡谷里遗憾的回声。直到走出花圃，走出植物园，我们仍未知道那天所看见的花的名字。

但冥冥中似乎有所得，看起来似乎遗失的，则又以特别的无法言说的形式，如落石沉入心海，永远都不会遗失。

雪无声息

跋涉在雪上，天地寂静得可怕。褐色枝丫上，薄雪压着一点梅红，那颜色直撞入眼睛，一时想到你。唤不醒来山岭留存于世界深处的一丝暗香，无法和满目悠然的雪野对话，心底一股不知归处的怅然若失，渐渐被空茫的时空包围。

世界淡然，让人想起雪下枯黄的秋野里，沉睡到时间河流深处柔而至坚永不凋零的花朵。

有好几年的时间，我匆忙的脚步与山花相伴，从北方到南方，循着四季湿润的痕迹行走。花的奇异与人的追逐，异路相逢，又慨然相离。

这明净的欢喜，能有几人知？

心怀山野，回环往复在路上。多少个心神疲惫的路口，万绿海波，花心鲜烈，触动眼角微笑的光影，将生命盛开的神色打开。那时，花儿，往昔与此刻存于一念，已然无伤。

孤影零落，长天压住峰峦脊线，斑驳水墨的雪岭引领着目光。苍茫天空上灰纱一样的薄雾，罩着眼里凝视的苍宇。

枫树的彩叶落了一地，琉璃点染，露痕脉湿，风慨石静。心里无数湿漉漉的念头散布于四野。这个样子，就是心中的孤独和世界的孤独涌满心口吗？

深彻隐忍，无诉无求，天地也不能驱赶一双行走在雪地上的脚印。长长一串足迹，张目于银色的遮掩中。每一个窝陷里，多少思念，多少悲伤，多少不忍，遗落其中。终年枯寒，新雪将旧雪覆盖。

晚起的清晨，未曾想北京新雪的样子，倒是母亲在电话里告诉我的。她在电视里看到了八达岭上纷纷扬扬的雪花，这雪让她想起自己的小儿子行走在北京苍茫楼宇中间只身影孤的样子。

北京第一场静悄悄的雪，促人打开紧闭的窗棂。窗外的海棠、白蜡和家桑的瘦枝，已被寒意裹紧。疾风卷着落雨，雪纷纷的幕帘，一幕幕垂挂在视线之外，垂挂在楼顶一座座蔓延的阶梯之外，垂挂在树身隐于苍茫的萧疏之外，垂挂在灰蒙蒙的明黄光线的胶着之外。

长叹一口气。

雪精灵正围着一个世界的火炉，就像极寒的冬意里，翩翩蝴蝶落在红梅花上。

暖意纷扰，撞击着四溢的寒气。跌宕和焦灼隐现于时间的乱流里。

此刻的心上，究竟是什么，能让人如此安静，无花，无果，无念，无生……唯有落雪与足印无可阻挡地生成着。

星雨赶过雪魂，心志追从界碑。

我像傻了一样看着窗外，无声处思念之火燃起。

雪正试图盖住世界。语言的世界变得毫无意义。

光如何找到花儿

我试图拍那朵金莲花时，肚子竟然在镜头举起的那一刻很合拍地“咕咕”叫了一声。

饿了啊。或许大家都饿了吧。领队刚刚说一小时之后就可以集合去聚餐。现在是中午 12 点差一刻。

宁静的草原上，微风托着每一个人，飘飘荡荡的世界里，没有一个人显得多余，这个平静世界完完整整地独属于每个人，天地拉伸的松弛与安静，让每个人心里都有自己的歌儿要唱。

12 点，标准的午餐时间，胃也训练得有了时钟的节奏，逼近 12 点的时候，身体的某根弦会自然而然绷紧，到钟点如果没有食物填补，胃的指针会自动“咕咕”叫着敲响午餐的时钟。

记得生物分类学的鼻祖林奈有个花钟的故事。林奈在植物研究中发现，黄鹌菜和蒲公英每天都以半小时为周期绽放、凋落，他就想，把它们和金丝桃、万寿菊、睡莲栽种成时钟的圆盘，这些植物的开花节奏，不就正好可以当作报时的指针。这个“林奈的花钟”，有人种成功过吗？

不知眼前的金莲花是不是也能报时？风把花儿身上一层层的光吹散，又迎接着一层层光的降临。时常所谓的花儿，说的大概是风之花、光之花、形之花、色之花的混合影像。金色弥散的天光，呼唤着时间隐藏在花儿深处的指针。这指针里报出的是怎样的时间？惊醒的是怎样的灵魂？

头顶的阳光很像昨天经过的寺庙里见到的那尊白度母①留在心上的感觉。看到白度母的那一刻，突然间想起某个人留存在心里的光，便把这形象与阳光相连了。白度母温暖慈祥，手捏成柔和的手势，这手势好像正把她身体里藏着的祈愿朝身外一推，就在那一推的冲击里，将人与神、天与地融合为一体。

思绪飘忽，手里刚刚端平的卡片机的镜头又垂下来，一时间竟然失神了。

我曾在一个摄影展上，看过草原盛夏时节的样子，那张铺展开的巨大摄影图片拍的正是眼前的草原——金莲川。金莲川在那个摄影家的镜头里，呈现出如自然的史诗，季节、花海、时光的洪流追慕着人心，花海在马蹄下坠落，升腾，哭泣，歌唱。

眼前的仲秋草原，和盛夏的热烈已然不同。盛夏的草原上，洁白的狐尾蓼、紫红的地榆、橘黄的旋覆花、粉紫的野山蓟，还有眼前的金莲花，它们大合唱的声音引领着草原的欢腾。现在，金莲花已在凋谢，金色裙装的音符正在换成紫色的音阶。

我下意识看一看周围，同行的伙伴们正像丛林战士一样匍匐在花海里。美丽的花海里藏着多少座梦中的堡垒。心跳声和花儿，唤醒着沉睡麻木的神经。

看着眼前傲然的金莲花，它正在洁白的狐尾蓼和粉紫的野山蓟丛中坦然接住天空七彩的阳光，也接住我投过来的忧郁的凝视。花儿在鼓励我——把你的镜头对准我！

---

① 白度母，藏音卓玛嘎尔姆，又称为增寿救度佛母，是观世音菩萨的化身。观世音有 32 种应化身，其中度母化身可以变化为 21 位救度母，白度母即为圣救度佛母的 21 尊化身之一。藏传佛教里，白度母身如白雪，面目端庄祥和，修白度母，可祈愿长寿，开发智慧。因手足各生一眼，脸生三眼，又叫七眼度母。

镜头迎着光，光打在金莲花花瓣的表面，像浪花溅起在岩间。草原的牧歌和久远诗国里的烟霞在镜头上聚合。风吹散眼前佛陀莲座般的金色池塘，光影的漫射由清晰扩展成朦胧，这朦胧深处即将跳出来的那朵花儿，与生命里正在寻找的花儿，安然对视。

心海里有只海豚从水面上跃起。“一定会出现的！”心里有个声音在默念。

按下快门时，肚子正好又一次发出了“咕咕”的声音。

辑二

自然精灵

ZIRAN JINGLING

栈菊

山林里，黄昏到来之后，天很快就黑了。

我站在好像是护林人住地的一片边坡上。眼前的几座房子里，橘黄色的灯光亮着。原本预定傍晚到达目的地，路上崴了脚之后，拄了根路边拣来的枯树杈做成的拐杖，一瘸一拐走下来，怕是要在这个密林遮掩的山坳里休息一晚，才能继续计划中的行程了。

一条溪流绕过几间护林人建造的木板房，之后又钻入浓密的夜色里。走过老朽得仿佛要崩塌的石板桥，走到木板房的门口，隔着门板，能听到一阵阵轻微的小孩子调皮的笑声。

轻轻敲门："有人吗？"听到我的声音，房间里的笑声一下子停了下来，片刻后，房门"吱呀"一声微微打开，一张清秀明亮的怯怯的小女孩的脸从门缝里探出来。

"你是谁？"

"我是旅行的人，崴了脚，晚上想找个住的地方。你家里能住人吗？"

她直直地用黑亮亮的眼睛盯着我看，小手紧抓着门框。稍微顿了一下，然后用一种迟疑的声音说："你等一下，我去问我奶奶。"然后，身子一闪，在门后面不见了，只听到房间里有一个声音传过来："奶奶，有个游玩的人迷路了，要住到我们家，就是现在，行不行？"

没有听到应答的声音，可能是小孩子跑到房间里头去了。可能看我拄着拐杖的狼狈样子，小女孩把我归到了迷路人的行列里。

一分钟不到，门"哗"的一声开了大半，一个大概五六岁，梳了一对羊角小辫子的小女孩站在了门口，脸上依然挂着笑，但已经没有刚那么深的怯意。

“我奶奶说行。”在她说话的时候，身后，一个头发花白的老奶奶现出身来。她上下打量了我一下，然后把门打开。

“进来，进来，小伙子受伤了吗？”

“脚崴了一下。谢谢奶奶。”我像是得救了一样，长长舒了一口气。脚踝的刺疼这个时候好像不再那么难忍了。

“脚崴了？出门人脚崴了可要受苦啊！小菊子，快去烧点热水。”

“哎！”小女孩应答着，小松鼠一样蹦蹦跳跳地跑向房间深处。

木板房从外面看很大，走进去才能发现被隔成了三间，住人的房间里灯正明晃晃地亮着，还有一间是厨房，门口放着一个装垃圾的铁皮油漆桶。还有一个房间的门用一把铜锁锁着。

老人把我引到亮着灯火的房子里。房子靠墙角摆了一张大木床，大床对着的墙角摆着一个破旧的电视柜，柜子上没有电视，却摆了一盆山花，花儿正开，颜色有黄有紫，应该是菊科中的紫菀或者狗娃花一类的野菊花。

我把背包从身上放下来。老人指着房间里唯一的一张旧藤椅，让我先坐那儿：“你先歇歇，我去看看热水烧好了没有。晚上随便吃一点吧。”

小女孩把一盆热水颤颤巍巍端到我脚边的时候，我都快要睡着了。

“叔叔，洗个脚。洗完脚之后，奶奶的饭就做好了。”对于陌生人，她已经不像刚见到时那么怯生，但脸上依然有点羞涩。她坐在旁边的矮凳子上，双手托着下巴，边看我洗脚，边问我：“叔叔，脚在什么地方崴的？”看到我洗脚时龇牙咧嘴的样子，她把头探过来，看着肿得像个小馒头一样泛出青光的脚脖子，一副心疼的样子。“叔叔，脚还疼吗？”

我抬头望着她，摇了摇头。

晚饭是野菜炒鸡蛋和干蘑菇炒肉片。我狼吞虎咽地吃着这些散发着山野清香的家常小菜，心里觉得有一份说不出来的安然。和小菊子（我也顺着老奶奶的口吻叫小姑娘小菊子，我这么叫她的时候，她歪着脑袋用有些有趣的眼神看着她的奶奶，好像在说："看，这个人在学你。"）聊着天的时候，听到厨房里有"叮叮咚咚"的声音传出来，不一会儿工夫，老人拿着一个黑色瓷碟子走进来，碟子里有捣碎的绿色植物的碎末。她说："来，把这个敷到脚脖子上，明天就能消肿。"不知名的草药，敷在皮肤上，凉气丝丝渗入皮肤里。

"奶奶，谢谢你啊。"

她帮我敷好药之后，又是忙进忙出，并且给房间唯一的床上换了新的床单。"你晚上睡这里，我和娃睡到另一间房子里。"

我说不出多少感激的话。带着一点温暖的歉疚，沉入睡意深沉的梦乡，一直到清晨山林中的鸟鸣声像一只只伸到房间里的小手，把我从梦中摇醒。

太阳已经升得老高，房间里静静的没有人，空气中渐渐开始浮荡起酷暑季节里涌动的热浪。但这热浪并不燥热，有一时充满了房间，有一时又被一种清凉所代替。电视柜上的花开得好像没有昨天晚上初见时那么朦胧，清晰的花影看上去更真实、更美丽。

起床之后，忘了自己是个伤员，下了床，走了一步后"啊"的一声叫了起来。脚依然还是疼，蹲下来看的时候，发现肿已经消下去不少，但淤青的颜色更加明显。试着慢慢走，疼是疼，但已经可以受一点力。

洗漱之后，我一瘸一拐走到户外去。昨天晚上所见的夜色里如墨玉丝带一样的河流，现在是银色的，这银色里裹着一块一块的蓝天，当山坳周围参差的松林和榛树丛中传过轻飘飘的"呼——呼——"的声响的时候，眼前沙石滩上漫流着的山溪就像交响乐的重唱，各个不同的地方激发出不同的节奏和旋律。虽是酷暑，但山林中的太阳的热度总是有限的，小溪边的阳光里渗透着山野的宁静。

我又回到房间，从旅行包里取了本书，然后坐到鸟鸣声声的小溪边的青石上，百无聊赖地翻起来。周围的安静有一些时刻把我的心紧紧地攫住。翻开书页，那些叙述历史、讲述时间的文字都从书中逻辑森严的队列中跑出来，对这样天籁一样的自然，它们好像比我更加好奇。平日里，这些古奥的文字被时间的宫殿禁锢着，像一个个殉道者一样，做着永无停息的咏叹。现在，在这样的空间里，山溪的宁静仿佛成了那把打开时间古殿的钥匙，它们可以自由地跑出时间尘封的石门，获得片刻自由的歇息，以使这些文字，由一种无声的苍白逐渐恢复往日丰润的颜色。

“哎，叔叔，在看什么书啊？”我被身旁清脆的声音惊到，回头时，发现小菊子手里正握着一把野花，额头有亮晶晶的汗水，鼻尖上还挂着几粒泥土。老奶奶跟在她身后不远，有些佝偻的背上背着一个竹子编的背篓，手里捏着一把短柄的砍刀。

我抚摸着小菊子的头，侧着身子站起来。老人赶紧走过来扶着我，让我坐下。“还疼不疼？”她把背篓解下来靠到一块青石上，弯下腰来看我的脚，然后在昨天肿胀的最厉害的地方用手指轻轻按压着。“嗯，肿基本消下去了，还疼吗？”她抬头问我。

“很疼，但已经可以吃一点力。”

我们说话的时候，小菊子自己翻着放在石头上厚厚的书，书页在微风里“哗哗”作响，小菊子听着这声音“呵呵呵”地笑起来。我已经听习惯了的书页的声音，对小菊子却是陌生的。这陌生的来自异域的书页相互敲击发出的声音，让小菊子感到新奇。

“快把叔叔的书放下，别掉到水里去了！”老奶奶喝阻着，我却纵容着小菊子这么做。“让她好好翻，这书没什么重要的，掉水里去也没有关系。”

我脏脏的衣服和鞋子老人不知什么时候已经在山溪旁的流水里洗干净了，

晒到水边低矮的树杈上。我给小菊子读书中引言里的童谣儿歌，这些歌不是刻意营造，而是由不同国家、不同年代里的人用自己的嗓子呼唤出来。它们经过了人世间的种种风暴，最终在时间的河床上沉淀下来，成了永不消逝的灵魂的明珠。

小菊子说："啊，我也有铃铛，是一个铜铃，奶奶木箱子里藏着的。""花蝴蝶啊，飞啊飞，山上林子里蝴蝶可多了，你脚好了我带你去抓。""蘑菇是我和奶奶一起去采的，未必天天都有，下了雨之后才能在草圈子里找到，一圈一圈的好多好多。"

我不知道是我给小菊子读的书多，还是小菊子给我讲的大自然的故事多。我们相互翻着同一本书，解读着相同的内容，感受着同样的欢喜，心儿贴得那么近——我们同在一条河流里，山林草木里所有的哀愁被我们忘记，小菊子把纯净世界的小门轻轻推开让我看。我翻书的时候，她会调皮地把手里的花花草草撒落到翻动的书页间。

"饿了吧，快来吃饭。"老奶奶站在房门口喊着在水边玩得不亦乐乎的我们。

午饭是炖得烂熟的黄豆番薯猪腿肉。如此深远的山里，不知蔬菜和肉是老奶奶从哪里买回来的。

小菊子边吃边告诉我："番薯是我和奶奶种的，黄豆和肉是奶奶一大早到山下镇子里去买的。"她还补充道："平时我们一星期才下一次山，这次啊，我可以天天下山了。"

老奶奶笑着看着我们吃，她好像不怎么饿一样。

夜晚睡前，想写日记，翻开笔记本，却不知道该写些什么。要写一路旅程中所见的美景吗？单纯自然的景致，虽则幽微，或者有透镜而出的活生生的美的惊讶，但我只是用一种猎奇的心看着它们。想写一写老奶奶和小菊子。但是，我该写老奶奶什么，又能写小菊子什么呢？不禁问自己，一点点淳朴的爱护，怎么能够给我灵魂上有这么大的震动？浮躁、功利、迷茫的城市生活，让人越来越觉得，在人潮涌动的街面上走过，自己却越来越被一种无形的力量抽离。在这个寂静的人烟萧疏的山林小屋里，与一个古稀老人和一个童稚孩子偶然相遇，自己的心里却被一种说不上的东西充满。笔下记录老奶奶和小菊子时，不知为何，眼里竟然涌出不能抑制的泪水。

三天后，脚踏到地面上基本不疼了。我不敢再打扰，准备要离开。

老奶奶说："基本长实了，但还是要注意，不要用太大的力，关节还是活脱的。"

"活脱"就是滑的。她细心地帮我收拾好旅行包，我拿一些钱给老奶奶，我不知道该给多少才可以。拿出钱时，满心羞愧，我知道有无法交换的东西留在了我的心里。

老奶奶只拿了很少的一点钱。"给买菜的钱就行了，政府每月给我和小菊子一些补助，钱够用。只是这里不常来人，看起来有几户人家，平常只有我和娃住这里。小菊子这几天高兴得像山雀儿一样呢。"

小菊子阴着脸站在门口不说话。我走到小菊子身边，俯下身子抱一抱她，她却猛地抱着我的脖子抽泣着出声哭了起来。

"爸妈走得太早，娃很小就懂得人情了，她稀罕你，怜惜你呢！"

我不知道该说些什么话，只是抱着小菊子，就这么抱着，强忍眼泪不要流出来。我为她擦干眼泪，在一张纸片上留了地址和电话，然后，问小菊子："明年也为我种一盆野菊花，好不好？你种好了，就写信告诉我，说山上的野菊花开了，然后叔叔就会来看你，好吗？"

"拉钩。"我们慎重地拉了钩。

"我还不会写字。"她嘟着嘴有些犯难地说。

"只要画一朵花，叔叔就会明白。"

生命的潮流会把人牵引到不可知的地方。离开山坳的第二年，生活把我由一块沙土地推到了一片海边上。工作的间隙，翻开书页，偶尔想起那个山林野地里盛开的丛菊，因为地方的迁移，我可能无法收到那么如梦如幻的林间小溪旁，小菊子画的一朵花了。期望中的那朵花，既不是出于自然，也不是来自想象，它是一个小孩子纯净的小手孕育的期盼中的小花。自己没能遵守那份许诺，一种愧疚时常重重压心口。

一年后，我终于在繁重的工作之外得了几天假期。收拾行李，去到心中牵挂的山林，不再是为了重爬几段坡地，去看几处自然的美景。我顺着山溪，归心似箭，要去看一处心中美好的房子，和那所房子里的一个老人和一个孩子。

老房子的门上了锁，四周空荡荡的，像是很久没有人住了。台阶上积了厚厚一层灰尘。我擦着沾满了灰尘的窗玻璃，极力往里看，想要看出阴暗的房子里是否会有人影，是否有我曾见过的丛菊？

房间里透出冰凉的宁静，像一个没有回音的深潭。我转身，一种失落感紧紧缠绕在心里。周围如旧的密林，山溪清脆的流淌声敲击着昨日重现，水流轻灵地跃过小河滩，碎石分隔的流光溢彩的水波上，蛛网一样的银丝编织着不老时间的图画。

突然，眼前的画面微微抖动，我看到背着竹篓的老奶奶拉着小菊子的手，正从树木遮掩的道旁走出。一股热泪从眼角瞬间流出。我跑过山溪，冲向她们。

柏中桑

朋友问我："你生命中是否有这么一个人：他和你没有任何血缘关系，但他进入你的灵魂深处，和你的灵魂共生一体，你甚至会心甘情愿认为，他的生命比你的生命更为重要？"

说实话，每个人的生命中一定都会遇到进入灵魂深处的人，但至少到目前为止，还没有某一个灵魂能对我形成占据。每个在路上的人，隐藏在内心超迈的生命力的升华，还有卑微的生命力的深潜，迎着四极八荒去拓展时，总会不自觉寻找能和自己生命的琴弦发生共鸣的人。所谓共鸣者，也就是能打通内心的困惑的人。这样的共鸣者，能将心灵通道铺设得越发稠密，共鸣的层次越深，精神也就进化得越发纯粹。

我简单地回应朋友："这样的人一定会有，但并不是经常出现。"

朋友接着说："我见过一棵巨大的枯树，树干腹部长了一棵树。枯树是一棵长了几百年的古柏，遭遇过雷击，也经历过各种腐蚀的病变，古柏中心可能因为这些原因死去。身体一边焦黑如生铁。一定是鸟儿的粪便，也可能是奇特的风，把一棵桑树的种子种到朽木中间，种子逐渐萌发，在腐朽的空心处长起来。因为这种事在大自然中并不常见，人们把这棵在枯树里成长起来的桑树称为圣桑。据专家对这棵桑树年轮的测定，树龄已经有两百多年了。它在古柏的怀里，根穿透一层层腐朽的枝干，与古柏地下另一个庞然造物的根脉连通起来。新的生命和腐朽的生命相互交汇，新生命利用老朽生命开拓出来的松软沃土，死亡生命坚硬的躯壳保护着稚嫩生命，让它得以全身心地投入自己重生的努力。

这两种植物的根脉相互交织起来，新生命根须的锐气刺激了沉睡生命的内心脉络，一些还没有完全木质化的脉管里，开始有水分子探索性地跑起来。当人们以为这棵腐朽的老树已经完全丧失了生机时，在某个早晨，古柏生铁一般黝黑的树枝的某处，儿点嫩嫩的芽苞顶破时间的铁律，几百年后的古树，终于又一次发芽。之后，古柏和桑树开始了一种相互竞争，相互依赖而又无法分离的生长过程。板岩一样的柏树树身和笔直冲向天空的桑树，组成了一个无法具体定义的生命体。”

他接着说：“我最初问你的那句话，是看了这两棵树之后的一点感触。偶然相遇的两个各自独立的生命，每个生命都是顺着自己命运的河流向前流淌。出于一种神奇的巧合，它们相遇，相依相生，更深入到各自的灵魂深处，成为难以分离的生命统一体。”

我说：“这种极端情况，几乎接近完美，就像每个人心中的理想与现实共生在一体。这种理想的形式可以是爱，也可以是友情。古柏和柏中桑，不是寻常的逻辑。这种巧合，几乎不可能为回应期盼才出现，它需要忘我的探索。”

朋友在电脑里给我看他旅行的文件夹里收藏的柏中桑照片，并且把照片传给了我。这张“柏中桑”的照片似乎映现着我一路走来的写作旅程，引起我的深思。

20 世纪 70 年代，我出生于甘肃小城秦安，我一生的固执，还有面对时代变迁时略带一点灰色基调的平静，都得自于大西北黄土地的馈赠。读大学，为顺应时代潮流，我学习化工。因为这个原因，心中从未有过一生从文的打算。我生性愚痴鲁钝，考试从来都是压着及格的红线才得以爬过万人竞争的独木桥。考研失败，做个学者的愿望就此破灭。开始工作后，我在海边、码头、流水线上多做些打杂跑腿的事，也尝试着去做买卖商品的工作。我在实际工作中并没有推开过一扇独属于自己的大门，要成商人的打算也一败涂地。

不知为何，虽然生命因此受了许多纠葛和苦楚，我却从没有觉得自己失落了生命中最宝贵的东西。但这宝贵的东西是什么，无从抓摸，难以说清，自己一直在一面冰墙上爬行。出于抵御失败和迷茫的本能，想要找到一面挡箭牌，来阻挡生活利箭和内心苦闷对自己的攒射。在这种情形下，夜半长灯，读书在引导自己去打开一个又一个异度空间。读书的过程，总有遥远的声音，在心里悄悄话一般的诱惑。就像塞壬的歌声，但当我沉迷于其中时，有神秘的力量帮我破开自我毁灭的魔法。积在心上的话越来越多，这些话渐渐变成黑白的文字，从我的笔下蔓延开来。

有一天，出版社开始把这些文字寻章摘句，印成书籍。一颗苦闷的心灵愁结上挽出的霜花，浸透着生命飘忽的苦意，书写成了我救赎自己迷茫人生的又一个机缘。

很多人都直接或者间接地劝我不要拿写作当作职业。世事自有它的定数，我最终还是上了写作的这条“贼船”。于是，像做梦一样给自己许了个心愿，希望以一个深井打水人的身份，在自己生活的土层打出一口深井。

凡苦难使人流泪，便成了含泪的文字；凡伤痛使人愤怒，便在文字里隐匿嘶吼的声音。我祈祷命运许我写上一辈子。除此之外，再许我一个安静又热烈的女子。如此生活着，别无所求。

生命如这柏中桑，经历过生死，便会将人生的全貌装在心里。朋友大概深知我的内心，才问我开头提到的问题。

走在万寿寺路上

一堆破碎的偶像，承受着太阳的鞭打。

坐在国家图书馆二楼，读赵萝蕤翻译的英国诗人艾略特的《荒原》。诗中的这句话，撞击窗外的时空与心灵的冥思，仿佛在云霞遮掩的阴霾缝隙中，几缕光线透射出来。有在一堆枯叶中捡到几粒时间珍珠的欣喜。

午饭后，我沿着国家图书馆旁边的万寿寺路边的树荫散步。破碎的偶像、太阳的鞭打、万寿寺，还有王小波，这些原本毫无关联的概念，被一些灵魂的电波连接，它们混同在饭后的饱嗝和脚步擦过地面的“沙沙”声里，让我觉得，一路上看到的小油松、桧柏、碧桃、沙冬青，及新铺到草坪上的禾草，都像被施了时间的魔咒，既存在于此刻，又忽隐忽现地进入往昔。

二十多年前，那个行吟诗人在他的《万寿寺》里写道：

早上，我从医院出来，进了万寿寺，踏着满地枯黄的松针，走进了配殿。我真想把鞋脱下来，用赤脚亲近这些松针。古老的榆树，矮小的冬青丛，都让我感到似曾相识。

他活着，就像是“承受着太阳的鞭打”，死后又独特地成了“破碎的偶像”。

我走过万寿寺路，越走越觉得离得他近。因为觉得离这个孩子般天真的人那么近，万寿寺路的背后就好像出现了一双时间的手，一下子把整条街道举起来，万寿寺路不仅成了我眼前的一条安静、通畅、清爽的路，还是一条能跨过无数个凉爽的清晨和灯火闪烁的傍晚，直接走入另一个心灵驿站的路。在某个确定的时间点上，时间的驿官给它修起一座任何巨力都不能轻易使它崩塌的驿站。正是在《万寿寺》里，那个在“过去的朦胧时光里”不能确知自己具体身份的人，终于知道了自己是谁，将要去爱谁，将怎样去生活。他奔向生命中已经找到的那个白衣女人，如同扑入一场梦里。

应该轻得像鸟，而不是像羽毛

有些句子本身就是一支破空而至的劲箭，它会把日常存在的那个自我的外壳一箭射得粉碎。于是，原本一个人的完整意识，瞬间碎裂为千千万万个意识的碎片。原本平静的内心，被这样的句子射中，就需要用长长的呼气吸气，深入的思考，才能平服内心乱麻一样的节律。

在一个林子里，四周超然安静，又似乎有一种特别的喧哗。安静是林子里几乎听不到人声，自己的呼吸声和脚步声清晰可闻；耳边特别的喧闹，是因为，草叶遇风，水声敲打，鸟鸣不绝，昆虫暗唱，大自然争斗戏耍，都有一种漠视我的自在。在一个草木、昆虫、动物们合唱的世界里，我这个生命节奏意外的闯入者，感觉到自然交融的力量在自由自在中升腾。

伊塔洛·卡尔维诺[①]在他著名的文论《美国讲稿》的第一节“轻逸”中，引用了保尔·瓦莱里的话：

应该轻得像鸟，而不是像羽毛。

---

① 伊塔洛·卡尔维诺（1923—1985），意大利作家，被称为“20世纪伟大的寓言作家之一”，主要作品有小说《分成两半的子爵》《树上的男爵》《不存在的骑士》等。

阳光透过秋日里刚刚现出黄色斑痕的叶子,把树叶的斑斓印到我的衣服上，风拂动叶子，阳光和影子随风的节拍在我的身上轻舞。在光影变化的世界里，我身上的这些变化更明确地打开了我的内心和自然世界交流的通道。

树上秋蝉在鸣，飞翔的灰雀从绿叶的网格中间掠过，铅一样垂下的云彩又像雪一样从眼前消散。

我坐在林间的小凳子上，翻开《美国讲稿》，书中那支瞄着我的飞箭，瞬间射碎了此刻我在时空里的镜像。我听到一个句子的回音不断从遥远的地方传来：“应该轻得像鸟，而不是像羽毛……应该轻得像鸟，而不是像羽毛……”这声音里好像有神奇的黏合剂，正试图把意识的碎片黏合成对生活做出新反应的一种崭新的意识。

枯叶和花：关于时间的一点思考

时间总是单向一维的，这是科学的时间。这样的时间不涉及人性，生与死只是事物存在的一个过程。这个时间躯壳，激发的不是恐惧，而是人认识事物的真相。这样的时间里也没有幻想，生命被紧紧压在这样的时间躯壳内部，无法超脱。物理学家穷尽一切可能想要通过物质能量的转移，追逐速度的极限，来探索时间的真相。当时间似乎能缩短或者拉长（也就是由常数变成一个变量），这种努力依然只是时间内部的努力。找不到时间的边界，无法处于时间的外部，就无法理解时间对宇宙万物的真正意义。神奇的是，一旦找到了时间的边界，时间也就同时消亡了。科学探索中，寻找时间的秘密，一直存在着这样的悖论：时间概念里埋藏着无限的秘密，这个概念却又似乎不可被解读。

艺术世界里的时间概念另有一种人性的温度，这样的时间常被我们称作光阴。“光阴”一词里往往隐含着生命明暗交替的变化。光明意味着获得、拥有和欣赏，阴暗则代表失去、破碎和悔恨。在获得和失去之间，草木枯荣的过程和人生死的循环，朝着史诗和文明的方向演化。从拥有到破碎，生命的欢喜和悲戚像翻涌的浪涛，由巨浪的顶点落向绝望的谷底，万物在寂灭中，生的意志接着又重新跃起。

这些交织着爱恨经纬的过程，构成了光阴流逝的三维视图。一维是爱的孕育，如繁花开满世界；一维是恨的杀戮，就像落叶肃杀的枯寒；一维是光阴对灵魂的雕琢。度量一个人的人生价值，要看他爱的宽度，恨的深度，还有被光阴摧毁之后又凝聚起来的理性的重量，就是冰冷时间的那把锉刀赋予一个人雕刻出来的样子。透过光阴流逝的三维棱镜，生命终会磨损为一地尘埃，爱会延续他的基因,恨会毁灭他身上无意义的部分,唯有和时间对抗中精神创造的结晶，连接了普遍的意志与规律，才能化为光阴的结晶。

我曾细细体会过生活的城市里一年光阴的年轮如何生成。走过春天的街道，春天使北京像块水晶一样明亮清澈。冬天里沉寂的哀歌，正从这座城市身上把一层灰色的余影褪去。我敬佩的德国大诗人歌德所认为的，由“植物的变态”形成的延续了生命河流的神奇之花，突破了冰河之原的千难万险，刚刚把它破旧的时间之舟停泊在万物初潮泛起的港口旁。无数光阴的箭矢正从天而降，万物的黎明化为绿色的诗意与柔情,鲜花的薄雾铺满绵延的视野。新生时间的礼物，在春天，还没有从寒冬沉寂的情绪中走出，枯寒和冰冻的身子还是微微僵硬的。

秋末冬初，树上的叶子，要么冷冰冰地闭上嘴（常绿植物一般如此），要么陷入永久灰色的沉思（落叶的植物都是如此）。好像是不想再给活着的肌体增添什么麻烦，它们邀请死神一样酷烈的风，把它们由枝头吹向沉默的大地。走在秋风落叶下，脚底总有“咔嚓，咔嚓”的声响，这悄悄引退的时间迟疑的脚步声，难以觉察，总引人寥落。一段光阴即将退幕，饱含了荣耀和留恋之情的目光浸透着大地。失去重量的沉寂，成了生命地平线上的最后一弯新月，雪光洁白。万物安静、简洁的神圣，唤人对生之爱诉诸难解的哀愁。

在自然的时间和光阴的时间之外，还有一把时间的锉刀，事物轮替的规律并没有碾碎它，春花和秋露的咏叹也没有使它停下脚步。它渴望新生，万物一直让它感到好奇。时间基因的链条上，发生着突变，人类灵魂的尊严正是从时间突变的基因里诞生出来的。人类的存在是如此偶然，又是如此必然。

好奇心是大自然里诞生出来的另一维时间。

「自然法则」

国家图书馆一楼的围廊上，会定期举办一些专题性图片展。7 月中旬到 8 月中旬展出的是波兰作家雷沙德 · 卡普欣斯基的生平展。

卡普欣斯基的一生很像海明威，他成为作家的原因是他以记者的身份参与见证了这个世界动荡的变化。他的很多书记录的都是他参与其中的战争里，枪林弹雨中发生的事。

为了使看展览的读者更清楚，图片旁边相应编辑了书的内容简介，还有书籍内容的摘引，由这些摘引可以大致了解卡普欣斯基眼里看到的真实、残酷的世界。穿越那么多生死，他的笔下依然有美好和诗意，他的深思，总能把世界激变的死门打开。

他说："在工作的间隙，我常常用作诗来放松自己，锻炼自己。"明白这句话，就能明白一个记者为什么同时能够成为一个伟大作家的原因（也是最重要的原因）。

这是波兰大使馆第一次向中国读者隆重介绍它引以为傲的具有世界意义的作家。作为有四届诺贝尔文学奖得主的波兰，在这一点上显得从容自信。卡普欣斯基对中国的认识让人惊讶，他并没有到过中国，但他对这个古老东方国度的关注不是肤浅的。他说：

中国文明对美国文明有着很强的抵抗力，这个具有独特秉性的文明不会轻易为其他文明的强大而改变自身，它在倾听中获得自己的声音。

当然，他只把中国的视野局限在亚洲，这些话大概是在二十世纪末说的，那时候，中国的声音确实也只在亚洲被人们听到。

阅读写作的间歇，站在他写的一首短诗的阴凉里，让人惬意。这阴凉如此巨大，能让人感受一首诗里藏着的苍穹。

这首叫作《自然法则》的小诗，就像深海里的珍珠贝。我第一次浏览图片时，注意到占了整张图片中心的这首诗。简单的话语，不是说给盛开和涌现，而是在表达一种退隐和消无，更深处在呈现一种渗透和拥抱。诗有先知的味道。

诗的神奇吸引力在于，读了第一句，就特别想知道最后一句。而在最后一句，正好又站在一个新世界大门的入口：

我离开自己这么远
已经不再谈论关于他的一切
不再描述他的感觉
当我被雨水浇湿
踏上被太阳灼干的草地
已经找不到自我
不再去描述他
不知道他的名字
不能保证
他还存在

诗的标题是最后才注意到的：《自然法则》。诗就像钟，标题则是敲响大钟的那根木杵。在这样的钟声里，“自然”这个概念由实有之物变得更抽象、更神秘、更亲切，越来越觉得这个“自然”就是自己。

卡普欣斯基还有一本书，叫《与希罗多德一起旅行》。6月底，我正开始做《在杜甫的诗行上旅行》的读书笔记，为补充和拓展自己在中国古典文学方面的修养，这个读书笔记正把我深深吸引到盛唐的世界里。杜甫的每一首诗，就诗论诗本身都会自动形成旁征博引。7月里，当我看到卡普欣斯基的这本书的书名，眼前就有一种被撞击到的惊喜。

三株灵魂

◎ 一株草

博尔赫斯在《关于惠特曼的一条注解》中引述惠特曼[①]的《自我之歌》，讲述了思想的存在和变化：

这些思想并非我个人独出心裁

它们实际上为一切人所共有，不分国家和年代

……

它们像草，哪儿有土和水，就会长起来

◎ 一片叶

普里什文[②]在《大地的眼睛》一书中记述了1949年他在写作中身心相融于

---

①惠特曼（1819—1892），美国著名诗人，是现代诗歌自由体的代表诗人之一，《草叶集》是他的代表作。

②普里什文（1873—1954），被誉为“伟大的牧神”“完整的大艺术家”“世界生态文学和大自然文学的先驱”“俄罗斯语言的百草”，是20世纪苏联文学史上极具特色的人物，也是世界文学史上最具代表性的大自然诗人，代表性作品有《飞鸟不惊的地方》《林中水滴》《大自然的日历》等。

一体的感受：

我走在冬天的道路上，一辆汽车疾驰而过，一片干枯的黢黑的在银白世界中格外醒目的白桦叶，追赶着汽车，随之而去。我的心思和这叶子骤然相通，我想起自己每每写顺手的时候，亦是这样：整个世界像汽车一样飞奔，我，就像这叶子，飞动在车过之后卷起的旋涡里。

◎ 一缕清晨时光

本雅明[①]在《单行道》一书的“钟表和珠宝”一节，引用波德莱尔的话来说明梦的动机：

清晨时光口中含金，那披着一团浓乱长发、披戴昂贵首饰的头，像息在床头柜上的毛莨。

阅读中，偶遇夹在书中使我经久不忘的三株自然的灵魂，它们让人平静、肃穆，并且觉得流逝的时间，有一个片刻，正在专门为我停留。

---

①本雅明（1892—1940），二十世纪卓有影响的德国思想家、哲学家和马克思主义文学批评家，被称为“欧洲的最后一位文人”。其重要作品，如《发达资本主义时代的抒情诗人》《单向街》等均为中国作家、人文学者所重视。他敏锐的思辨，具有卡夫卡文学上的细腻，是“二十世纪世界思想界有待挖掘的一种震惊”。

寓言的草地

当代西方著名的生态思想家和文化历史学家托马斯·贝里在他的《伟大的事业——人类未来之路》一书中描述过一片草地，这片草地给人的印象如此深刻，经久难忘，不是因为它的美，而是因为它被托马斯·贝里标注为人类确定自己存在坐标的一个独特标记。

因为这一点，一片平凡的草地便成了一片警示性的草地。它关乎生命的生死，已经上升到了哲学的位阶。

这片草地不是指向荒凉无人的旷野，而是围绕在我们平凡琐碎的生活周边。这片日常人们熟视无睹的草地，托马斯·贝里从它的独特性里概括出了与人类命运紧密关联的普遍性。

托马斯·贝里这样描述使他永生难忘的那片草地：

那时，我大约十一岁。我的家从一个设施较为完善的南方小镇搬出来，在它的边缘处兴建着我们自己的新房子。那所尚未完工的房子坐落在一块坡地上，坡地下边是一条小溪，跨过小溪是一片草地。

那是五月下旬的一个下午，我第一次漫步走下坡地，跨过小溪，放眼眺望那里的景色。

在密密匝匝的草地上，白色的百合花亭亭玉立，覆盖着原野。在那个神奇的时刻，那种体验赋予了我的生命一种东西，好像在一个超越所有我以往体验的极深刻的层次上，表达了我的思考。它不仅仅是百合花，有蟋蟀的歌唱，有远处的树林，还有清澈天空上飘浮的白云。它不是某种就在那一刻所发生的有意识的东西。

我的这一早期经历，似乎成了贯穿和覆盖我全部思考的尺度：在这片草地自然变化的循环中，只要是有利于保护和强化它的，就是好的；任何破坏它或者对它不利的，就是不好的。我的生命的立足点就是这么简单。这样的立足点也应用在经济、政治、教育和宗教等方面。

这段话如此朴实，又具有惊人的启悟力量。我把它和一片红色枫叶镶嵌在一起，制作成了一枚常用的书签。在写作中，当我的思维停滞或逻辑混乱时，这片草地会用它的平静和启悟来过滤掉沉积在我内心深处的泥沙。

人总是存在于自然的某一个褶皱里（我们常将它称为地理坐标），在这个有限的褶皱里，我们受到限制，受到激发，得到扩展。

一片草地上便有无数这样的褶皱。草木森林形成的高低不一的参差里，也有这样的褶皱。人类的生命也在这种褶皱里诞生和死亡。

一个自然主义者，他的思维在大自然中获得的返照，回归自身，永远都是人类本身。但一个自然主义者不会是一个人类中心主义者。

自然对于人类来说是个更加庞大的世界。人类因为来自大自然的孕育和衍生，永远都没有和它角力的资格。人类除了取得所需，更重要的是要建立起一种与自然平衡发展的关系。这种平衡表面看是爱护自然，本质上是更深地爱护人类。

真正的自然主义者都是平衡主义者。

也有可能，一片草地，会成为人类最后的救赎之地。

走入荒野

“为地球预留一片荒野。”

这句话，有一段时间，是地球上的环保专家和环境哲学家们一再提及的中心话题（荒野哲学后来成为环境哲学一个未能完全成型的小分支）。从这句话所隐藏起来的语气里，能感觉到好像有一把尖刀顶在人类的心口上。

人类走入自然的方式多种多样。

受工作方式的限制，人们大多只能选择节假日到旅游景点按照特定的旅行线路到大自然深处放松身心。随着生活水平的提高，人们逐渐摆脱了工作对人身自由的限制，可以选择自己中意的地域做季节性的出游。

在这样两种旅行方式之外，还有另外一种旅行：“在平静的自我充满的时刻，到美所形成的山水的装点之外，我让自己走入荒野。”

“走入荒野”是真正令人沉迷的旅行方式，原本，它就不仅是一种旅行，还是在表达着一种探索自我、探索生命、探索自然的姿态。

走入荒野，还有特别的内涵：荒野里没有日常要寻找的快乐。荒野里大多狂乱生长着灌木，荒野是长满禾本科植物和蓼科植物的滩涂，荒野是极少有人进入的幽暗密林。

但走入荒野，在大自然的象征里，还能看到藏在人心里赤裸裸的“我”，没有人力介入的自然，如何在人类思维改造的世界之外，重新形成一个新的不以人力为转移的神奇世界。荒野在自造着一个时空。

在如此袒露的大自然面前，人能清晰感到自身的渺小。荒野能让人重新意识到自己身体里潜藏的野性，重新看到腐朽、死亡和遗忘铺满生灭交替的沙地，重新看到茂密杉林中包藏着从来都没有意识到的变化的多样性。

荒野会挽救绝望的心灵，会重塑失落的自我。

走入荒野，会让人感到，这样的荒野是专门为生命的某个阶段预留的。这样的荒野在挽救，在孕育，在唤醒。荒野的寂寥常使人悲伤，使内心空寂。

穿越荒野，就如同穿越生命的荒芜。唯有这样的经历，才能给生命增添新鲜的活力。生活的安逸常警告我们不要走入警兆暗藏的荒野，而人的本能又在荒野里呼唤着我们走入其中，重归野性。

星光

她不属于现在
她属于遥远的过去
或
更遥远的未来

在无边无垠的虚空
要穿越多少孤独
才能抵达你
点亮——你的眼睛

——《星光》，项丽敏

星光在时间的相册里拥有量子化的片刻，如同被风吹动的水波。这让我想起自己生命里几个难以忘怀的片刻。

记得在乡下度过的那些夜晚。

我看会儿电视，和父母聊会儿天后从南房正屋出来，准备回到自己的小屋去。将睡前，还可以有两个小时读书写字的时光。

黑玉一样幽蓝的天上，可以毫不费力地分出北斗七星的每一颗星的亮度等级。一种无限透明的感觉充斥心间。这个时候的夜不再是一种禁锢，而是成了一个开放的空间。

我昂起头，站在院子中间，心静静的，脑子里思维的变化几乎能够听到它们舒展和伸缩的响声。

这样的夜里，没有一点烦躁，天气清凉，空气里有淡淡湿润的安甜气息，星光像银河一样从天空上倒泻下来。顺着星光形成的栅格，人可以像猴子一样爬上这些隐在夜色里的光柱，去寻找那些真实与梦想的迷宫。

不具压迫力的夜，不仅仅是因为心情，更重要的是它离自己的心那么近，不是要给人一种遮蔽，而是让人感觉到一种牵引。

安静轻轻挤压人心，让人意识到了一种可以去爱的夜，可以用手去触摸的夜空里的清凉。

某个中秋之夜，我正在疾驰的火车上。

早晨五点半到站。五点的时候，我被列车员从梦中唤醒。洗漱之后，收拾好背包，还有十多分钟才能到站，在晃晃荡荡的车厢里，拉开窗帘，看早晨黎明前的一小块黑黝黝的天。天上，在视界里看不到明月，明月的青辉正洒在车道两边白茫茫的野草中间。

不知道为什么，那个时刻，心里非常想看一看天上高悬的圆月，非常想。但朝我开着的窗口，只有一小块黑天。很奇怪，这一块天上，只有一颗星星，它亮晶晶地盯着我看，看得我有些无力起来。在车轻微晃荡的节奏里，我痴痴看着眼前的星星在悠远的天上，觉得它似乎要掉落下来。

我的心里还藏有一片经久难忘的星野。

自己矗立其间时被无数光芒所映照，自觉生命的一切脉搏在我的身边都跳得剧烈起来。这星野如果说要归于文字，还不如说应该归于灵魂。越是被一些灵魂所净化，便更能认识到生命的俭朴和真实。越是被一些强烈的光芒所穿透，便越能知道心里蕴含的创造力是既能狂野迸发，又可以潜滋暗行的。

这星野和我所知的乡下夜晚星空里的光柱一样，攀附并且支撑起我的幻觉，这星野也同那颗中秋之夜镶嵌在我心里的星星一样，同自然草木一般普通，却独独是为我所领悟，为我所拂照，让我知道生命的多层褶皱里藏着怎样神秘莫测的奥义。

生命不正是这样一幅场景：星野之下，无数迅跑的孩童唱着天籁一般的儿歌，死亡之箭和祈福之箭同时落下，在原野上，争相采着如萤火一般星光的孩子们，有人跑上山岗，有人跑入小径。每个生命都在无声无息中跑入自己生命的中心。

无足鸟

无足鸟飞在暗夜的空中

它相信夜的尽头

有一座玫瑰园

——《后半夜的梦》，项丽敏

“没有脚的鸟能算是鸟吗？”听妈妈讲到无足鸟，小孩子睁着像水晶一样的大眼睛问，就好像没有长鼻子就不能叫大象一样。

“无足鸟是永远飞翔的鸟。”妈妈用确定无疑的口吻告诉孩子。

“它不累吗？永远都要飞，白天我们走路的时候和我们一起飞，晚上我们睡觉了它还在天上飞？”孩子问。

“白天它迎着太阳飞，夜晚它顺着月亮飞，它为光而活着，失去对光的追求它就无法活着。”

“那阴天了怎么办？下了雨，翅膀被淋湿了，羽毛上都是水，到处黑乎乎的，尤其是夜晚。我睡在床上，都要用被子盖住头。我不喜欢黑夜，更不喜欢下雨的夜晚。”小孩子刚开始想刁难一下妈妈，之后自己仿佛被黑夜里的某些东西吓住了，说这些话的时候，他靠近了妈妈，妈妈伸手把他抱在怀里。

“在夜晚，无足鸟会飞得更累。它满身是汗，筋疲力尽，但它无法停止飞行。晴朗的白天，飞翔的无足鸟会在洁白的云上休息片刻。阴雨天里，它就要穿越包裹了雷电和暴风雨的厚云层，这时候，它身上的汗珠因为和阴雨、雷电搏斗逐渐蒸发。在昏暗一片的世界里，飞翔的无足鸟身上会微微发出白色的光芒，它即使耗尽生命，也不会输给任何生命的压力……”

“呃，夜晚我要变成一只会飞翔，能发光的无足鸟。”孩子忍不住打断妈妈的话。“妈妈，我每天上学走在路上的时候，无足鸟会藏在哪里？”

“哪里让你觉得高兴，哪里就是无足鸟飞过的地方。你愿意帮助别人，你保护了谁，无足鸟就正飞过你的头顶。”妈妈微笑地看着自己的儿子，她觉得儿子在长大，她感到生命里正在出现一个可以平等相待的朋友。

“无足鸟这么神奇吗？”儿子从妈妈怀里挣脱出来，跑到窗户口。他轻轻把窗帘拉开一个缺口，把头伸出去。深夜，从屋内看窗外的世界很静，几棵高大秋槐的阴影里闪动着星星的微光。孩子把头转过来问妈妈：“天上有星星，应该看不到无足鸟吧？这鸟太奇怪了，好像总是和人捉迷藏一样。是不是啊，妈妈？”

“星星会闪吗？”妈妈问。

孩子又把头伸向窗外：“如果我盯着它看，它也就盯着我看。如果我眨眼，它就一闪一闪的。星星会说话。”他转过头来，重复着自己的话，担心妈妈没有听到。“星星会说话！”他提高了音量，声音里明显有一点自得。

“无足鸟也正和你一样在看星星。因为它从来都不会停下来，哪里有光，它们就飞向哪里。当你和星星对话的时候，无足鸟正在向着星星飞。”妈妈的解释既是说给一时一地成长的孩子听，说给一生都在困惑中成长起来的孩子听，也是说给一个未来的男人听。

“无足鸟永远都不停下来，它会累死吗？”孩子的疑问里有些不忍和迟疑。

“无足鸟也是鸟啊，它在飞翔中出生，也会在飞翔中死亡。”或许死亡这个话题太过沉重，妈妈不愿意和自己的孩子过多讨论它。妈妈停了一下又说：“但飞翔是它的命运，它生下来就是为了飞翔。”

“飞翔的无足鸟一定也有梦想！‘为梦而飞翔’，我们的老师这么说的。”

“无足鸟飞翔的尽头有一座美丽的玫瑰园在等着它。”妈妈微笑着说，“每一只无足鸟飞翔的尽头都会有一座专门属于它的玫瑰园。”

“为什么是玫瑰园，妈妈？”孩子站在桌子对面，好像突然之间由一个四五岁的男孩变成了一个和妈妈同龄的成熟稳重的人。他问眼前的这个女人，不是为了要获得一份答案，而仅仅是要表达一种困惑——这个世界上真的有玫瑰园吗？

“等你有一天看到了无足鸟，懂得了它为什么愿意用一生去飞翔，你也会拥有一座你的玫瑰园。”妈妈说这些话的时候，隐隐有一点激动，她仿佛看到无数无足鸟的群落，正如流星雨一样划过暗夜的天空，漆黑的夜因此不断闪出一阵一阵彩虹般的光彩。每一只她所懂得的无足鸟的羽翼上，因为无数汗珠凝聚积成的盐铠，在急速流动的空气旋流中，正在变得如夜色般透明。

孩子不懂得这些，他只是奇怪，世上竟然会有无足鸟这样一种奇怪的鸟，自己的妈妈这么喜欢它，对它如此熟悉，而自己却从来没有见过它。

雪精灵和雪崩

每一朵雪花都是水的一个精灵。

水是柔顺之物，它的形式被置于包容它的一切事物当中。积雪形成的空间感和一粒雪花晶体支撑起来的硬度，形成着水的思想，形成着水的内心表达的自我。

雪的美好，常和它的洁白对照。洁白对人的灵魂来说，近似于一种负载，洁白对人的精神，几乎就是静态的火焰。它把万物的污秽和肮脏遮蔽，它竭尽全力融化在脚印里，让自己裹上泥水，裹上生命的狂热和焦虑，裹着阳光促使其快速蒸发的轮回，让自己在玷污当中死去。

雪在一般的常识里总穿着美好圣洁的盛装。雪总隐藏起它的伤痕。

雪，还能使人那么自然地想到未泯的童话，永不复还的爱情，向一切袒露身心的纯真天性。

春节的时候，一家人围坐在桌旁，看电视上铺天盖地的雪野。跟随直升机航拍的镜头能够看到，雪海几乎将峡谷森林的树顶淹没。铲雪车在雪中竭力地挖出一条通道，那条通道，既像利剑劈开的裂口，又像巨兽张开的大嘴。怒号的风完全成了暴雪的利齿。生命在这样的雪野中，正发出“嘎吱嘎吱”即将破碎的声响。镜头里不时闪过雪崩发生的情景，美丽的阳光，细微的震动，竟然会那么可怕。将近十米厚的雪，在暖暖的阳光里，如同被地狱召唤出的死神。它由倾斜的山坡上呼号着，嘶鸣着，把自己危悬的躯体砸向沟底。

看着雪在无人的大地上翻滚，侄女“哇”地喊着：“真美啊，这种镜头可以拍成电影。”母亲叹息着：“唉，这么大的雪，是要死人的。”

雪美得如此诡异。时间的棱镜转动着。雪精灵落向眉梢，落入一种空茫。

猫神眼里的时钟

波德莱尔[①]在散文诗集《巴黎的忧郁》里，讲述了中国人如何从猫眼睛里看时间：

有一天，一个传教士走在南京的大街上，突然发现自己忘了装怀表，便问一个小男孩几点了。

那孩子先是迟疑了片刻，然后打定主意，说道："我去给你找找看。"几分钟后，他回来了，臂弯里抱着一只大猫。他直盯着猫的眼睛（像俗话所说的那样），然后毫不含糊地说："还不到正午呢。"他说的没错。

世界上有叫菲丽斯的猫神吗？

波德莱尔接着说：

每当我俯伏在那位可爱的猫神菲丽斯面前，我心灵的骄傲，我灵魂的芬芳，便总是能在她那对可爱的眼睛深处，将时间看得一清二楚，日日夜夜，无论是在明朗的白天，还是在漆黑的夜晚，都是如此。那时间总是相同的，总是那堂

① 波德莱尔（1821—1867），法国 19 世纪最著名的现代派诗人，象征派诗歌先驱，作品有《恶之花》《巴黎的忧郁》《美学珍玩》《可怜的比利时》等。

皇而庄严的时光，如空间一样广袤，尚未被划分成分秒；那静止不动的钟点，时钟没有将它标志出来，尽管如此，它却依然轻飘如光，依然稍纵即逝。

中国人的猫神和法国人的猫神是如何关联在一起的？那个神奇的时钟钟摆，那使波德莱尔一瞬间失魂落魄的永恒时光，是如何在中国这片东方大陆的一座城市的街道上和欧洲大陆的巴黎这座世界之都的广场上（十九世纪，富庶繁华的巴黎，聚集了世界的精英，正有世界之都的美名。十九世纪末，中国正陷入被列强瓜分的衰落的谷底），一瞬间连接在一起的？

箭矢攒射

世上是否真有飞箭流矢，能让人在没有察觉的情况下，一箭射得你的心血迸溅，流魂惊悚？

在赣州阳明山一个陡转的土坡旁，车一辆接着一辆停下，人们像离开蜂巢的蜜蜂，竞相奔向眼前一片怒放的曼珠沙华[①]的花海。一簇一簇的人群，站在花海里，像是寂静山岭上突然展开的一道道生命的扇面。

黄泉之路上接引亡灵的花海和无知无觉的幸福生活里的人群，像海浪翻卷的波涛，在坚硬柔和的寂静山岭当中涌动。娇艳欲滴的花海和人心上突如其来的喜悦被什么东西一箭射得迸出血花来？

千年黄姚古镇[②]的青石板街，初建成时，被生活脚印里的哀愁打磨，被雨水悲喜交加的狂热打磨，清亮如斯，安静如斯。

300年后，一个画家，画下青石板街上几块青石的纹理、人生失意中的落魄、

---

① 曼珠沙华，是彼岸花的日文别称，《法华经》中梵语“摩诃曼珠沙华”的音译。原意为天上之花，是天降吉兆四华（曼珠沙华、摩诃曼殊沙华、曼陀罗华、摩诃曼陀罗华）之一，典称见此花者，恶自去除。彼岸花的中文学名叫红花石蒜，是石蒜科石蒜属植物，除红色外还有白色、黄色等品种。

② 黄姚古镇，位于广西贺州昭平县东北部，发祥于宋朝，兴建于明朝万历年间，鼎盛于清朝乾隆年间。镇上以黄、姚两姓居多，故名“黄姚”。姚江、小珠江、兴宁河三条溪流清澈如镜，蜿蜒贯穿古镇，小桥流水，古榕参天，翠竹掩映，小镇街巷清一色石板路，曲径通幽。

生命孤独中的逍遥。青石在画里，粗糙、飞白的斑痕随时间沉积，仿佛成了飞动着灵魂的五彩颜色。

又一个 300 年后，一个诗人，在磨得日渐平滑的青石板路上，哀叹爱人消逝的亡魂，归于山林的木鱼敲响清脆明亮的禅音，诗行中间夹着腐朽时间的书签，岁月的幕布里透出苍白、平静的脸色。

又 300 年过去了，一个音乐家，躲开城市的喧嚣，躲开紧迫生活践踏生命的节奏，在细雨中，慢慢走过小镇青玉一般的路面，在悄无一人的街道拐角，双膝跪在一座老屋的屋檐下，去倾听细线明珠一样的雨滴敲击青石板街面发出的清脆声音。想起老屋里授业于他的那个老人说话的语调。天地间的流水，正从自然的空间界面上一点一点突破时间的樊笼。他听着雨声里发出的奇特节奏，这节奏像闪电一般击碎平静本身。他觉得自己仿佛站在了一道时间大坝决堤的缺口处，有无数人正穿过雨水，有无数灵魂从青石板的路面上渗透出来。他听到呜咽，听到嘶鸣，听到欢笑，仿佛有琴弦迸溅起来。节奏和音符在死一般的世界上突然重生。他卷曲起身子，任凭雨丝把自己浇透。在这个雨意飘零的时刻，觉得自己正被万箭穿身。

那一年，那一刻，粗笨的没有任何锋芒的青石板街，如箭雨一般穿透了这三个为灵魂苦苦寻觅的人。

读法国现代评论家维克多·布隆贝克所写的《居斯塔夫·福楼拜论居斯塔夫·福楼拜》一文。文中从正反两个方面简略而精确地概括了法国浪漫主义的四个写作主题：

孤独，或被看作是痛苦，或被看作是赎罪的途径。

知识，或被当成是快乐和骄傲的根源，或被当成一种祸患。

时间，或被看作未来的动力，或被看作解体和毁灭的原因。

自然，或被当成和谐与交流的许诺，或被当成敌对的力量。

这四句话就像四支箭，是在写作中追求并准备征服的领域中飞行的箭矢。射中并穿透我的，最先是时间这支箭，之后是自然这支箭。我借其做成弓弦来发力的，是深不见底的孤独的海洋和微薄可怜的知识的武库。反思着四个词伴随我写作历程的时时刻刻，让人在恍惚当中，心里既窃喜又迷离。窃喜，是我和这些箭矢的相遇；迷离，则是因为它们是森林，我是草木，自己是否被射中还犹未可知。

每个人的一生，都有一些箭在某个路口等着他。等着把他穿透，将他射出血来，等着他重获自我，知晓新的人生。

珍珠·钻石·露珠

这样说或许夸大，说的也只是个人的一点感受。

沉浸在一部部影响人类文明深远的诗集里，比如说《伊利亚特》《奥德赛》《诗经》《楚辞》《神曲》《浮士德》……理解到诗迸发的力量与创生和毁灭同步，生的庄严要经历那么多层炼狱才能聚成，个体的脆弱不仅没有显出弱小，反而在相互联合的智慧里激发出无数的震惊。诗魂的侵扰带给人不知所措的骚动，俯拾皆是的满足感，就像盗宝贼掉到藏宝室里一般。

巨大的水晶折射出来的光芒，几乎要将眼睛刺瞎，光芒的热力把一颗冰冷的石头不断加热，非到爆裂的程度不可。

如果手里有一把锤子，你是否有把这样一块水晶敲得粉碎、据为己有的心思？无数人围绕这块水晶在拼命敲打，这水晶的碎末一定散落得到处都是。这些无形的碎末混杂在万物生长的黑土里。为了寻找，很多时候非匍匐在土里不可。把眼睛尽量靠近泥土里折射着光芒的点点碎末，在忽闪忽闪的光里，有轰鸣如雷电一般的声音一直在响，听到的人并不会很多。这声音的诱导对生活的世界似乎没有多少实质的意义。

只知道名字，并没有觉察到有什么诗集存在。

知道名字和感觉到存在原本就是两回事。

一本杂乱的书，为生活非读不可，真正的意义在哪里，没人知道。但每翻上几页，就有几行耀眼的诗句在文字里闪现出来。这些诗行，因为背景的粗劣，生境的浑浊，越发显出一种安静和独特，字句之间，自成体系，藏不住的生机，湿漉漉扑面，让人一时间不能适应，打起喷嚏。简短的诗行竟然托起那么一大片平庸的世界。

突然感觉到渺小，是的，什么才是渺小？

这些短短的句子就是从诗典里滚落出来的一粒粒珍珠。诗的魂魄与珍珠的光芒，在一个漆黑的背景里，显得那么夺目，才让人察觉自己原来是个盲人。

拳头大的钻石定会迷乱人的双睛，但在污黑、浑浊的泥沙里，一小块钻石就能够使世界立刻安静下来。经过高温高压的熔炼、恒定温度的结晶，钻石以惊人简洁的方式统领着光的散射。生命的中心并不复杂。

在结晶，生成钻石、珍珠之前，必然还存在有清晨的一滴露珠，它迎着光滴向一片黑土。很多年后，依然是这么一个早晨，依然是这么一滴露珠，由它无意中重开的缺口里，闪出来一部动人的诗集。又过了很多年，这部诗集的句子在无数书籍和人心上散落。而那滴露珠，依然高悬天空，它滴向地面时，依旧带着灵魂呼啸的声音。

珍珠、钻石、露珠的光芒，指向的都是人活着最该有的尊荣。它们溅落，粉碎，将灵魂之光开启，将黑漆漆的历史照亮，那是出于本能。

一滴露珠，破碎为了凝结，凝结为了破碎。露珠的美学，正是灵魂的美学，也是诗的美学和珍珠的美学。

像土地一样敞开

“土地”这个主题是如何找到的，我也不知道。虽然每一天都脚踏在大地上，但真正找到这个词与生命的连接，却充满艰辛。即使找到，是否能够拥有它，依然是个疑问。

“土地”意味着真正拥有一个领域，意味着平静、稳健和内在的活力，也意味着一个人能与生和死安然对视。这种奇怪的感觉，一个人该经历怎样的锻造过程，在这个过程里，多少泪和笑会将一个人净化？想一想，都让人兴奋。

追寻“大地”的过程是将一颗心逐渐敞开的过程。

里尔克和余华让我知道了“敞开”这个词。这个至为简单的词，为每一天的日子添加了简洁又神圣的仪式感。

一个人近乎本能的“敞开”，自由安然地打开自己，这个样子多么惊人地象征着一种完结。

森林的蓝色迷雾携带着绿色的光芒，在清晨的大地上展现。行走的我并没有意识到自己正走在一个敞开的世界里，只感到无尽的路，试图把我从一个我分割成无数我——我是一粒尘埃的感觉压迫着心口，让人忍不住叹息。

“敞开”，同时意味着你在爱，爱着那份完整。里尔克说，他的“敞开”，是从整个“对象”的乱麻当中脱离出来的。

一粒尘埃正是完全把自己压在土层里，陪伴植物根系脉络的延伸，去贪婪地吸收。植物的生长，也就成了一粒尘埃的生长。“敞开”需要自由，需要召唤。“敞开”的最终结果是，一粒尘埃终于可以拥有一个和自然变化、连通，不会轻易崩塌的世界。

“敞开”是平静的开端。一个生命没有“敞开”，根本就平静不下来。

里尔克把“敞开”这粒种子种到整个人类历史和生命灵魂的土地里，最终的结果就是二十世纪文学收获到两部至关重要的诗集：《杜伊诺哀歌》和《献给奥尔弗斯的十四行诗》。焦虑的我几乎读不懂书里的句子，之后，当意识到“土地”在我心里，我才开始亲近并理解它们的意义。

余华把“敞开”看作是一扇门，这里头有文学的天赋促使他本能去做出那个掌心朝外的动作。

在《活着》的自序里，余华写道：

一个真正的作家只为内心写作，只有内心才会真实地告诉他，他的自私、他的高尚是多么突出。内心让他真实地了解了自己，一旦了解了自己也就了解了世界。很多年前我就明白了这个原则，可是要捍卫这个原则必须付出艰辛的劳动和长时期的痛苦，因为内心并非时时刻刻都是敞开的，它更多的时候倒是封闭起来，于是只有写作，不停地写作，才能使内心敞开，才能使自己置身于发现之中，就像日出的光芒照亮了黑暗。

“敞开”并不仅仅意味着做出一个动作，它是心灵的选择，需要全身心地对待。

生活里的“敞开”总是浑浊的，就像被雾气笼罩的草丛，敞开又浑浊，便是和生活的沙土紧密相连，左冲右突，焦灼、匆忙地寻觅。这些浑浊的刻痕，一道道划着生活的皮肤，也算是一种敞开。当我反观自己身上的刻痕时，感觉这样浑浊的敞开围拢自己那么深。

还有一种“敞开”，就像清澈、疏朗的丛林迎接世界的宁静。这种“敞开”并不深入地靠近内在。智慧深深地耕耘着生活，在生活的亭台楼阁中间，这种清澈的敞开，打开生活的土地，也浸润到精神的土壤里。这种“敞开”明显感觉到了世界演绎推进的游戏。这种颇具社会性的“敞开”，有着精明人生的种种抉择。精明而有获得的敞开，是人生的一种福祉。

我在“敞开”的过程中，总是很难达成自己与自己的和解。想着自己要以何种方式去播种心中的激情，前路暂时的迷雾让人焦虑，但这焦虑渐渐减轻了。有一点点的平静成了我找到“土地”这个主题的基石。试图让一切变得简单，删减掉种种并不重要的繁缛关节。

毫不犹豫把一些门关上，竭尽全力把一些门打开。来到生命的大自然里，真正站在期望的中心，突然感觉自己像土地一样敞开了，心里一扇门都没有。

敞开正是土地本身。

达·芬奇[①]眼里的自然

极少有人能像达·芬奇那样，赋予自然和人同样的平等性。

一般情况下，提起“自然”两字，总预设着“我们身处在自然之中”的前提，人类狭小的时空感知和自然这个巨大的时空发生共鸣时，整个大自然会向我们逼迫过来。

达·芬奇讨论起自然时，好像在和一个平等的对象谈话，自然不像是复杂无限的载体，而是一个具体真实的事物。

关于山脉与河流，达·芬奇说：

---

① 达·芬奇（1452—1519），出生于意大利佛罗伦萨的芬奇镇。欧洲文艺复兴时期的天才科学家、发明家、画家、生物学家，被誉为“文艺复兴时期最完美的代表”，是人类历史上绝无仅有的全才。他最大的成就是绘画，有《蒙娜丽莎》《最后的晚餐》《岩间圣母》等作品。他认为自然中最美的研究对象是人体，人体是大自然最奇妙的作品。他思想深邃，学识渊博，多才多艺，除了绘画，他还擅长雕塑、音乐、发明、建筑，通晓数学、生理、物理、天文、地质等学科。后世保存下来的手稿大约有 6000 页。他全部的科研成果尽数保存在他的手稿中。爱因斯坦认为，达·芬奇的科研成果如果在当时发表，可以使人类的科技发展提前 30 ~ 50 年。

山脉是由河流冲刷形成的，它的形状如同世界之链。雨水、冰雹或者被太阳晒化了的积雪形成了一条条小溪，这些小溪从四面八方流入了一条大河，在那里它们汇聚成一股浩浩荡荡奔流不息的力量，直到流入海洋为止。河水一方面不断地侵蚀河岸一边，同时又增补另一边，这样就冲刷出宽阔的峡谷；不仅如此，它还不停地侵蚀山脚，直到把山峰冲倒，这样既能堵住河水的去路，又能不让溪水流入河中，这样就形成了湖泊。

所有的这些地质学的认识，不是要应用到地质的研究中去，而是为了在绘画时，给要绘制的山峦注入特别的动感的活力。就是把生命涌动变化的气息注入宁静的光和影汇聚起来的集合中。

对于树叶脱落之后的痕迹，达·芬奇说：

我们注意到树叶和树枝之间的连接处。树叶脱落之后，都会在树上留下痕迹，这个痕迹会随着树枝不断地生长，直到树老了树皮也跟着老化、开裂的时候才会消失。

叶柄脱落的点点斑痕，不是自然固化的一幅图画，而是拥有漫长一生的历史。达·芬奇就像一个冷静客观的落叶史专家，一触斑痕，感受到了叶柄痕迹历史的流逝。叶子的斑痕，并非独立的生命印记，在绘画中，几乎未见画家会去画出单独一个叶子的斑痕来表达线条和平面包围起来的时空。但在几百年前的中世纪，达·芬奇与一片脱落叶子的斑痕的对话，就已经完成了落叶史的记录。这个对话，结合了生物史，也包含了艺术史。文艺复兴时代认识论的大融合与工业时代认识论的不断细分有着多么鲜明的差异。

达·芬奇对蔚蓝色的解释，就好像在介绍一个相识的熟人：

风景中最美丽的蔚蓝色出现在正午，在天气晴朗的时候。这个时候的大气是含水分最少的，而白天其他时间所形成的风景的蔚蓝色没有这个时候壮观。在这种条件下，看到的风景将格外美丽。树影越往中央越暗，树木越靠近树梢的地方越美。此时，大气背后有比它更暗的物质作陪衬（也就是那最壮观的蔚蓝色），所以远处的景色显得格外美丽，那翠绿的颜色令人赏心悦目。

这是对绘画中“流动的光影”最精确生动，也是最朴实、自然的描述。对达·芬奇来说，他完全进入了蔚蓝色的世界，蔚蓝色和自己的生命有着同一种呼吸。他将自然与自己的生命统一为一体。

谈及云，达·芬奇说：

当太阳在西边的时候，如果它藏在一朵又小又厚的云团后面，那么这朵云就会被红色的光辉围住。

谈到雨，达·芬奇说：

阵雨之初，当雨点像雾一样落入空气中的时候，它就会使空气的一边失去阳光，而另一边则失去阴影。这个时候的空气变得昏黄、模糊、朦胧。

惊人的云，惊人的雨，它们在呼吸，就像我们在呼吸；它们在变化，就像我们在行走。自然对达·芬奇来说，有一种非常强烈的“我”的感受。

面对一个微小的世界，达·芬奇惊叹：

谁会相信这么小的空间能将宇宙所有的影像包含无疑！

这样的惊叹里，藏着深厚的哲学困惑。宇宙所有的影像究竟是什么，无人能知。但好像瞬息觉察的这个微小变化在解读着这个最难以回答的问题。

达·芬奇的《蒙娜丽莎》的神秘之处，不在于神秘的微笑在揭示什么，相反，那个微笑什么都不揭示。那样的微笑里，涵盖了人的所有表情最自然的表达，因此无论取何种视角，都能在蒙娜丽莎的脸上找到自己想要的笑容。

达·芬奇眼里的自然，动静都无法确定，直觉胜于理性，科学与人文的感受相互融合。达·芬奇眼里的自然是融合的，与我们眼中不断细分的自然并不一样。

涌动之水

◎密林之水

密林中，流水、小鸟、昆虫的声音相互交叉，织出生命浸透肌体的清凉。薄雾从树顶的缝隙里随着阳光钻入，如烟霞降世。

满溢的阳光在召唤着水。

大树下是蕨类植物和鹿蹄草魔方般的舞台。树根扎入土层深处，直探进沙石碎岩的空隙。抚育着森林的地下水系随着密被的根须，被草木光合作用产生的吸力推动起来。

森林里水的流向无法预知，它有时在一个石臼里汇聚成安静幽深的泉水，泉水漫溢后，变成银链一样的山溪，唱着大自然的隐秘歌调，在森林里不分昼夜地奔跑。有时候，水流像卷尾猴子一样，从高耸的层积岩的缝隙中间流出，泻下山崖的水雾像烟云一样在枝叶上浮动。更多时候，水流藏起身形，把自己全力浸透到草木山花的身子里。叶缘上亮晶晶的露珠，浆果里饱满的汁液，树身破裂的缝隙中间流下的湿痕，包裹着生命和时间的秘密，在密林里开始无处不在地播报起水流的踪迹。

◎ 雪水里的银芒

五月，在进入青海湖的日月山口，眺望远处拉脊山峰顶的雪线，雪线像白蛇一样横跨长空，分割着碧蓝苍穹的坠落和苍茫大地向上的升腾。

在藏区的草原之家里，样子像山羊一样矮小黝黑的藏民那曲措巴和他长得像牦牛一样温顺、高大的妻子，欢迎我到他们家做客。

饭后随那曲措巴放牧牛羊。青藏高原的风像砍刀一般锐利。坐在草原阳光照射的坡地上，我们抽着烟，偶尔聊上两句。那曲措巴的汉语磕磕巴巴。

身边有一条从雪山深处流下的溪流，溪流如藏地的哈达一样透明、洁白。在一个地势洼陷的地方，雪水汇聚成一汪清泉，羊群和牦牛群在水泉边三三两两饮水。

把手伸入泉水里，冰凉彻骨的雪水，把雪峰顶上女神踩过的积雪的光芒都带到水面上来，雪水的冰凉渗入手心，针一样刺痛。

掬起一捧雪水饮下时，不远处照顾着牛羊的那曲措巴突然声音高亢地唱起藏语的歌调。我听不懂歌词的意义，但他的声音尖如铜铃。雪山静默，雪水静流，雪水里的银芒和这歌声里的音符好像相互在谱写。

◎ 沙漠黄

沙漠的绿洲里看到的水，更像是完整的水的图腾——树木花草之精。柽柳[①]海扎入沙土的深根，让沙漠里稍纵即逝的一点水汽找到了定居下来的城堡，但绿洲里合抱的白杨和几人围不拢的刺槐似乎更能说明沙漠里家园的含义。

戈壁荒漠里的水——

祁连山的雪——

①柽柳，柽柳科柽柳属植物，高 3 ~ 6 米，多数为灌木。主根、侧根都极为发达，主根甚至能扎入地下 10 米深的水层。

戈壁居民祈祷的语调在转换成歌谣。

用手去摘滚烫的沙地边上的一朵河西菊，碎黄色的花朵仿佛是用冰凉的雪山之水染成的一个梦，梦的斑斓颜色随着呜呜吼起的风声在沙面上飞舞，一朵美丽河西菊的花朵随之开了。沙漠里一朵指甲盖大小的黄花，使生命在高远的天空上发出“砰”的一声脆响，这声音既像一场战斗的结束，也像是一场战斗的开始。

◎一窝泥汤水

二十多年前，大哥、二哥带着我去深山沟岭看望大伯。黄土高原上，大伯家所在的地方大概要算中国最缺水的地方之一。那时候不像现在各家已经建起水窖，全村人和牲口的饮水，都由村口不远处的槐树下面的一个水泉维系。

那是我第一次见到黄土高原上所谓的冒水泉。半夜开始就有人守在泉边打水。黎明时，泉水已经变得浑浊，将近晌午，泉水已经快要成泥汤水。然后泉边密封，重新经历一个积聚的轮回。

流水的颜色里满布生活无法说清的艰辛。地层里甘甜的水流，从冒水泉眼里流出，不再有欢畅的歌声，它竭尽所能，如同一只贫弱不堪的奶牛。

二十多年前，那个懵懂少年，当知道端上桌的清香的饭食是飘着青苔的泥水做成时，扭过脸去，强忍住呕吐的感觉。但最后他还是吃完了一碗手擀的面条。

多年后，写下“一窝泥汤水”的时候，我才知道当初的那份艰难，在自己心里留下了怎样深刻的印记。

追逐月光的银鼠①

夜晚，森林里的光线暗淡下来。下过一阵雨后，积在树顶叶面上的雨滴“唰唰”落向地表的枯枝败叶，溪水从丛林的深处“叮叮咚咚”涌出来。皎洁的月光渗过高大树木的缝隙，在乱石中间和灌木的分杈上留下缓缓移动的青白光影。

青色的薄雾在银鼠妈妈眼里显得有些让它心烦。生了幼崽之后，银鼠妈妈有时不得不夜晚出来捕食。豆芽一般的小银鼠从银鼠妈妈干瘪的奶头中间爬上爬下，哼哼唧唧叫个不停，这让银鼠妈妈很是烦躁。银鼠妈妈把几个刚刚入睡的银鼠宝宝安顿好，然后猫着腰，钻出洞穴，来到黑暗和月光编织的世界里。

银鼠妈妈昨天就已经把最后一只灰鸽断翅上的肉吃了个干净。它跳到压在洞穴顶部枯死的巨大杉树的树干上，然后顺着熟悉的老路，跑过杉树的树桥，穿过满布罅隙的裂岩，钻入了密林深处。

银鼠妈妈的猎食范围基本是自己巢穴周围的几个水塘，水塘被高大的林木笼罩着，水塘里有青蛙，那是它的蛙场。水塘朝左的矮灌木林里是林雀的天堂，

① 银鼠，鼬科鼬属，又叫伶鼬、白鼬。体长 15 厘米左右，以青蛙、老鼠为食。

银鼠妈妈时常在林雀飞下枝头蒙头啄着草根、种子或者青虫的时候，箭一般一口咬住惊得张皇失措的鸟儿。它们一起在树丛中间翻滚，银鼠的牙齿磨得“嘎吱”直响。紧挨着灌木林的一片满是沙砾岩石的荒草滩，是沙鼠的生活圈。荒草滩不远处的田地里有肥得流油却很难捕捉到的“瞎子”鼹鼠。银鼠刚开始独自捕食不久，就冒冒失失地对一只刚爬出地面的鼹鼠发起攻击，鼹鼠的爪子差点把它捏死。如果碰到凶巴巴的仓鼠就算交上了好运，但要注意天空的燕隼和幽灵一样的各种游蛇。

银鼠妈妈从几丛大蓟的叶子下面穿过，它的眼睛并不适合在月光下的黑影里活动，黑夜里它只有借助月色的反光才能够看到不太远的地方。漆黑的密林里，它需要借助鼻子和耳朵，但这些器官并不是它捕食的强项。

听到草丛里传来窸窸窣窣的声音，不远处黑色岩石背后的冰草丛抖动了一下，银鼠妈妈把自己的小爪子轻轻按在地上，把身子藏在一片大大的叶子后面。

月光照亮的岩石边上，一只仓鼠的灰毛在月光里看起来是那种朦朦胧胧的深蓝色。“啊，好肥！”确实，那是一只家境殷实、膘满肥肠的年轻仓鼠，好像是无聊到夜晚出来和鬼魂游戏。仓鼠跑到月光地里，警惕地转头向四周看。银鼠妈妈听到头顶上有怪异、尖利的叫声，这声音在夜晚穿过月光青色的光柱，传到耳朵里来时，让它毛骨悚然。仓鼠听到这声音，“嗖”的一声钻到岩石背后的草丛中。“好像岩石背后是个仓鼠的窝。”银鼠妈妈想。

周围传来青蛙的叫声，水塘边上的青蛙们在合唱。银鼠妈妈心里痒痒的，但它忍住了，把想象着青蛙美味大腿的幻觉强制拉回到眼前。昆虫的鸣叫，还有夜间动物拖沓的脚步声……但真正最使银鼠妈妈感觉清晰的，还是岩石背后仓鼠的声音，那声音一会儿轻一会儿重，好像仓鼠在撕扯什么。这声音使得银鼠妈妈对抓住这只肥肥的仓鼠充满了信心。

月影慢慢移动，原先照着岩石的地方现在移动到仓鼠藏身的草丛旁边的一小块平地上。仓鼠觉得没有什么危险，于是从草丛里再次跑出来，在那块平地上津津有味地品尝着一只蚂蚱。银鼠妈妈轻轻迈动脚步，流线型的身体弯成弓形，它一步步迈过几根灌木横在地上隔成的方格，慢慢绕过岩石。就在银鼠妈妈准备要攻击的时候，仓鼠把头抬起来，银鼠妈妈赶快把头低下："还好，身子在岩石的阴影里不那么容易看到。"

仓鼠并没有察觉近旁有敌人靠近，它更注意头顶上有没有什么东西向它逼迫过来。仓鼠抬头看，并没有发现什么危险，于是继续埋头吃起自己的美餐来。当银鼠妈妈抬起脚步，腿上灌力，准备冲出时，天空突然降下一个巨大的黑影，几乎在瞬间就将所有的月光吞噬干净。

仓鼠没有来得及叫出声来，一双仿佛能捏碎岩石的爪子从天而降，准确无误地把仓鼠捏在爪子里，然后一阵飓风，卷得周围的树木"哗哗"晃动，黑影冲天而起，消失在高大乔木的漆黑影子里。

银鼠妈妈惊出一身冷汗，那只巨大的猫头鹰，让它颤抖。如果早一秒冲出去，它就和仓鼠一起在这个夜晚做了这只空中魔王的美味点心。

银鼠妈妈心慌腿软地快速逃离这片可怕的岩石地狱，它只有把自己今晚的希望放到捕捉几只青蛙上了。

从岩石的圈地往水塘去要经过一个并不高的山洼，白天，银鼠妈妈会在山洼那里歇息片刻。它在山洼的枯草下面曾经占过沙鼠的一个洞穴，生孩子的时候，那个洞穴太小，不得已才重新搬到现在的石穴里。夜晚的山岭和白天时截然不同，白天这里是最明亮的地方，视野开阔，阳光充足，而在月光下，仿佛山林中的种种雾气都浮动起来，把一切笼罩了。银鼠妈妈心里有些空落落地站在朦胧的雾气中间，看着四周黑色的树木如水纹一样在夜色里向着看不见的远处延伸开去。

银鼠妈妈在月光照耀的岩石上层层跃下。月光把银鼠妈妈苍灰的毛发照得越发迷人起来。它从岩石边纵身跳入草丛，就是靠近水塘的路。往水塘的路上，路面越发潮湿，越靠近水塘，越是能够看到有大树上盘旋下来的藤蔓错杂交织在林间。不管白天还是夜晚，这些绿藤都是需要特别注意的地方，可怕的蛇时常一动不动地趴在这样的绿藤上，等着猎物自动送上门来。

穿过枯藤，顺着水花四溅的山溪，逐渐能看到丰茂的水草了。银鼠妈妈放慢了脚步，来到蛙的天堂，刚才和死亡擦肩而过的惊诧在心里烟消云散。在白天，它不用花太大的力气，就能轻易在这里美餐一顿。肥美的青蛙有时候甚至会从高处跳到它身上，这时候青蛙和它都会吓个半死。

银鼠妈妈在心里“嘿嘿”笑着，因为它还没有吓死过一只青蛙呢！它来到水塘边，就着溪水流入水塘的入口，饮了几口水，长长出了一口气，然后开始绷紧神经，寻找蛙声此起彼伏的地方。

在围绕着池塘的草木间，能够看到一只流星一样的银鼠，像是月光的使者，在水塘边上的草丛里、树木间，追逐着把一池月光搅得凌乱的青蛙的身影，青蛙惊得一乍一蹿地奔逃着，银鼠肆无忌惮地追逐着背负了月光的蛙鸣。

吃饱喝足的银鼠妈妈，气喘吁吁地看着丢弃在身边的几只青蛙的残躯，甚至有一只刚捕捉到的青蛙，正瞪着大眼睛一动不动看着银鼠妈妈。银鼠也不在乎这只青蛙会不会逃跑，它只觉得自己夜晚的捕食行动大功告成。一池月光刚刚被它搅得纷乱，现在逐渐平静下来。银鼠妈妈用嘴叼起一只青蛙，开始往自己的杉树洞穴里搬运起战利品。

银鼠妈妈在朦胧的夜的背景里，在丛林和岩石的罅隙中间不断重复着相同的轨迹。月光下，它仿佛一只勤劳的小偷，正把夜的神秘和月光的晶莹一次次搬回家。

跃入水中

大概自己真是一块顽石，才会对跃入水中的记忆如此深刻。

我跃入水中的次数不多，因此时常羡慕那些不做任何考虑就跃入水中的人，羡慕水之精灵给予他们天生在水里像游鱼一般游动的天赋，羡慕他们此生比我多了一份感受人与自然相融一体的自由。

记得小时候，家乡的葫芦河时常发大水。暴风雨没有停息之前，雷声震荡，葫芦河的河水开始涨起来。聚集在村口的人群里，就会有人喊："可以扎猛子了，去捞东西啊！"所说的扎猛子，就是在大水发到将要与河岸齐平的时候，跳到大浪翻卷的黄色浊流里。

天还没有完全放晴，小雨淅淅沥沥下着，我跟在扎猛子的人群背后面，看他们到河边上，浑身脱得赤条条，从高高的土台上一头扎入转着漩涡的葫芦河里。和翻涌的巨大浪花相比，扎猛子激起的浪花显得微不足道，这些搏浪人像泥鳅一样，生命涌出一股狂野的嘲笑天地的激情，令人称奇。

浑浊的河水里漂浮着上游冲毁村庄时顺流漂下来的门板、死猪、还没有完全散架的枕梁，偶尔还会发现溺死的人。不管是什么，只要是能够捞上手，能够拖得动的，都会拉到岸边来。

这种粗野、豪放的水中激泳，看似游泳的人逞了一时的匹夫之勇，其实凭仗的还是骨子里的好水性。西北人骨子里渗透的无惧一切的血性，也在那种情景里突显出来。

到江南读书的时候，开始有机会接近游泳池。我在水里总有一种失控的感觉，这种感觉产生的紧张和恐惧在心里很难消散。游泳池根据深浅分了不同的几个区域，南方的同学在深水区像鳗鱼一样游走，我只能羞愧地站在刚刚没过脖子的水里，撩起水花，洗去脸上的失望和无奈。

“来，拉着我的手，随我到深水区去。”朋友说。

我唯唯喏地答应着，一只手死死抓住朋友的手，双腿像死鱼那样无力地摆动。因为无法和自由的水神靠得太近，心里倒生出了一股特别的执拗来。在深水区，朋友放开手让我自己游，他口干舌燥地教导我怎么随着水浪和呼吸划水，我的脑子那时候像是失灵了，我像个失去了磁极的罗盘，在水中胡乱地打转。可能是自尊心受了巨大的打击，从此离游泳池更远了。

毕业之后，工作的地方基本都在海边，福建泉州的海边，深圳大鹏湾的海边。海的波澜起伏和幽蓝让人迷醉。海可和游泳池完全不同，我在几乎独属于我的海滩上，慢慢走向海水，顺从着海浪的翻涌，逐渐游到深海边上。

有好多次，炎热的盛夏，我躺在温热的沙堆上，边把自己的双腿往沙土深处埋，边看着远处蹦极高台上有人像燕鸥一般从空中自由落体式跳下。

有一次，我和一群朋友在海边游泳。那时候我已经基本克服了对水的恐惧，因为每天亲近海，对海的深处的想象，让我对大海敞开了自己的心扉。我一次次顺着海浪，试图游向深海，最终，当我冲向一个巨浪，浪头用有力的巨掌一把把我拍到沙滩上。当时我的头一下子扎到沙土里，海边沉积的细沙，如泥土一样绵密，我的头发像是被黏在了沙土里。因为一瞬而来的过度紧张，我在张皇失措中张口猛灌了几口海水。还好，朋友们很快发现我的双腿竖在水面上乱蹬，大家手忙脚乱，如拔萝卜一样把我从海沙中拔出来。

这次经历把我推离了海。

跃入水中，对我最终成了一个永远无法完成的难题。但我还是不死心，试图做第三次的冲锋，总觉得自己有跃入水中，潜进深水区的资质。这种直觉真是害死人。

祝我好运吧，写作的水和海水一样的深……

在雨滴里

雨季，如楼层一般叠叠而上的牵牛叶子上，层层雨滴像是刚刚离窝的蚁群，齐齐从一层叶面流向更低一层的叶面。偶尔有一股疾风把叶子吹得掀动起来，水滴便像林间借着树枝跃动的猕猴，从一个叶面跳跃到另一个叶面上。有些雨滴直接溅向地面，在有回旋花纹的水泥地砖上溅起朵朵薄冰一样易碎的水花。

雨势一会儿急一会儿徐，变换的风势在周围的空气中把雨星刮得抖乱。即使撑着伞，雨点也会吹到衣服上和手臂上。溅到衣服上的雨滴，先是停留瞬间，仿佛晶莹的泪珠那样，很快又消失在衣服的纹理当中。

有些雨点滴在手上，手上会感觉到冰冰的凉意，仿佛这小小的几颗雨滴刚刚找到了一个小憩的地方。水滴越聚越多，顺着手腕，从手掌下缘，汇聚成一股股更大的水流，流淌到地面上去。

在等车的站台上，清晨如此多的雨点，如水银一般在绿得发光的叶面上抖动，破碎，流动，聚合，离散，消无。

有小孩子问："雨滴是怎么形成的？"

我告诉她："一粒看不见的尘埃形成了一颗雨滴的核心。"

小孩子似信非信地看着我，然后抓着我的鼻子说："大孩子可不能骗人噢！"

到她长得更大一点，便可以用如下的故事给她讲述雨滴的生命了：

汽车"呜"地疾驰过城郊的路面，干燥的空气里浮起一层迷迷蒙蒙的灰尘，无数的灰尘颗粒交织在空气中，空气变得呛人。穿过灰尘迷雾的人群，有人用白纱蒙在头上，有人皱着眉头加快脚步。

风从树丛的枝头吹过，细碎的烟尘随着风势卷上高空。除了流云之外，半空里似乎空无一物。但飞翔的鸟儿，能清晰感觉到高空里存在的气流，无形的气流也有自己的丘陵、峡谷和山峦。

这些丘陵、峡谷和山峦就是温差不同的空气团。无数尘埃卷在冷空气或者热空气的云团里，就好像一个人穿行街道的人流中一样。空气团里还有无数水汽，这水汽的颗粒小到只有一颗雨滴的几十万分之一那么大，除非在炽热的空气里，才能够看到它们像波浪那样流动。在正常的气温下，人的肉眼是无法察觉它们的存在的。

这些水汽冲出江河湖海的表面，或者随着植物叶面的呼吸，漂浮到空气中，从而随冷热气流交替升腾到高空。底层的热空气云团和高层的冷空气云团相互碰到一起时，浮尘的颗粒快速俘获周围的水滴，很快形成了雾蒙蒙的云的雏形。

在高高的天空中，看到鳞片一样的鱼鳞云，看到薄得如纱衣一样的纱云，还有像奔腾的骏马的尾巴一样的马尾云，那是尘埃和水汽在高空的对流中，刚刚在展开不同气流最初的碰撞展现出来的样子。如果云层在天上足够高，因为温度低到冰点以下，那时候所看到的白色的浮云的组成物，就不是雨滴而是冰晶了。雨滴在不同的区间里，经历着不同的离散和聚合，风卷流云漂浮向上时，它们把自己的形态武装成坚硬紧凑的固态；气压使它们向下流动时，它们又把自己的身体融散开来，变成将要俯冲的伞一样的液态。

只要生命的重量还没有使它们结合成雨的精魂，它们就一直在云间的牧场、山峦、沼泽、低地和峡谷间流浪。

直到有一天，一股更冷的空气飘过来，无数细小的雨滴呼喊着相互抱紧一团，可能那粒尘埃会有“梦终于圆满”的如释重负的感觉，它感觉自己终于能够沉甸甸地落向大地的怀抱。它在天空中不断游荡积累，一切孤独的旅行，辛劳的奔波，艰难的反复，离散聚合的阵痛，终于化成了内心平静踏实的欢喜，化成一种坠落大地，能够和一粒土结合起来去长出一点新芽来的热望。

在厚重的铅灰色积雨云层里，最初被汽车轮胎卷起的那粒升腾到天空中的尘埃，终于能够心思清明地在一阵剧烈的摇荡之后，破开云层，落向自己最初来时的土地。虽然昨日和今日已然不同。

雨中的自己之所以感觉到雨滴在叶面上那种激荡里的平静，感觉到它们安闲自如地在各个绿色的小小空间里转移，只是因为，我自己好像也融入了某一颗雨滴里。当我感觉到自己如一颗雨滴那样穿越了整个天空和大地，那个巨大的生命的轮盘，在我的心里奇特地沉寂下来。我在自然的雨地里行走的时候，整个自然也在我生命的大地上转动。

尘与土

闰玉在自己的梦里又一次梦到了花，花飞舞着，然后变成尘土，雪花般落到种子上。

这是她思念妈妈的夜晚，她感到失落。每当生命低潮，失去了别人的支持，希望的暖意在心里如潮水般退去时，她总会梦到妈妈，梦到花，梦到尘土。

闰玉有在玻璃罐子里保存花瓣的习惯，那些花瓣究竟是哪一种花的，她自己也说不清楚。病中，她央求母亲把摘来的花都装在一个透明器皿里。这种收集大自然微笑的举动，为她心里注入了无形的活力。母亲问她喜欢哪一种花，她说什么花都行，只要是花。把花摘来放到瓶子里，每天都放，房间里就会有飘不尽的花香。

那时闰玉十三岁，大病一场，吓坏了母亲，远在外地忙碌的父亲总是在信里写上几句安慰的话。闰玉总在病床上偷偷翻书。喜欢读书的习惯是妈妈传给闰玉的。骨头里传来阵阵刺痛，手术后身体像死树一样越发僵硬，生活完全无法自理，母亲强装出来的微笑，眼里无奈的疲惫……闰玉感到绝望，活着成了无法摆脱的一个负担。

晚上，所有人都睡了，床上的闰玉怎么都睡不着，她的眼睛直直瞪着天花板，一次次地想到死亡。黑夜中，意识渗透着死亡碎片在身体里扩散，闰玉隐约像是摸到了某种冰凉可怕的东西，那种冰冷彻骨的感觉让她蜷曲起身子。她感觉自己身子里有什么东西破碎了，然后平静下来，不知不觉中沉入梦里。就是在那个夜晚，闰玉第一次从自己的童年世界里走出来，进入了一个尘土飞扬的成人世界。

梦里，闰玉梦到一个装满鲜花的花瓶，这个花瓶是她童年的梦幻，也是她初步成长起来的爱的信念，还是妈妈的微笑、爸爸的鼓舞。

“如果自己死了，”闰玉在梦中对自己说，“这花就是自己爱着爸爸妈妈的证物。如果自己活着，这不断在瓶子里聚集的花的盛会，就将是自己爱着生命的微笑、信心和期许。”

闰玉记得妈妈曾经说过，一朵盛开的花就是一个希望，一朵花的生命，就是灵魂的一个结晶。从尘土里生长出来的花儿，都包含着温暖的祝福，是引导人走向幸福的门铃。

“生命有无数扇门，人活着的任务就是找到那扇门，并打开它，走入最适合自己的那个空间。那扇门上一定有一朵鲜花盛开的铃铛。”这些话是妈妈从童话书上看来的吗？闰玉的思绪游离出死亡的边界，回到现实里。梦中，心里涌现出来的那一瓶花，把病痛的妖魔在闰玉身体里都降伏了。她第一次忘了身体的伤痛。

第二天一早，闰玉便向在病房里忙出忙进的母亲提出了收集花的要求。母亲先是惊讶，紧接着又欣喜地答应下来。她懂得自己心思缜密敏感的孩子，内心的复活最是艰难。妈妈因为闰玉有这样的要求，一个人躲到门外无人的角落里高兴得直掉眼泪。

从那时积累着，十多年过去了，花瓶里有无数的花瓣投入其中，花瓣枯萎、腐化，然后一层一层积累起来，有妈妈摘的花，爸爸夹在信里寄来的花，还有闰玉在花园中、街道边、野地里摘来的花。花像看不见的祝福，像无边无际的爱的细语，像冰冷时刻伸过来的温暖有力的手。闰玉扶着花的扶梯走入人生的花季，走入人生的盛年。

大概是花摘得太勤了，或者说是爸爸妈妈对大病之后的闰玉的爱更为殷切，花瓶里的花瓣时常是满的，有时候甚至溢出来，飘落到闰玉书房的桌面上。只有十月怀胎的母亲和为着家庭的安宁幸福日夜劳碌的父亲才能明白这种对女儿的爱的花瓣是什么，这爱胜过爱惜他们自己的生命。

在大学里读书的闰玉在电话里听妈妈说："花瓶里积得厚厚的花瓣现在变成了花泥。"

"怎么成了花泥了？"其实都是花瓣的碎末变成的尘土，像厚厚一层土。

"我们要不要在这花土上种上什么？"

"啊……"闰玉赶紧说，"那不行，还得放花。"

"可是放不下了，该怎么办呢？"

假期，闰玉陪伴妈妈到仰韶文化的一个古人类遗址去参观。年轻的讲解员说，覆盖着古人类遗址的细密黄土层有五六米深，土层大概一千年能够积累一米，这是地质学家和考古专家估算一个文明遗址距今多少时间的一个简略直观的算法。

"闰玉啊，一千年，你看看这尘土，世界的尘土慢慢积累下来……"妈妈想要对闰玉发些感慨时，讲解员洪亮清晰的声音盖过了妈妈的话，母女就继续听讲解员讲解这些尘土的地质来源。它来自岩石被风沙侵蚀的碎末，来自动植物尸体变化的轮回，来自一些无法预测的地质变动，火山、地震、洪水……

回去的路上，顺着陡峭的山坡往下走时，妈妈说："这些尘土，还有我，你爸，你，我们其实都是这世界尘土的一部分。"闰玉听着妈妈的话，恍恍惚惚地觉得家中花瓶里的花土里仿佛又注入了一种平静的力量，这力量在花朵鲜艳盛放的生命里对抗着它的凋零和破碎。

"回到家里之后，把那些花土散落到花园里去吧！"闰玉对妈妈这么说的时候，倒让妈妈听得有些没头没脑。

几年之后，闰玉做了妈妈。

又过了多年，妈妈走了。

那个清凉的夜晚，妈妈走的时候，闰玉突然觉得好像自己才刚刚出生。她想着妈妈生自己时强忍的阵痛。妈妈生自己的那个片刻，正是一朵娇艳的花朵在破碎，开始凋零。想到和妈妈一同收集着花瓣的碎片，收集着生命的微笑，收集着希望和祝福的无数个瞬间，闰玉感到将要化作尘土，化作“世界的尘土”的一分子的妈妈身体逐渐冰凉下去，闰玉紧紧抱着妈妈的躯体，泪水止不住从脸上流淌。

闰玉在妈妈的坟头撒花瓶里的花土时，奇特地感觉到，自己和自然从来没有这么紧密地相连在一起。她不仅连接着自然，最重要的是还能连接着妈妈的生命。花土在风中飘散开，裹着百合的清香，落到园子的各个角落里。她抬头看花土在风中散去，世界的尘土的每一粒分子里，妈妈曾有的笑容映现在周围的空气里。

“生命和大地是连为一体的。”这是妈妈告诉闰玉的话。

“妈妈，妈妈，你怎么流泪了？”身边的孩子拽着闰玉的衣角，闰玉用手擦去眼角的泪花，她俯下身拉住孩子的手：“你愿意和妈妈一起收集花瓣吗，像妈妈和姥姥一起收集那样？”孩子因为妈妈的悲伤显得有点不知所措，为了安慰或者更多是为了躲开这种尴尬，他扑到妈妈怀里，用稚嫩的话语在妈妈耳边说：“妈妈不哭，我和你一起玩，一起收集花。”

困厄之鸟

鸟儿在天空中飞翔，羽翼敲散一团薄云，眼睛俯瞰绿苍苍的森林，身子在树枝间穿行。在天空飞行时，它显得桀骜不驯；在地上捕食时，它变得无比机敏；生儿育女时，它又会发自本能地倾注自己的温情。

对鸟儿来说，这是它生命的全部……

有一天，鸟儿从一片茂盛的丛林飞过，阳光漏下树顶，光的朦胧在林下湿漉漉的青苔草地上浮起，薄雾在草叶和鲜花上，混同着花粉和尘埃的颗粒弥漫。林子深处另有一股奇特的味道，一时燥热，一时冰凉，仿佛有针一样看不见的东西刺激着树木花草正在生长的敏感神经。

鸟儿打起一阵寒战。它急速穿过野藤的圆形孔洞，往日它会在孔洞旁的青苔上歇息，啄食嫩草和草里爬行的青虫。林子里有它熟悉的万物的声响，敲着看不见的鼓点，和它的心跳一起震动，让它感到安逸。

今天一切似乎静得出奇，这个绿得透明的世界，似乎有黑影在渗透，在晃动。鸟儿虽然感觉到了不适，但这并不能打消它继续寻找食物的念头。它心里漫过一阵胆怯，但倔强的脾气又在它心底激荡起一股无畏。

林子里多了一些扎在暗处的竹楔，还有绑了纤细绳子的悬石。“是这些东西使林子变得死一般安静吗？有什么样的敌人隐藏在这些阴影里？”

鸟儿五彩的翅膀依然和往日一样轻灵，它对自己每天飞行的游戏充满了自信。它也不是没有经历过铺天盖地的大网，苍鹰的利爪也曾经扯断过它的羽毛。

它小心谨慎地飞过这气氛肃杀的空间，有时止息在一片山坳的岩石上，有时停歇在风中晃悠的秃枝顶端。

每日的捕食之旅，都是生死之旅，生存下去的勇气让鸟儿不能有任何退却。从树梢俯冲，穿越枝蔓的网格，然后紧贴大地滑翔，碰着草尖上的湿气，鸟儿能在急速飞行中，捕捉草叶上惊跳而起的蚂蚱或者飞蛾。有时鸟儿蹲在伸向水边的枝条上，静静等着每天在那些几乎确定的时候从水面跳起的小鱼。

鸟儿就这么神思恍惚地飞行着，突然翅膀“砰”的一声，仿佛撞在了绷紧的线上。它的身子被一下子刮得倒栽下来，直撞到草皮上，急速地翻滚。仿佛有什么力量突然从未知的空间伸出爪子，要把鸟儿撕成碎片。还好是草皮，松软的草皮拯救了鸟儿的生命。

鸟儿刚刚稳住身子，还没有来得及仔细观察周围，只感觉头顶有一个黑影罩下来，它猛力蹬起双腿，纤细的双腿因为死亡的压迫，一瞬间爆发出惊人的力量，甚至抓得草地的腐土碎屑四散。鸟儿借着这股力量，扇动翅膀，开始加速，朝着光线明亮、地势开阔的空间拼命冲去。

隐藏在树杈中间的几张大网，在机关触碰后，朝着一个空间直盖下来。鸟儿最终还是在大网罩住地面的一瞬，从大网和土地相隔一线的缝隙中间飞出。

受到惊吓的鸟儿急速地飞蹿，它不知道还有多少网会向自己罩来。网的振动在林中引起了连锁反应，静得可怕的林子一瞬间沸腾起来。

鸟儿从林子里蹿出，那股在骨子里蔓延的惊悚催逼着鸟儿向着白云飘浮的地方直冲而去，当它的眼睛看到蓝天向着自己逼近时，苍鹰盘旋的身影同时也在鸟儿的视野里出现。鸟儿就像巨浪撞击到岩石一样，在白云底下转头又朝着深渊一样的森林俯冲。那是它刚刚逃离的地狱，但它已经没有第二种选择。

苍鹰在天上“唠儿——唠儿——”地鸣叫，然后箭一般向慌不择路的鸟儿冲过来。利爪先是撕到了鸟儿的几片尾羽，接着又抓向鸟儿的脖颈。鸟儿完全忘了什么是生死反击，它竟然可以在空中倒飞着摆脱了苍鹰能够抓碎骨头的钩子，然后不顾一切地坠入灌丛里。

鸟儿小小的身躯直接从灌丛中坠落到地上，撞得鸟儿“呀”地叫起来。苍鹰的翅膀被夹在树枝的斜杈上，焦躁、狂怒、无奈中，在藤蔓缠绕中死命扑腾着翅膀。

鸟儿跳起来，闪动略微受伤的翅膀，觉得应该还可以飞行，稍微觉得安心。但在这低矮的灌木林里，飞起逃跑实在不是良策。鸟儿像个老练的小兽一般甩动双腿，迈开步子，拼命奔跑起来。林子里积了厚厚的一层枯枝败叶，爪子踏上去松软并充满弹性。丛林里，这样为了逃命的奔跑，对鸟儿来说真是少有。

“赶快跑，逃开这片阴森的林子，逃离四处黑影浮动的地方。”鸟儿心里这么想，但那种可怕的紧迫逼近的感觉越发激烈。它无法判断这种感觉来自天上，还是来自地下。

鸟儿跳上岩石，跑过草地。周围穿来“噢——噢——”的野猪垂死的嚎叫，还有人匆忙急促的脚步声。鸟儿不得不扇动起翅膀，翅膀的酸痛刀割一样钻入心里。鸟儿从一片树丛的斜刺里飞入高空时，看到一头冒着鲜血的野猪，正挣扎在立满了倒刺木桩的陷阱里。“还好这样的陷阱不会要了我的命。但如果刚才在奔跑时，落到这样的地下洞穴里，然后上面再罩下一张可怕的网……”这种情景让鸟儿的身子颤抖。

整个林子里几乎都是脚步声、呼唤声、马蹄声、鹰隼羽翼扇动的声音，猎犬飞蹿在林地上的唰唰声。鸟儿受伤的翅膀已经无法维持飞行的平衡，但为了避免落到那些喷溅着口水的猎犬嘴里，鸟儿要拼尽全力飞向自己每日捉鱼的大湖。

不管今天的命运如何，至少目前还有一线生的希望，它还能飞，腿儿没瘸。快到湖边的时候，鸟儿终于还是从飞得不高的半空坠落到一个高台的沙土里。意识蒙胧中，鸟儿看到了蓝色大湖上成片盛开的荷花。荷叶随风起伏，就像鸟儿飞在空中时看到的巨大的空气气团一样。

鸟儿已经飞得精疲力竭，几乎无力飞上身边半尺高的岩石顶端。鸟儿听到身边传来急促的喘息声，一回头，看到一只猎犬呲着獠牙，在对着自己狂叫，猎犬嘴里白得闪光的牙齿在阳光下亮得晃眼。

发现这只几乎站不稳的猎物，猎犬一阵兴奋，兴奋之余，没有花费多少力气就得到猎物，让它有些扫兴。猎犬用嘴咬住鸟儿的脖子甩打，鸟儿惊恐地用嘴去啄猎犬的眼睛，猎犬一转头，把鸟儿甩到沙地上，然后伸出爪子，去拨弄鸟儿的身体。鸟儿浑身的羽毛倒竖起来，“吱吱——吱吱——”地尖叫。猎犬和鸟儿的对峙，对猎犬来说是一场游戏，对鸟儿则是生死最后的拼搏。

时刻寻找逃生机会的鸟儿，乘着猎犬眨眼的工夫，猛地冲向身旁的竹林。猎犬大感惊讶，一个愣神，鸟儿扇起受伤的翅膀，在密密麻麻的竹林中间向上飞起。猎犬嘶吼着，无奈地在竹林外打转，狂吠。

逃出生天的鸟儿，最后坠落在荷叶上，然后从一层荷叶滑落到下一层荷叶的叶面上。鸟儿一时木呆呆的，胸口剧烈起伏。

荷叶旁边，一朵盛开的荷花，把半开的花瓣拂过这只困厄之鸟，安静守护着它，看着它慢慢地安然睡去。

自然之书：汗渍与大地

读着，翻着，书就变得陈旧起来。人和书身上都有死亡后的新生和匆匆过客一样的疲惫。书页被这样的手翻动，就像犁在大地上耕过。

街边理发店的旧沙发上散落着几本杂志，有陈旧的《青年文摘》，新一期的《读者》，封面撕掉一半的《知音》。《青年文摘》的封面上是水粉画的水仙百合，被许多双手翻阅过之后，水仙百合越发显得斑驳朦胧，还有手上汗渍的沾染，开不败的百合花儿似乎要残了。新的《读者》，许多页边已经卷起，那些新页上的卷边里，收藏着来理发店的一个个理发人的无聊和寂寥。《读者》的文字里，依旧散发着青春发梦酵母的浓厚味道。《知音》被撕掉的半边封面只剩下一张嘴，一个世纪美人的烈焰红唇，讲述着大人物的秘密情史和专门煽起浓情的泪与笑的故事。

我有一本翻得破损的《约翰·克里斯朵夫》，还在一个笔记本上抄录了很多封罗曼·罗兰[①]和他的"第二母亲"玛尔维达·封·梅森堡的通信。虽然我

---

① 罗曼·罗兰（1866—1944），1866 年生于法国克拉姆西。法国著名的思想家、文学家、批判现实主义作家、音乐评论家、社会活动家，1915 年诺贝尔文学奖得主。代表作是以贝多芬为原型的《约翰·克里斯朵夫》。

不能像《百年孤独》的作者加西亚·马尔克斯[①]说胡安·鲁尔福[②]的《佩德罗·巴拉莫》那样，把深深影响自己的作品都背下来，而且几乎能够倒背如流。但那本《约翰·克里斯朵夫》确实被我啃读过，书看起来很脏了，我青春期的脚印和灵魂在这本书里齐头并进过，书纸不断被翻动，显得不堪重负。这个伟大的文学家在他的书里告诉过我，一个理想主义者的生活和命运会是什么样子的。在我的少年时代和青年时代摸黑行走的路上，这本书还时不时在某个路口充当过路灯的角色。艰难的生活、困惑的灵魂，就是人生的沼泽。在我书写“自然”这个概念的时候，时常会不自觉地加入“灵魂”的概念，并且让生命作为自然独一无二的舞伴。翻阅《约翰·克里斯朵夫》的时候，我曾经觉得自己的生命在不断靠近着什么，被生活所掩埋起来的生命的根慢慢渗出惊人的活力。当我像农夫一样，满手泥污，在生活的土地里进行挖掘，钟爱的一本书，就不能被简单定义为一本书，它还是我心灵的疆域，是我的精神脚印穿越的连绵群山，是我的想象力航行的海疆。被汗渍浸透的书页里，展示着灵魂的劳作。书虽然破旧了，但它依然无法让人遗忘。

老教授有一本字典，摆在他的书案上，字典的封面贴着胶纸，很是破旧。书页从侧面看已经变成姜黄色，那是比我所见的翻得发灰的书籍更为陈旧的一本字典。翻开字典，很多页上写满了蝇头小字，字典已非原来的那本字典，它

---

① 加西亚·马尔克斯（1927—2014），哥伦比亚作家、记者和社会活动家，拉丁美洲魔幻现实主义文学的代表人物，20 世纪最有影响力的作家之一，1982 年诺贝尔文学奖得主。作为一个赢得广泛赞誉的小说家，加西亚·马尔克斯将现实主义与幻想结合起来，创造了一部关于风云变幻的哥伦比亚和整个南美大陆的神话般的历史的图书《百年孤独》。代表作有《百年孤独》《霍乱时期的爱情》。

② 胡安·鲁尔福（1917—1986），墨西哥作家，其主要作品有《燃烧的原野》《佩德罗·巴拉莫》。世界文学界对胡安·鲁尔福的评价是，鲁尔福的小说不仅仅是 20 世纪文学中的杰作，而且也是 20 世纪影响世界文学最重要的书籍之一。

和一个人生命的积淀和自省粘连在一起。老教授谈笑风生间，有某个字要查证，他拿起桌上的放大镜，谨慎、温柔地翻开字典。他的心里有一把打开那本字典的钥匙。他的汗渍、他的心血，都浸透着这本字典。字典是他学术进程的见证者，陪伴他挖向一个个人类精神的深井。多么神奇的钻探机，多么奇怪的伴随者，字典对这个头发花白的老人来说，就像伴随在他身边的那个曾经一同走过“蒹葭苍苍，白露为霜”岁月的风烛残年的爱人一样。字典老了，教授老了，但时间不老，精神不老。

书和人的故事，有如博尔赫斯所写的既没有时间起点，也没有时间终点的沙之书，也有中国神话里只有透达天机的人才能在书页间知晓世间变化命运的无字天书。但所有的书，那些被捧在手上，被汗渍浸透，为感动的泪水打湿，甚至被一切世界的污浊沾染的书，都在进行着开挖和耕耘的过程。书中的大地，也就成了我正要叙述的“自然”概念更多元更丰富的面目。一本书是从一个字开始，就像一片森林，是从一朵花、一片叶开始。

书真正的样子，就是一个人苦苦寻觅的灵魂的样子。如果在一本书里没有耕耘，没有雕琢，没有寻觅，书便只是冰冷的一堆纸，你无法把它和生命相连，和万物相连，和自然相连。它不是你的拥有物。你与这本书之间并无前缘。

师承：拜火者

火，改变了人类在自然界里脆弱的命运，把人类从茹毛饮血的蛮夷状态里解脱出来。人类对火始终存着特别的敬畏，敬畏由它带来的毁灭与重建，敬畏跳动的火中总会照出人类的影子。

古谚语也说："火是毁灭之源，也是新生之兆。"

老师在课堂上给初进校门的学生们讲起火的种种形态，从普罗米修斯盗取天火讲到火山喷涌而出的地火，讲到燃烧了整个生命原野的希望之火，还有种种艺术创作当中隐藏的试图创造神灵的灵魂之火。刚刚从考试洞穴里爬出来的学生东倒西歪，神情木然地望着神情激昂挥动着手臂的老师，如同看激动不安的猕猴。留在他们心里最深的印象不是老师讲的火，而是"这老师怎么这么有劲啊？"的感叹。

"在肉体和精神都陷入疲态的人面前谈火，就如同在下着瓢泼大雨的雨地里烤红薯一样。生命不到极端，没有被紧迫追赶，心中的柴火就不会燃起照亮生命的火焰。"老师在他的教案笔记中这样写道。

人何时才需要火？答案再简单不过——感觉寒冷的时候。

人感觉到冷，不是肌体出现了病变，就是季节到了寒冬，或者寒流开始侵袭。这个时候，就会需要温暖之地，需要火的围拢。

内心焦虑导致夜夜失眠的学生脸色苍白，怀着不安来问老师，人生该如何规划，情感让他困扰。他急切地想要得到指引。他告诉老师自己内心的不安和惶恐，就像在深夜迷路的人，正深一脚浅一脚走在泥地里。未来的职业是一面墙，精神的安稳是一面墙，情感的平复是一面墙。职业是阴天，精神是雨地，情感是沼泽。老师想，好辛苦的学生！人，只有在迷失时才会跑去寻找光源，试图把湿漉漉的一切烤干。靠近温暖和光，会逐渐变得坚硬，会摆脱糜烂和腐朽。但靠近火，无意中也可能会被火点燃。生命是平衡世界的产物。

多年以后，事业有成的学生来拜访头发雪白的老师，老师脸上的老人斑像火熄灭之后的灰烬。但在老师的床头，用正楷的毛笔字工工整整写着两个条幅："早起""勤勉"。学生被某种东西触动，一时有些发呆。老师拉着学生的手攀谈起来，偶尔转头望向窗外桧柏银灰的绿叶，以便让眼里发潮的泪光在眼眶里消散开来。眼前这个原本平庸的学生，今日的光辉给老师晚年的退休生活染上了意外的欣喜。

学生说："老师，我一直记得你说过的话，说起火对生命的点燃，说起去做点火人的勇气。你还说过，世上有两类点火人最为珍贵，一类是那些在黑夜里为众人点亮灯火的人，一类是在未知的前路探索路上为众人点亮明灯的人。黑夜里亮起的灯让人在绝望之中生出希望，在未知的世界里点亮灯火，就是让人对自己活着更有信心。这两类人是这个世界上最稀少的人，要懂得在生活中把自己的生命趋向这两类人，借着他们的火，来点亮自己的人生。老师，这些话一直都是我行动的座右铭。"

老师有些迷糊："我说过这些话吗？我都忘记了。我记得给你们讲过天火、地火、理想之火、灵魂之火。你们当时还年轻，我讲火的这些最基本、最重要的形式，是希望在你们人生的新起点，能够在你们心里种下关于火的种子。我写过一本《火是生命种子》的书，那是在你们这一届毕业之后。能记住这些火，并在心里点亮这些火的同学，在日后的工作和生活中都有了自己的成就。我没想到你坚持了这么久，做得这么好，很替你高兴。"

“当时我们都觉得，这个老师讲课真起劲。”学生的话让老师也笑起来。

“老师，你的身体还好吗？”学生关切地问。

“还好。我都退休好多年了，给你们上课的时候就将要退休，距离现在将近二十年了吧。现在我的身体已经老朽，所有的火焰都要熄灭了。看到你们记着我，来看我，我就觉得自己生命的火在你们身上还在燃烧，你们往往给我带来想不到的惊喜。”老师的话里满是欣慰。

“可是，你看看，床头还有‘早起’‘勤勉’，老师还是这么有朝气，这么年轻。在学校里你就这么教导我们，进入社会后，我才发现真是一件法宝！”

“是吗？都是我改不了的老习惯。”

做在漆黑的夜晚点亮灯火的人。一直以来，这把冲天之火的力量支持着学生面对种种难以克服的困难。有些难题将要毁掉可能前进的空间，几乎使人绝望。这个时候，他总会退后一步，不去想火有多么微弱，而是去想沉沉黑夜的长短，脱离开希望之火的燃烧，去想黑夜的重量。这个时候，奇迹总会发生，火自动在心里点亮起来，甚至他都不知道这火是什么时候点亮的。任何现实社会评价的成就，都算不上是成功，真正的成功是什么只有他知道：是他在即将失败的边缘，老师所说过的那句话——去在黑夜里把火点燃。生命唯一的成功就是要有点火的勇气、智慧和毅力。

做在未知的空间点灯的人。灵魂微微跳动的火。爱、悲悯和不断新的开拓和创造。学生用二十年来不断回味点火和燃烧所聚合起来的这些元素。在学校时，抄在笔记本上关于火的话，似乎被遗忘了，有一段时间，又重新记起来。老师讲这句话时脸颊上有绯红的流彩。那些艺术家、科学家前辈，还有一切把创造奇迹作追求的人，灵魂的火在他们心里，不是像熔炉一样炙烤着，而是静静地在燃烧，直到把时间的墙壁烧穿。把自己撕裂，在不断的死亡和新生之间，让自己去接触更广阔的视域，不断包容，使自己能够从容地获得这个世界上原本并没有的东西。想到有这么奇妙的强大力量在支撑着自己的生命，学生对老师的感激就更增多一份。

“社会上，多的是釜底抽薪的人，多的是火中注水的人，那只是策略，不是根基，远离那样的人。世上也有很多锦上添花的人，随波逐流的人，你要冷静旁观。去寻找自己的生命之火、理想之火和灵魂之火，只有这样的火在生命里交相辉映，才能使整个一生获得平静。”老师书中的这段话，学生摘录出来并做了长长的批注，在一次重要的演讲中讲出来。

老师在他的书中用不无调侃的语气写道：“我要让我的学生成为拜火者，让他们懂得点燃和新生的含义。”

学生在演讲结束的众人的掌声里不无安然地想道：我正是成了这样一个拜火者，才能够拥有今天。

摘录集：草叶

“草叶最普遍的特征是青绿、平凡、普通、众多。”

“喜欢草叶，就是喜欢平凡。喜欢平凡，就有力量去爱整个世界。不遗弃每一个人，这是人类建设期望中的美好世界的基础。”

——题记

◎死的草叶

在《我胸口的芳草》的开头，惠特曼写道：

我胸口的芳草，

我从你那里采集草叶，我写作，以便日后让人们更好地传诵，

墓上的草叶，生长在我和死亡之上的、尸体上长出的草叶，

持久不死的根，高高的叶瓣，冬天将不会把你冻死。

娇柔的草叶啊，你每年都会重新萌发，你会从你退却的地方重现；我不知道许多过路者会不会发现你或吸进你那淡淡的清香，但我相信一定有一些人能够做到这一点。

窈窕的草叶，我鲜血的花朵！我允许你用自己的语言诉说你沉寂在地下的

心事……我不知道你的内部包含着怎样的深意——你不是幸福，你往往苦涩得使我忍受不了，你灼伤我，刺痛我。

但是，你对我来说还是美丽的……

长高些吧，甜蜜的草叶，让我看个清楚！请从我的胸口长出！

草叶在如此清澈的语言里化为了丰饶的大地。不管用何种方式，人人都能看到大地上生长的青草，就如同不管用何种方式，你都能感觉到脚下的土地存在一样。《草叶集》不是在平凡中歌唱，它是在生命的万象中，歌颂着美和伟大，歌颂着生命如何挣脱一切枷锁，奔向自由。

◎生的草叶

在《我自己的歌》的第六节，惠特曼写道：

一个孩子问："这草是什么？"他两手满满地捧着它递给我看。

我哪能回答天真的孩子的疑问？我和他一样，并不知道答案。

我猜它定是我性格的旗帜，是由充满希望的绿色物质织成的。

我猜它或者是上帝的手帕，是有意抛下的一件带有香味的礼物和纪念品，

四角附着物主的名字，是为了让我们看见并注意到，并且说："这是谁的？"

我猜这草本身就是孩子，是植物界生下的婴儿。

我猜它或者是一种统一的象形文字，其含义是，在宽广或狭窄的地带能够长出新叶，在生活方式各异、皮肤颜色不同的人中间一样自由地成长。

……它现在又似乎是墓地里未曾修剪过的秀发。

我要温柔地对你，弯弯的青草，你也许是青年人胸中吐出来的，如果我认识他们会热爱他们。

也许你是从老人那里来的，或来自即将离开母怀的人，现在，在这里，你

就是母亲的怀抱。

这看上去乌黑的草茎，不可能来自年老母亲的白头，它的黑色深过老年人的无色胡须，乌黑得不像来自口腔上的浅红上颚……

很久以来我一直觉得，让一颗麻木的心被触动，产生强烈的共鸣，人才会把自己的生命和整个自然的变化关联在一起。读《草叶集》时，惠特曼帮我推翻了这种共鸣的感觉。

他告诉我：不管怎样共鸣，草木依然是草木，你依然是你，就好像风从树顶刮下来那样。我似乎第一次懂得，什么是一片树叶，什么是一棵青草，那不只是自然里的一种季节变化的物象特征在我内心发生的某些波动。

“野火烧不尽”“一岁一枯荣”的草木世界正是人类的世界，也是我的世界。

世界不存在单一的音符。一切高贵都建立在交融着力量与智慧的谦卑里。

树叶上的阁楼

偶然想到一个书名，它逐渐成了我正试图要写的自然三部曲最后一部的名字：《树叶上的阁楼》（第一部是《西北草木记》，第二部就是这一本《大自然的时钟》）。在这本书里，我想写一写我所知道的不同国家关于自然的童话，这些童话一年年在我心里零零散散地累积，如同一堆落叶。这些故事必定讲的是相近的情节，因为树木、枝丫、绿叶，还有荒原、青草、野花和人工手植的一切，不管在地球上的什么地方，自然的这些元素基本都是相同的。但就像七十亿人就有七十亿颗不一样的灵魂一样，两百个国家及地区，必然会有两百个国家地区的自然观，这些自然童话一定会因为地域和文明的巨大差异而色彩纷呈。这些不同的故事，经受了时间巨浪的侵袭，保存下来，在文明荟萃的大房子里，拥有了阁楼的那种雄壮建立的神秘感。

“阁楼”是个很有意思的概念，普遍的解释是：在较高的房间里单独隔离搭建起来的小房子。它有别于主房的生活气，远离喧闹，收藏着遗忘、寂寞和孤独的灰尘，并且能够将时光的银器擦得雪亮。

这样的小房子通常放着家中闲置不用的旧物，小孩子玩到破损丢弃不要的玩具，还有不再为人所钟爱的积尘的书籍。但也有可能只是个干杂活的工具间。当我们把过去渐渐遗忘，阁楼帮我们把这个“过去”完整地收藏。

这样的小房间有时候也会被收拾成书房。当夜深人静，世界沉入睡梦，在这样的小阁楼里，在台灯那一束只为你而照的光里，安静的灵魂开始自由自在地舞蹈。

我很喜欢这样的感觉：巨大的房间里，有一个单独的阁楼，阁楼唯一的窗户能够在清晨照进金色的阳光，窗户外面是一棵枝丫稀疏的大树，稍稍遮挡住了远望蓝天和地平线的视线，春秋寒暑离窗口只有几尺远。夏天，长得旺盛的绿枝，可以把季节的味道透过窗户带到屋里来。冬天则能看到枯枝，风使它们一节节地断裂，这些曾经刺透寒冬的时间之矛，同时也在时间里腐朽、枯萎，落到树下。

窗外的树木和阁楼里的人，每经历一季的时间，便增加一季生命的坚硬。有些青春无可挽回地失落了，有些青春则以特别的形式永久保留了下来。

被称作“俄罗斯的劳伦斯”的洛扎诺夫写过一本《落叶》，我非常喜欢。书中的文字没有固定的格式，都是生活里瞬间的捕捉，全是如他所说的“我灵魂的每一次波动都伴随着倾诉”的呢喃。最初是倾诉真、善、美的强大，之后是倾诉痛苦、伟大和神圣。那些文字和书名一样是落叶的样子。落叶（或者说是灵魂，是爱）在风中翻转，带着一股腐朽的忧伤，还有曾经拥有过绿意的对美的回忆，曾在风雨中抖动、撞击的那种痛苦，如今在落叶身上显出破损和残缺的金黄。从树顶脱离母体的每一片落叶，那份残破凋零里，另有一种新生的宁静和欢喜，这种欢喜是独特的俄罗斯大地上的语言和灵魂的交融，从《落叶》里能读到俄罗斯大地上原野森林的味道。《落叶》作为一面镜子，成了我想要选择讲述的自然故事、童话故事的内核：本民族的语言特征，自身文明、灵魂的凝聚物，还有鲜活旺盛地养育了我们的大地、河川、森林与原野当中永不枯竭的生机。

终极目的是想将《树叶上的阁楼》写成一棵树，一棵人类和自然结合在一起的童话树。在这棵树上，每片叶子里都包藏着撞击、斗争和共存的忍让和相互协调。风吹来时，整棵树发出哗哗的响声，这是自然里最平常的事情。在这最平常的事件里，每个人会让自己在随着自然的海洋起伏、漂流的航程上，所闻、所见、所听的活力会渗透进枝叶和花朵当中，成长的意志会把一个独具一格的世界呈现出来。

如果我在飞，我就是翅膀

美国超验主义大师爱默生[①]，在他的诗作《婆罗门》里写了下面这样一句话：

如果我在飞，我就是翅膀。

这句话被我记在一本时常带在身边的笔记本里。因为写作惯常是在电脑上进行，笔记本很少打开，但正因为很少打开，如果哪天打开并记下一些事，这些事便如空灵的埙音。笔记本里记录着一些如绿松石一般质朴无华又光彩夺目的句子。

爱默生透过一句话，表达的不只是生命的飞翔，更是生命的意志。

当我走入山水，把自己一点点渗透进自然，总会感觉到山林荒野的支撑，好像无穷的绿光在召唤自己隐匿。从中能够了解一点自然的秉性。

那些珍藏的句子，那些灵魂的呼吸，就像树上惊飞的鸟儿：一种寂静的喧哗笼罩住我。没有这样的话，没有这些的凝视，语言繁衍扩张的语调，就只是

---

① 爱默生（1803—1882），生于波士顿，美国思想家、文学家、诗人。爱默生是确立美国文化精神的代表性人物，美国总统林肯称他为“美国的孔子”“美国文明之父”。他在文学上的贡献主要体现在散文和诗歌上。1836 年出版重要的处女作《论自然》。

一个俗常的硬壳，更多包容进日常的沉默。

“如果我在飞，我就是翅膀。”这是人和飞鸟互换了灵魂的产物。在科学的概念下，并无神话。但灵魂在不可见的峡谷里吟唱着。最美的神话，就是把生命融入自然、融入时间、融入自我的水杯，然后万物勾连，生命生发。但不是万物有灵论。

“如果我在飞，我就是翅膀。”那么，“我”是什么？

是巨浪溅开时雪白的浪花伸展出来的羽翼。雪白的，瞬息的，聚集了深水对于空间的想象，又有被不可见的神秘力量捏成碎末的那点决然不弃的悲伤。

“但这仅仅只是想象的水浪！”

有飞翔的鸟儿在心里，如同雄鹰在山峦上，“呦——”的一声尖叫，然后高高飞起。那时候，云层惊散，风影涡流，一个生命追赶着另一个生命，在追逐里消失、重现。

“这是鸟，鸟要捕食，猎物要逃窜，生命的弓弦绷得那么紧！”

一如半夜残梦里执着混沌的想象——但不是梦魇，始终存在着自救。

“哈哈，梦里不做鸟，梦里要做鼻涕虫，做滴到水里流动的颜色，做永远游不出长湖的铁皮船！”

“是的，只要飞，就要向飞翔中注入自己的意志。不这样，你又能靠怎样的力量，懂得宇宙万物的旋转，懂得吸引力产生的神秘节奏，懂得远离的悲伤来得比哭泣更为沉重？”

母性的书籍

自然的声音是多么奇特的一种呼唤，不是长长峡谷里闪回跌宕的回音，不是激浪拍击岩石经久不息的巨响，不是浮游在海洋上的冰山一角悄然崩裂坠落的寂静中聚合离散的惊诧。

自然的声音像海螺声，好像在地底深处藏有一个比所有山岳都要巨大的海螺——谁在地心深处吹起？召唤着地球上的无数生命朝着自己生命的中心凝视。

这个奇特的海螺发声的通道，除了无数生灵行走的脚步，还有文字。书是灵魂的管风琴，那些组合起来的文字是这个乐器的壳，壳里有流动的烟云一样的声息。

生死聚散，命运无常，唯爱永恒。

读书往往像灵魂在倾听。文字间移动的声音，就像流水冲刷着河床，让人知道冲击与滋润对生命意味着什么。每个人都会有自己奇特的听觉，除了日常倾听万物的躁动（这是生活，我们的第一听觉），某一个片刻，因为遭逢挫败的机缘，因为不得不反思而回到变化的内部，耳朵会听到思维凝聚的智慧，会听到心房里有个天真的孩子，在叶子、草丛、露珠、雾霭、晨曦里到处跳动。阻挡生命的铁闸，在懂得酸甜苦辣本就为历练出生命之火的时候，重回到平静与沉着的努力中，回到倾听的状态里。

1926年，纪伯伦[1]在《沙与沫》里说：

尽管我把心中的底蕴混入了沙粒,把灵魂的汁液搅进了泡沫……即便如此，这整本书，不会来得比一把沙子和粘在手上的泡沫更多。

普里什文在《大自然的日历》里说：

水滴滴落在石头上，清楚地发出了“我”的声音。

我发现一棵树上已吐出了可爱的幼芽，幼芽上有一撮毛。我不知道，也不愿知道那棵树叫什么名字，但是在这一瞬间，我似乎觉得我度过的所有春天，都好像是一个春天，对它们的感觉也都是相同的了，而整个大自然，于我也好像是大白天做的结婚之梦。

全部的人类智慧也可归结为同样的道理：只有唯一的一种生活，就好像秋天里唯一的一个阳光明媚的日子，而且是我的日子一样。

当一个人在自然中实实在在地找到树、犬、鸟，找到有生命个性的存在时，他为这样的存在创造出神话，以此证实人在自然中的命运。我在创作中走的就是这样的道路，我的读者把我探究自然的方式理解为爱，理解为一个人努力与自然发生关联。而正是这种关联使人成为仁慈的存在。

在流水的潺潺声和水滴清亮的乐声中,我像平常听了人作的真正音乐一样，脑子里萦绕的总是自己，总是我那多年不能痊愈的伤痕……这样想来想去，慢慢想清楚了人的起点问题：当他向往幸福，和这些流水、水泡、鸟儿在一起的时候，这还不是人。人的起点是在他和这一切离别的时刻：这是意识的第一个

① 纪伯伦（1883—1931），生于黎巴嫩，作家，诗人，被称为“艺术天才”“黎巴嫩文坛骄子”，是阿拉伯文学的主要奠基人，20世纪阿拉伯新文学道路的开拓者之一，主要作品有《泪与笑》《先知》《沙与沫》等。他的文字蕴含丰富的社会性和东方精神，不以情节为重，旨在抒发丰富的情感。纪伯伦、鲁迅和泰戈尔一样是带领近代东方文学走向世界的先驱。

台阶。我就这样顺着阶梯，一级一级地，忘记一切，历尽痛苦，开始上升为一个抽象的人。

梭罗在他的《瓦尔登湖》里写到春天：

在一个无比愉悦的春天早晨，人间所有的罪孽都获得了宽恕。

所有这些话，都像一处洼地。我们的泪水、我们的汗滴，那些奔走路上遭遇的阵雨，还有口干舌燥时滋润唇舌的一瓷杯甘甜，以及涓涓细流在寂静夜晚沿着心灵沟壑流向我们内心的潺潺声……

正是在这样的书中，我由被生活定义成的一个无以复加的失败者，获得了重生的救赎，得到了珍珠般晶莹的平静，开始重塑起自己破碎离散的人生。

很久以前，关于书，在我的世界里还是飘在芦苇荡里的萤火虫。当朋友或者亲人问起我的渺茫前途，仅仅几句抚慰，就会让我泣不成声。我只会说，也只能说：我也不想……我怎能够……

正是在这些书里，我的脚步、生命形成的苍穹、空寂无声的自然，让我准备在悬崖边向一切妥协时，还能告诉自己：继续像小草一样地生长下去。

母亲孕育了我，之后，我来孕育自己的人生，之后，书又再造我。我出生过两次，自然，或者书，如同我的第二母亲，给了我新生的大地、天空、骄阳和落不尽的雨，陪伴我的孤独，陪伴着我直到长成。

孤独园里的和声①

夜晚下了一场雨，雨丝钻入坚硬大地的缝隙，使原本一片干枯的土壤变得丰泽起来。大地记着天空的盛情，因此，早晨阳光亮起，无数藏在露珠里钻石一样的花蕊，在青草和花瓣的平台上盛开着——这是大地温和的微笑，微笑里，有着超乎言语的感激、包容、相知，还有宁静悠远的孤独的呼喊应答。然后，在时间的大地上，有灵魂的脚印安然地走过，湿漉漉的叶面上，有隐约可见的一个个印痕留下来。诗的简短凝结成质朴的尘埃，而那些草木和花，就在这样的土地上，形成了一个人色彩斑斓的和声。你的《自然志》，在我心里生成了协奏曲的样子。

我在北京朝阳公园的单向街书店，看到一本叙利亚诗人阿多尼斯的诗集《我的孤独是一座花园》，很奇怪，便想起那个太平湖畔的你，这个名字就像是你生命的倒影。阿多尼斯用思想的颤动凝结出他的诗歌的露珠，而你是用灵魂的

①本文为项丽敏的《自然志》而写。项丽敏是当代非常优秀的作家、诗人，为我所钟爱。

凝视在结出自己诗歌的花蕊。不是那种起伏跌宕的纠缠，而是需要倾耳静听，才能听到生命深渊里的破碎声，这破碎声里有复活，如同你的诗歌里有浮现于脸庞上无声无息的微笑。那么，《一个人的湖边》便是很好的名字吧，因为有这么一组《湖边信》，它们为聚拢了春草落叶的四季接受着。你的诗歌的涟漪能扩展到什么地方，或许连你自己都无法预知。

《幻影录》就是一声叹息。爱的镜子多么明亮，能够如洁白的雪花一般使世界安静下来。无数时光的栅栏，夜晚路灯下面火车的咔嗒咔嗒声。等待使人困倦了，斜靠着椅背闭上眼睛——有幻影冲入脑海。

眼前，整个世界真的是一个平静碧蓝的湖面，四野绿草如茵，湖边风声卷过，期盼的花，耸动的树影，有什么人在走近，走近……是否会从时间的封闭空间里伸出一只手来？你默默地在等。湖光山色倒映在内心宇宙的银河里。睁开眼睛时，雪正漫布四野，肆意的风吹开雪堆，露出了深埋的一朵盛开的金莲花。

但有种东西，在更远，或者在离你更近的心房里流转。一时幻影，一时真实，时间终归不会让艰难等待的人失落而归。那些幻影渗透到我心里来，真正所得的人，从你，转换成了我。

喜欢《余生记》的从容。重读《我将爱所有的人》，第一次读它几乎落泪，现在读则能够在诗中感觉到你在自己生命天空上展开的羽翼。秋天的树叶被风搅成碎末之后，如果觉得自己将从中消失，那该会有多么茫然空寂的后怕。在你的碎末里，能感觉到你在落向大地，落向自己的根。突如其来的隐痛如同电流穿击身体，反而会有平和的安详，从紧挨了尘埃的诗行中漫溢出来。那些日常的小欢喜，午睡的母亲，砍柴的父亲，你在对世界说，我将爱所有的人！那个时候的你，年轻而美丽，眼角一定沁满了温暖的泪水。

进入一个新世界的门口是什么？常人以为是满怀希望的烛火——是有希望，但已经不再需要希望，因为希望已经成了自身，希望已经不再是一个需要解释的问题。真正需要的是重塑，需要的是另一次破碎——这就是你的简短的《空白书》。我也有过类似的空白书，但没有能够做到你这般彻底。读你写的《诗》，就如同自己在写下面的文字：

以光的碎片辨认我

以锦簇花枝

投下的阴影辨认我

将美的细节种植在我体内

再以悲哀的汁液

腐蚀我

一寸一寸伤害我

我没有言语，在你的《空白书》里，我在静静倾听交响乐的响起，这音乐属于未来，在你我未曾知晓的时刻。

《短歌行》就是一种溶解，是溶解的姿态，也是溶解的过程。不是所谓的诗，诗的另一个名字就是你，就是我，就是他——诗就是赤裸裸的生命。你一寸一寸在光阴里溶解的，就是你能够收获的。我曾经用你的《无足鸟》作为题记，生成过我的文字，那文字和你无关，却和你的溶解紧密关联。有一天，我无意中读到你写的《秋空》，吟咏这些让人珍爱的文字，感谢你写出了我对生命想而未得的心意，你的《秋空》多么美：

秋空之空有一种高远

孤独耸立，一如教堂

偶尔有荆棘燃起的光芒

繁殖了整个夏季的花朵已被大地收割

旧事浮云，无非聚散

耳边的风声里飞过寂静的鸟群

曾想着用《秋空》的底色，作为我未来某部作品藏于其内部的动力。你看，这个时候，我是借债人，你成了债主。

你的这些诗如水银一样四散。你写《一朵花儿开了》，对我，既是一种重温，也成了愿意去倾听的几阙经久不息的和声。在这些和声里，我所收获的，是和人的生命繁衍进化紧密相连的自然主义，是生命生而自由的本质，是关于美得让人惊诧的灵光，是在自然威压和人的欲望诱惑纠缠着的丛林里，去把握到的那个明晰如剑的自我的光芒。我把从你的诗中收集到的这些音符，一个一个写到自己生命的五线谱上。

自然的小枝

大概是一年前的秋天，第一次读项丽敏的《秋空》。诗刚刚写成，如时间之母孕育的孩子，却又觉得似曾相识。可它完全不是我生命的格局和影像，多么奇怪，根本和我无关。泛着古老沉香的香味，如同秋天挂在枝头鲜红的果实。

静静凝视，感觉到了一份突如其来的时空聚散，觉得在自己内心，分别跑出来几十个影像朦胧的自己，他们各自嬉戏着，像挣脱羁绊的孩子，跑着跳到这首诗中每个字的房顶上、屋檐下戏耍，如鸟儿一般四周顾盼。那种感觉是欢喜还是欣慰实在难以说清，它由最初包含在欢欣里的轻盈，渐渐变得如碑石一般沉重，仿佛轻飘飘的浮世之舟，多了一块灵魂之铅。

唯有喜欢，才会促发倾诉的冲动。

想要引这首诗作为题记来写点什么，写点和自然呼唤应答的台词，写点和内心的渴望点点渗透进生命的枯萎和激情，写点绚烂的雨声里的青春歌唱，写点圣洁的生命庄严之不可耸动杳然，写点……快乐和不快乐之间终于拥有了，比微笑和宁静更深远的幸福。

一般来说，如果你认为一首诗映照的就是你，你就很难再脱离它去写点别的东西了，对你，它就会变得沉重——而诗歌本应该轻盈，如灵魂的风。

一年的时间里，对这首诗，仿佛自己欠了它的债，曾许诺要为《秋空》写点什么，却被空置了。

偶然的机会，我曾以为找到了进入某个神秘江河的入口，这个入口会将我带入异域的土地，没曾想，有巨浪会又把我卷回。很奇特，在这首诗里，我的想象变得无效，它的伸展正是我此刻生命的境遇，我的边界刚好到这里。

喜欢这首诗的恬静胜于它的悲哀；喜欢这首诗的热烈胜于它的坚守；喜欢这首诗的紧握胜于它的放开；喜欢这首诗里小小的几乎看不见的脚印，胜于它所呈现的几乎圣洁的明悟。

偶尔会出声地念起这首诗，它包裹在无限里的简短中，让人的心神在无形中变得模糊。在写作中，我时常会凝视自然那棵透明的巨树，树上这个模糊的形象，逐渐成了某条伸向某个阁楼窗口的翠绿小枝，它在阳光下那么清晰，在朝雾里如此朦胧，小小枝叶上似乎藏了说不完的话语。

辑三

寂静乡土

JIJING XIANGTU

葡萄熟时

电话里，母亲总是这样问："娃，你好点没？"好像离开父母的视线之后，我正在一个他们揣测出来的炼狱中遭受着人生的折磨。这种爱的想象，让他们对儿子的牵挂变得更加苦涩。

有时候话语又变成这样："育，打了好几次电话没人接，把我急的。"思念的站台上不能空无一人。父母的思念到站时，希望站台上有一个完完整整和和美美的儿子微笑着向他们走来。

穿过黄土高原到达沿海沸水一样翻腾的城市，在时间的间隔里，又带着满身的海腥气匆匆回归到静泉一样的乡村。每一年这样的循环里，平静离开和风尘仆仆归来，中间并不觉得心里有什么特别的牵挂，只不过觉得自己并不单纯只是一个自己。城市里，能强烈地感觉到自己如生铁一样在锻造中复活，乡村里的自己即使是小猫小狗的样子也无所谓。

将两种生存状态的心态对比，发现自己并不是一个安宁于琐碎生活的人。这种想法令人不安，又让人惆怅。

"家里正在下雨，雨都下了半个月了。没太阳照，今年的葡萄没有往年甜。天天是雨，葡萄好多都憋破了。"母亲在电话里向我聊起遮盖了大半个院子的三棵葡萄树的长势。我静静听着。

葡萄树遮盖的院落，在我心里就像大自然包围起来的一个绿色盒子。那个盒子里有我的思念，我的乡愁。

冬天里，葡萄树像遭了天雷的蛟螭[1]，炸开的灰色瘦枝和皴裂的树身盘绕着藤架，在寒风里瑟瑟发抖。春天时，葡萄树像是缓缓游离在深海里的五彩虾，绿中带紫的颜色，一夜之间从憋破的新芽里带出生命降临威风凛凛的征兆。四五月，开花时节，微风一起，葡萄藤会在一夜之间下起满天星的翠色雨，星星落到地上，细细观察，才发现满地是一粒粒的卷边小帽。八九月的时候，母亲在电话里欢欢喜喜地说："育，葡萄熟了。"像是说悄悄话，又在用自然的力量暗示着一份催促和思念。

九月似乎变得有点漫长，走过城市熙熙攘攘的街道，小贩们把玫瑰红和珠玉黄的葡萄一串串摆在街道两边，高声叫卖。朋友借了相机去给她的孩子拍照，说是给生日忘了拍照的孩子做一个补偿。还相机的时候，朋友送来一串紫玛瑙葡萄。吃葡萄的时候，我想起乡下院子里满架沉甸甸的马奶子[2]，想起妈妈说的："育，家里的葡萄熟了。"

在某种孤独渐变的成熟里，围绕我寂静的生命，所写的这些文字，还有堆在桌上成熟的果实，反而让自己奇怪起自己努力的方向和人生的目标。但对这个问题，我并没有深想。

---

① 蛟螭，音 jiāochī。蛟，指能兴风作浪，发洪水的龙；螭，指头上没有角的龙。

② 马奶子，葡萄的一种，又名马乳葡萄，有小核，主产于新疆吐鲁番盆地和南疆墨玉地区。据北宋史书《册府元龟》记载，唐太宗破高昌国（今吐鲁番）得马乳葡萄和葡萄酒酿造技术，并将其传入中土。

早晨的新芽

三月的清晨，天刚蒙蒙亮，旷野上淡蓝色的薄雾还未消散，白霜凝结得正紧，春寒刚刚退去，结了硬痂的灰色大地的浮层刚刚开始松动。

父母在我的窗口开始喊：“育，起床跑步了！”音调拖得很长，叫了不止一遍。

恍然还在梦中的我，一骨碌从床上爬起，长长舒了口气，心绪平静下来后，快速穿衣、起床、洗脸。

“来，喝杯温开水。”父亲说。温热的开水在清晨流入胃肠，迟钝而麻酥酥的身体为之一振，感官一个一个被唤醒过来。早晨喝温开水的习惯，是将有七旬的父母，身体保持健康的一个秘诀吗?

能够敏锐感觉到自己的身心和自然四时在呼应，这是内心里不断萌生的新芽，在给生命注入新的活力吧。没有秘诀的秘诀总是生命里最大的秘诀。

读书不多的父母，并无特别鲜明的养生观念。一辈子的忍让契合，相依为伴的老年生活里，每一个清晨，他们像姐弟（母亲大父亲三岁）一般亲密地走上河湾，穿过旷野上弯弯曲曲、坑洼不平的泥土小路，迈着比日常走路快捷上几分的步伐。

那时候，原野大地一片安静，春夏秋冬的时间镜面，正安静注视着他们额头微微渗出的细迷汗珠。空旷的野地里，母亲的长啸令我惊讶，父亲的羞涩显得好笑。两个老人的秉性渗透着我的骨骸，渗透着我的魂魄。迎着晨风，两个老人相互拍打着对方的脊背。早晨的时光一点点在地平线上亮起来。

晚上吃饭的时候，告诉父母，明天早上起来一定喊我，一起去跑步。父母脸上浮现出欣慰的笑容，好像小儿子终于从半夜充满了煎熬和孤寂的长明灯光里走出，开始意识到他们常常在我耳边唠叨的“早睡早起，眼皮欢喜”的话语真谛。

从村口往葫芦河大桥去有两条路，一条是直接穿越旷野田间通往河边的小路，一条是绕着山麓又插向县城的平整公路。两条路正好形成了三角形的三条边。我沿着公路跑起来的时候，父母的身影已经没入小路深处的雾气里。跑到离桥头不远，看到父母已经等在那里。“我们走得快不！”母亲有点得意地对我说，脸上微微冒着热气。世界比出门时显得清亮许多。天空明净，四周山峦迤逦的波纹上，光影起伏。

回家的路，是父母跑过的田间小路，说是小路，其实也有将近一米宽，路边田埂上的霜在清晨针一样的光线里变得更加透亮。父亲迈过一个田埂时，脚下打滑，差点摔倒。在感觉到他的趔趄，想着冲过去扶他时，他自己已经站稳了。母亲笑骂着父亲。父亲用脚踢着刚刚让自己打滑的枯草的硬苔。松动的土质，踢的时候，枯草的根轻易翻过来，土里藏着的湿气使土显出黑黄色。父亲弯下腰，捡起草根，在鞋帮上拍打，然后抬头对我们说：“看，草根上都有青气了。”

青气就代表春天，一个春天新芽的梦包裹在那团青气里。“春天都来了。”母亲说的是整片大地。所有的土层中，都在蕴结着一层青气，那青气呼唤即将流淌起来的生命河流。

走过一片松软的沙地，母亲说：“过不了多久，就能在这里铲苦苣芽了。”苦苣在春天新土里长出的细嫩白根是制作浆水最好的材料。

清晨偶遇的春天新芽，这些生命初醒的痕迹，也使我在夜晚郁结、凝固的梦，变得清澈、轻盈。

我们三个轻快地走在回家的路上。身后的阳光，越过了东边泰山庙上高处的塔顶，越过了县城周围浮起的青雾，越过了麻雀、喜鹊、画眉鸣叫的树梢，并试图越过我们的脚步，似乎在催促着我们走得更快。

静的世界

有一个神圣的静的世界，可以使伤残者的伤口得到平复，血迹凝结；可以使黯然者重新看到清烟缭绕的灰烬当中日渐炽热的轨迹；可以使混沌者划开水波，看到新世界的一点清明；可以使平和者的内心逐渐聚集，回想并不值得夸耀的安逸……

夜晚，睡在妈妈给我铺得舒适的床上。乡村的午夜，世界听不到一丝声音，一切存在似乎失去了依托，出溜出溜，滑到不可见、不可想的世界之渊里。

听到大门口没有关紧的水龙头上的水滴滴到水缸里，水面饮着夜酒，发出“滴答，滴答”的声音。有叶子或枯草，落向院子，“唰，唰”，轻响一瞬，躁动一瞬。风轻拂着山峦与星空的琴弦，一点点精巧的轻按，在生命微微颤抖的心口，按下斧凿錾刻般的印痕，好像不是为了安抚万物躁动的音序，而是在形成着时空另外一面幽灵般的发声。

真静，此刻的乡村！

想起自己生活的城市，那里车水马龙，人声鼎沸。那个城市里也有过独一无二的安静，但它藏得太深，需要凝神专注，才能在浮华和绚烂的缝隙里，用心去感觉一些安宁沉着的潜藏。

欣慰的是，自己在两重静的世界里都真实地进入过，即便进入的力度还显肤浅，但这已经不再重要。

院落踏过马蹄声

我家是个四合院，和北京我所见淤塞了几十户人家的四合院不同，这个开阔的四合院只属于一家人。

院子用红砖铺得平平整整。东边的屋檐下，错落有致地种了一棵迎春、一棵金银花、一棵蔷薇，西边杂货棚的屋檐下，均匀种了三棵马奶子葡萄。南房正屋和北房居室的房檐木楞上，钉了大大的木头钉，在这些木钉上拉了 8 号的钢丝。迎春花、金银花、蔷薇和葡萄枝的藤蔓，顺着沿房檐悬着的麻绳，一直爬到搭在空中的钢丝网架上。

春天的风吹在屋檐瓦际里，迎春花细碎的小黄花还在零零星星轻飘飘地开着。金银花满身都是嫩芽，像个娇嫩少女。我问父亲关于金银花的花期，父亲说："金银花要到盛夏才开，花开一对，一朵白，一朵黄，花儿晒干之后，可以泡水喝。"那是我第一次想要看一看金银花的样子。蔷薇，我的印象里是齐腰高的样子（蔷薇和月季，那个时候我还分辨不了），可以野性地生长，可以狂野地开放，没想到它像个杂技运动员一样，轻盈地攀到四五米高的钢丝架子上去了。三棵主干有胳膊粗的马奶子葡萄的绿枝已经盖满半个院子，当阳光走得累脚的时候，枝上的每一片绿叶都是阳光落脚的椅子，葡萄穗缀满枝头，果实累累的季节真让人期待。

最惬意的是院子里的阴凉。绿叶和阳光亲密相依，让坐在绿色凉棚下面的人，感觉到凉爽和酷热反差之下的心旷神怡。装一盆清水，用力地泼到院子里，红砖的面子上，会出现一道水色弯刀的印痕，这弯刀在阳光下，很快会隐去痕迹。水泼到地面上，院子里显出湿漉漉的气息，一股清凉之气从地面和钢丝网架上的绿叶间沁出来。早晨暖洋洋的阳光洒下树叶，搬把椅子，躺在这样的清凉中，悠然凝神读鲍桑葵[①]的《美学史》，书里书外两重时光的相会相融，使人忘记了世上多少事。

在乡村家里毫不费力所得的现实，在都市生活里又是怎样一个永难实现的梦。在这种寻找和选择当中，多少错位的遗憾在生成。人生能够有一个寂静院落的后置平台，同时，也能拥有一个城市绵延开去和新世界对接的战场。心中梦想生成的土壤将在一片广阔的地域里。当梦想像雨一样落向大地的时候，有一些答案，相信自己能够在绿叶的枝蔓上，在路边石头的纹路里，在清亮透彻的镜面当中，清晰看到。

爬上山脊，从远处看整个瓦屋土墙的村落，一种单调的土灰色围绕在一片祥和芜杂的气氛里。乡村里方正院落的犄角旮旯当中，潜藏着沉默的血性和安守平凡的生活，这种生活和城市日常工作在我内心形成的节奏冲撞着，难以调和。这种矛盾不再是外在生活的冲突，而是内化为自己思考生命的一种视野。

在哺育我生命的这个院落里，看着生命难以保持到中线的那个奇妙又深刻的平衡演绎着生死的无声敲打，这平衡的马蹄向我践踏过来，越过我的文字，不容我有任何选择地闯入我的心房。

---

① 鲍桑葵（1848—1923），英国哲学家、美学家，表现主义美学的代表人物之一。主要著作有《美学史》《道德自我心理学》《国家的哲学理论》《美学三讲》《当代英国哲学》等。鲍桑葵是最早写作美学史的人，在《美学史》一书里，他以批判性的态度把古代美学和浪漫主义美学结合起来。这本书深刻地影响了我的美学认知。

夜雨纷扬

晚上我和父母一起看电视剧《这里的黎明静悄悄》①。从早晨开始稀稀落落下着的雨，到了夜晚，似乎下得更急了。雨滴敲打在院子里植物的叶面上，屋子里的人，透过蒙了一层纱窗的窗户和隔了一层门帘的房门，听到细碎的雨从天而降，绵绵清洗着世界。雨中渗透的凉气从屋外飘进来。清凉让这样的夜晚显得比平日更加安静。

忙了一天的母亲，坐在沙发上，披了一件薄毛衣，脸对着闪动的电视，眼睛一会儿睁开，一会儿闭上，似乎在打盹。父亲坐在母亲身旁，后脑勺枕着双手，靠在沙发上，神情专注地看着电视。我坐在电视正对面的另一个小沙发上，不时喝上一口热茶。

电视里播放广告的间隙，我站起来，伸了一下懒腰，掀开门帘，探着头，看久未谋面的乡村里的雨是如何清洗这个干燥、平静的土地的。

我拉亮屋檐下的电灯泡，橘黄的灯光里，院子里的红砖地面上一道道水痕流得正急，房檐上的瓦楞中间，雨滴一滴一滴逐渐连成一条线，珠帘一般垂到

① 1969 年，中篇小说《这里的黎明静悄悄》在苏联《青春》杂志上发表，小说根据真实故事，用浪漫主义和现实主义相结合的手法，讲述了几个苏联女兵在二战中抗击德国侵略者的故事，在读者中产生极大轰动。1972 年，这部“遭遇街谈巷议”的中篇小说被导演罗斯托茨基搬上银幕，取得了世界性的成功。小说作者瓦西里耶夫随着这部小说的成功而名声大增，小说原作被视为世界文学史上的经典之作。

屋檐下面。雨下得不大不小，刚刚够把心里一点点被清凉惊醒的诧异与宁和置于它们疏密相间的缝隙中间。灯光下，雨地上泛出一层摇曳不定的银灰色。

我回到屋子里，摇一摇坐在沙发上的母亲：“妈，乏了到炕上去睡。”

母亲睁开迷糊的眼睛，看了看我，感觉到嘴唇有些发干，对我说：“给我倒杯水喝。看电视，看电视，《这里的黎明静悄悄》演完了吗？坐着坐着就睡着了！”

在这个清凉的雨夜，看一部单纯、热情、真诚、宁静的电视剧，在美学意义上近乎完美。从个人心理上，我喜欢丽达、里莎，她们的心在表达爱憎的时候，固执又透明。我也喜欢热妮亚、索妮亚和嘉尔卡，但不知为什么，我只喜欢她们的部分，无法喜欢她们的全部。但从表演上，我喜欢她们每一个人。

看完电视剧，夜已深。从南房正屋回到我住的北房。走过院子，雨飘飘洒洒落到头发里眉梢上，单纯的雨声让静夜变得越发透彻，落到脸上的清凉不仅让干燥的土地感到欣慰，也让一点点苏醒的灵魂觉得安然。

这样的雨地，倒纠正了我一个长久以来总是错误的观念：在终极的静的概念之外，城市里静的内涵和乡村里静的意义并非完全不一样。在城市里不应该去寻找安静，而是要在激情中去定义生活。城市里的静，对人心只是暂时的一点安慰。而乡村里的静，只要这静的内核不是漠视，而是敏悟和深思，那么，它将形成一片新的开阔的土壤，在这样的土壤里，将产生城市土壤里不可能滋生的新鲜生命。但我也知道，观念这个东西最容易变动。

这雨由最初的阵雨，下成现在的大雨，可能要一直下到明天也未可知。带着雨的凉意，我坐到桌前，读今天还没有完成的几页鲍桑葵的《美学史》。不太厚的书，却每一页都显厚重，我并没有将它当作是单纯的美学史来阅读，在我的眼里，史实罗列的事件不单纯是线索，更重要的是，我在澄清许多初级概念对我造成困惑的过程中，得到了一些意识逐渐成形的滋养。

困倦一阵阵淹来时，躺到床上去，关了灯，脱衣就寝。

听着窗外雨声如经文一般在耳边诵读，梦乡何时召唤都没有觉察。

来航鸡和它的伙伴们

将近中午，我帮父亲将院子西边杂货棚下被葡萄树的树荫遮蔽的十几盆花，一盆一盆搬到东房的房檐底下。下午，阳光西斜，这些花就有充足的光照，花盆里花草柔嫩的茎叶，在阳光里就会长得硬挺坚实起来。

正搬着花盆，后院里传来“咯咯哒，咯咯哒”的声音。父亲说：“鸡娃下蛋了！”

后院一角，用细竹子编成的竹排，隔成一个五六平方米的围栏，母亲在围栏里养了三只来航鸡和两只乌鸡。三只来航鸡在母亲买回来时还是拳头大小的鸡子，如今已经成了生蛋的专家。每天，三只憨憨厚厚的母鸡，都会用两到三次的“咯咯哒，咯咯哒”来报告生蛋的喜讯。母亲因为胖，担心高血压，遵照医嘱，基本不吃鸡蛋，这些鸡蛋就是清瘦的父亲和侄子的专属物。两只乌鸡是春节表嫂来看母亲时买来的，现在刚刚长至成年，一公一母的两只，每天无所事事地竖起鸡脖子上的白毛，凶巴巴打架。无聊时，还会赶着三只胆小的米黄色来航鸡在鸡棚里上蹦下蹿地跑。

前院靠崖的厕所里，也隔了两个小鸡笼。母亲托人从县城养鸡场里花三十块钱买来长条形的鸡笼，父亲用铁丝将鸡笼悬在木梁上，离地半米，吊在空中（主要是防止晚上黄鼠狼把鸡偷走），养在格子里的五只小母鸡已经长到快要和三只生蛋的来航鸡一般大小。另一个窝棚紧靠土崖，用木桩支在空中，像个一米见方的土庙，窝棚里养了一只披了一身绛红暗紫锦衣的公鸡，在半明半暗的光线里，公鸡像个大将军一般踱着步，血红的鸡冠和殷红欲滴的猩红下垂，在咕咕声里，有节奏地颤抖，展示着一个鸡魂不容轻易侵犯的威仪。

早晨不到六点，从轻飘飘的鸡鸣狗叫声和烟囱上一缕缕缭绕的炊烟里，可以看到乡村刚刚睁开的眼睛。母亲挎上篮子，穿过几片果园，几块菜地，到桥头晨练去了。父亲扫着院子，给空了的水缸、水桶装满水。我躺在床上，还没有完全从睡梦里醒来，但已经能够听到村子里、院子里远近高低不同的响声，听到父母在院子里有一搭没一搭地说话。

八点，暖洋洋的阳光洗净了蓝天，昨夜的一场雨到今早只在院子的红砖上留下一点云影的痕迹。母亲已经从河湾里摘苜蓿回来了，嘻嘻哈哈走进门时，大声问父亲：“懒育起来了吗？”有时候是早饭后，有时候是下午，父亲会将这些苜蓿切成碎末，拌上麦糠和一些钙粉，做成鸡群每天必备的口粮。

围着几只鸡操心，种点花草忙碌，给起了虫害的葡萄树和蔷薇花打打药，掐掐绿枝上多余的枝蔓，沿着树根围点肥，到邻居家串串门，父母一天的日子就这么过去了。

我格外地感谢这几只鸡，也感谢院子里正开的月季和葱绿的花草，随着父母侍弄它们。希望我们兄弟不在家的时候，它们能够给两位老人带来一点安慰和欢喜。

珍珠演

微阴的天，晚饭之后，和父母一起看电视剧。乡村的夜晚静悄悄的，这样的气氛里总会存在被轻易忽略掉的一些不同寻常。

《这里的黎明静悄悄》里，爱读诗的索妮亚死了，纯朴善良的里莎被沼泽吞没了。两个老人看得长吁短叹，母亲怜惜每一个天真坚强的女孩子，死神夺去这些年轻美丽的生命时，她叹着气，擦着眼里的泪花。揪心的气氛里，父亲面色凝重，我的心里也满是叹息，对能够产生《这里的黎明静悄悄》的俄罗斯大地，心里充满莫名的爱和钦佩。

关了电视，准备回屋睡觉前，我踱着步，在静夜和清凉萦绕的院子里，心里却突兀地跳出“珍珠”这样一个主题。

在没有任何光线的幽暗当中，珍珠从坚硬的物质世界的内核里吸收一切能量，并让自己形成一个质地纯净的空间整体，然后，在某个必然到来的时刻，内部能量积聚的热开始凝聚光，这光不仅照进那个感知者的激动里，也照进一切对它开放的主体当中。

但是，还有无形的空气，细密的水雾，漂浮的尘埃。我试图写下的一切，是属于空气、水雾还是尘埃呢?

近日里所读的几本理论性很强的书，被电视剧诱发的叹息牵引，打开的内心就像是形象力的真空泵和加压泵，看这些书籍的过程当中流露出的惊诧和喜悦，让自己的内心开阔、简洁和密实。如果自己是空气，那么就应该向着形成冰晶的方向努力；如果自己成了水雾，就应该寻找一粒可以作为内核的坚实的尘埃；如果自己是尘埃，那就应该朝着水蒸气密集的地方运动，以便有朝一日能够在世界的某处降落下来。

至于珍珠，我不知道它和我有什么关系，但我知道它形成的轨迹。前几天，我曾问过一个朋友，心血是怎么一回事？在这个静悄悄的夜里，对这个问题似乎也一点点明白起来。

空气、水雾和尘埃，这些空茫细微的形体，似乎看不到心血分泌、黏附和流动的痕迹。在我的眼前，它们只是漂浮物。但在漂浮的缝隙中间，总有光线穿过，有无穷尽的细微变化发生，反而有了能够形成珍珠的种种可能性。我自己就是处在这些漂浮物中间正在进化的一粒尘埃。

从南房正屋到北房居室中间是不到二十米的一段距离，我踱着步子，不知不觉之间，总会为夜晚的独处时光寻找一些文字游戏的内核，这些内核会不会成为未来某个主题的原点，一粒尘埃并不会为此而焦虑的。

「推」日子

晚上，厨房里，母亲做着荞麦浆水饭，我在旁边帮她削下饭的水萝卜。

母亲说："推日子真快，快到我娃走的日子了。"

五天之后，我就要离开父母，回到那个有一点牵挂，却又无所牵挂的城市，开始又一轮每日忙忙碌碌工作的循环了。

厨房里，我和母亲一时变得无语，母亲花白的头发和粗糙沧桑的手让人感到无力。

早上飘了细雨，中午淡淡的阳光轻扫过院子，晚上，清凉渗透出一丝寒意。母亲看我切水萝卜时耸一耸肩，便说："去穿件毛背心。"

我走出了厨房。穿了毛背心，坐在书房的沙发上，打开电脑，想想乡村里的屋舍，想想浸润在静静时间里的家，想想时间对自己形成的改变。关于时间的一些模糊记忆，在一些清晰的线条当中撞向我。母亲说起"推日子真快"的话，脸上的皱纹里流露出来的不舍，像是给我形成了一种禁制。既然无法让时间变慢，就只能通过文字让心里的爱在记忆中长存。

"推日子"是西北人对时间的说法，这个"推"字，让实体的人和空置的时间之间有了一种神秘的结合。不知道是时间在推着人走，还是人凭着记忆和感觉在推着时间走。事实上，"推日子"里有着无限的慵懒和无奈。只不过，听到母亲这样说时间，感觉到一种来自生活的复杂压力，我没有选择对生活顺从，而是在按自己的心意，静伏之后，重新进入自己想要的世界。这里头，无奈感在某种看似自我支撑的强力面前，显得更加柔弱微小。这是由我对生活充满矛盾的选择造成的。

敲这些文字时，对文字给我造成的牵引力，突然有了一种强烈的厌弃感，似乎它们不再像个熟悉的朋友，而仅仅是陌生路上互致寒暄，点头致意的路人。这种厌弃里滋生出的陌生感，让人失落，内心更加灰暗起来。一些想要用文字建构的高塔不再筋骨昭昭，血流潜涌，而是形色枯竭，被无望和离弃的风吹得积毁销骨。

我放下手里的书本，在黑暗中独坐，疲惫感袭来，钻到被窝里昏昏然睡去。

心里总问自己，在这个被无数桎梏挤压的小县城里，找个中学老师的职业，娶个平实女子，陪着日渐老去的父母，尽自己人子的孝道，推自己曲伏的日子……你能选择这样的生活吗？

书，各级概念的分类，自己加入其中的新解，然后再反射向我想要挖掘的生活端面，这些已经有序化的人人都在遵从的人生……它们和金钱多多少少相互纠缠，由俗常的琐事推着往前。

除了默然，我不能言语，无法屈服，却又在头发花白的父母面前觉得无力，觉得自己就像一片雪花飘向大地，势所必然，无所改变，却又不得不能。

“育，吃饭了！”

我从床上爬起，下床保存了文件，关上电脑，掀开门帘，往上房走去。

母亲香喷喷的饭已经做好。

碎花繁

在家住了二十多天，不知不觉中，花园里、藤架上，花蕾静悄悄地在枝茎藤蔓的叶子中间长大，一朵朵、一片片地开起来。为什么这些普普通通的花朵，在悠闲安静的家的空气里，可以如此凸现，让人感觉到幽游的纯美，而在城市热闹的气氛里，相同的甚至比这些更为艳丽的景象，却是那么让人漠视，让人无动于衷？

迎春花还在开，零星半点的小黄花镶在舒展的绿枝碎叶中间，就像素净女子安闲自在的微笑。初夏的绿枝从五六米高的藤架上垂下，离地不足尺许。美的形体是由我自己造的，花儿可以这样说。父亲说，这些蔷薇花，到时候会剪个形出来。我问剪成什么样？父亲说，随便剪，咋样好看咋样剪。

迎春花的邻居是金银花，清凉早晨的风里，父亲指给我看："育，你不是想看金银花吗，往顶上看。"藤架的顶上，金银花的绿叶盘成将近两平方米的绿色托盘。在院子里仰头看时，能在绿叶遮掩的边上，看到粉白色和淡黄色相间的像优雅舞者伸开的双臂一样的花儿，它们正随风而动，就像舞者随着音乐摇曳身姿。只不过，这舞者是植物世界沉聚的结晶，而音乐，是自然颤抖的心弦。这花儿葬去，还能由流水进入人的肺腑，给热暑人心解一点烦闷之苦。活着予观者以美，死去给饮者以静心清凉。真希望这花儿能化作凡间一女子，自己能在生的路上有幸与她相识。

蔷薇花泼泼辣辣开得热闹。从离地将近一米的地方开始，一直到整个攀爬覆盖的藤架顶部，几百朵粉色微红的小花，几乎将原本硬实的绿叶遮住。还有更多的小花蕾缀在花边上，嗡嗡的蜜蜂在花间穿行。所谓招蜂引蝶，我倒喜欢这么泼辣的样子。蜜蜂迎着花去，花儿露着笑脸迎来，自然的属性，坦然的相遇、融合，完成着生命的一次次证明。到家里来串门的人，一进门，看到初夏时节门口这么美的笑脸，总会禁不住说："花开得真繁！"

小花园里的玫瑰，端庄得像白领丽人，它们一朵朵绽开，静静在晨露和虫鸣当中散发点点幽香。几日过后，"花残静落魂入泥，遥想不知归何处？"玫瑰的周围，种了些满地随处生随处长的草莓，不多不少的几颗草莓在葡萄叶子缝隙渗透下来的阳光里，"殷红小嘴迎人笑，疑是相逢知己来"。

小花园顶上，半亩见方的葡萄架上，"触目碎花都不见，嗡吟之声尽入耳"。地上，像微型草帽一样的葡萄花的绿色小壳，薄薄铺了一地。父亲要去扫，我说，就这样挺好看的，父亲也就随了我。母亲一边念叨着一边翻着《葡萄管理》，她担心葡萄成熟时，老鼠会从紧靠的山崖上爬下来，祸害成串的果实，正在书里找寻预防的法子。一串串的葡萄，粉茸茸的，在闪动阳光的叶子中间像要把果实尽快胀得饱满。

小花猫

邻居家送来一只小花猫，黑白相间，巴掌大小。早晨温暖的阳光照着院子的时候，小花猫像个绣球一样追着人的脚后跟，跑着闹着。我和父母站在院子里，看着这个刚刚一个月大的小生命，正一点一滴地把自己融到我们的家庭生活里来。我说："妈，你现在又多了一个孙子了。"

早饭后，母亲坐在院子的阴凉处纳鞋垫，我从房子里搬了一张写字桌，放到母亲旁边，开始翻书写作。

小花猫无所事事，围着母亲布鞋的毛边，一扑一闪，捕捉一些看不见的幻影，用舌头舔它细软的毛和粉嫩的爪子，在母亲的鞋面上亲昵地摩擦。

正看着书，母亲突然叫我："你看，看。"

一时兴起的小花猫，正用爪子钩着母亲的裤腿，一纵三爬，很快就爬到比自己的身子高得多的母亲的膝盖上去了。在母亲的膝盖上，它朝着母亲"咪咪"地叫着，一副献媚的样子，逗得母亲一个劲地用手抚摩这个古灵精怪的小家伙。

母亲纳鞋垫的时候，它就团着身子，肚皮紧贴着母亲的腿，呼呼地睡觉。

"妈，它怎么不到我的怀里来睡觉？"真是羡慕。

"才喂了几天奶，就把我当成它妈了。"母亲笑着说。

这个时候，我们不去打搅它，它也不来打搅我们，大家各自做着各自想做的事，各自心里该都存着一份安然的依存和温暖。

在忙碌的城市里给家里打电话，电话挂了之后，觉得好像有什么东西忘了问，于是再打电话过去："妈，小花猫怎么样了？"母亲说，天天跟在她的背后，像个跟屁虫一样，走路的时候，都要特别小心，担心一脚把它踩死。

真好，真好，真好！

细雪

三月，还是寒春，从火车站里一走出，天水的冷空气扑面而来。

重新走在家乡的土地上，心突然没有由来地怦怦跳动起来。眼前，没有融化的白雪覆盖在铁路两边的灰色瓦屋和黑色铁皮货棚的顶上。母亲在电话里说，家里的温度在零下10℃左右，和南方我生活的那座春色跳动的城市相比，这里的冬天似乎是我久违了已经10年的冬天（工作期间回过几次家，都是在炎热的夏季）。

天色铅灰，隔着单薄的衣服能明显察觉到侵入肌肤的冰冷。围上围巾，看到飘在空中的细雪，轻轻微微，缥缥缈缈，在人群中间，不断消失，又瞬间重现。站在飘雪的车站广场上，就拿不尽然的人生来说，眼前沉默地飘在空中的细雪，和我内心的黯然，有着多么相似的对照。它们落到地面，瞬间就融化了——脚下的土里已是春天。

这细雪的沉默里，连接着一个怎样开始的世界？和物质的世界无关，和地域的疆界无关，在我心里曾经被认为是个永恒的世界——那个写作的世界，我能拥有你吗？

自己是梦幻主义不折不扣的执行者，这是直到现在才让人吃惊的发现。或许决定我存在生态的，不是其他因素，仅仅只是自己固执的秉性而已！只要爱，我便会固执地爱下去，和不爱一样。如果以日常生活的尺度作为衡量一个人的生活标准，我应该是个居家的谦和男人，应该是某个调皮孩童撒娇嬉闹又有点敬畏的父亲，应该是个贤良女子付心安守一生的丈夫，是个公司里平庸普通的职员……如此，我该是一个完全的人，一个安然的人，一个标准的人。

我不该自以为是个梦幻的执行者，不该在无数孤独沉默的夜晚，让自己骑上想象力的野马任意驰骋，却在生活中，对种种所谓优选的选择闭口不言。人心的迷宫，每个人都会遇到，本该以一种局外人的方式进入，不应该试图用文字去勾勒这迷宫的存在。我不该意识到自己对物质世界几乎毫不在乎，又在处处遭遇挫折的时候，重新思考物质世界向自己压迫下来。对积了尘土的书籍，痴迷到难以忍受的程度，总会被瞬间意识到的完美世界诱惑并击倒。我更不该觉得自己的人生可能有某种宿命，并且把这种宿命和文字的世界连接在一起。

就这样，我站在春寒料峭中，细雪牵引着我的思绪在冷风里飞逝。

春节过后，我在这个南方的城市里颓废了将近一个月，一个大男人，每天像个小孩子一样茫然。真实的“自我”之网羁绊着我，一个人总是被一层一层看不见的规范、道德、传统的观念包裹，让人分辨不清自己存在的身份里，哪个是真，哪个是假。

当我最终有所决定的时候，既不是走入乡村，也不是远离城市，我决定走入自己的内心。这就等于说是和我三十多年为之奋斗的一切都决裂开。这个所谓的“新的开始”，多么奇怪!

可能是人生里失败的次数太多，急需一种形式来证明自己存在的价值。

我站在家乡火车站台旁的细雪当中，长长呼出一口乳白色的雾气，眼前的细密水雾，扩展不远，就在空气里消失。嘴里的白雾依然一次次呼出。

空间浩瀚无垠，轻轻一下就把这白雾吞噬干净。在路上走，细雪仿佛跟着我一起移动，仿佛独属于我，以便我走起来时，自己不会如嘴里呼出的白雾，从眼前的空气里一下子消失。

落叶声·脚步声

◎落叶声

落叶声在四季里很是独特。

风起时，细细听，盛开的鲜花和柔嫩的绿叶在风里发出的声音总是浸润温和的。夏夜，到果园去，斜风里，能听到丰盈的果实在枝头随风而动的声音，这声音像雨落向大地，节奏含实而从容。如果祈祷一件事情要获得成功，默默地祈祷，应该就像果实在枝头那样饱满而真诚。

秋天来时，地气转凉，叶子挂在枝上，随风晃动，似要坠落。在细微的“嘣”的一声轻响之后，叶子缥缥缈缈地落向地面。这落叶的离枝，与包围在暗夜里的无数叹息呼应，那是因为想到已经失落永再，难有机会再付出心中所爱，心里才隐隐作痛，才发出心碎的一声脆响。

路上的落叶被行人的脚步踩碎，在寂静世界里听到这样“咔嚓咔嚓”清脆的声响，拨动心弦，一种比失去和破碎更为厚重的气息围拢住满街落叶。枯萎、凋零、破碎，是每一个生命最终的象征。

音乐里，明亮轻快的音节会激起心上的亮色，雍容丰腴的音调时常让人陶醉，婉转的花腔也能引动人的肢体应着节拍摇摆。在这音乐扩展开来的世界的夹层和底部，在这银箭一样轻快的音符的暗隙里，有那么一点节奏舒缓、喑哑流离、幽暗生涩的音符，像流淌不息的山泉，从节奏的泉眼里涌出。

而落叶的飘零和破碎，以至腐朽入泥，不也藏了一个与音乐相似的丰饶世界的泉眼？

◎脚步声

川端康成[①]有一本掌小说集《人的脚步声》，这个题目总吸引我去翻阅，“脚步声”三个字里，走向润物细无声的世界的亲切感，在无边无际地蔓延。

相识的朋友说要到广西去支教，问及支教的原因，只说是城市里太闷，想到乡村的孩子们中间去，这样心里清净一些。如果只寻清净，好像没必要由繁华都市跑到吃水都有困难的山村里去。没有再具体问，每个人都有自己的梦想。朋友到乡村之后发来邮件，文字里笑比愁多，原先待在城市里时常有的郁闷、阴霾的心绪少了很多。从照片上夹在憨厚的孩子们中间的朋友的身影里，倒觉得她是个天真的人，这是我以前不知道的。朋友似乎是不知不觉爱上了乡村的孩子们，为他们的一点进步欢喜，为他们的调皮捣蛋无奈，时常为失学的事，跑很远的山路去家访。她把自己经历的支教琐事记录下来。这些笔记我在网上看过一部分，笔记里的事件和人物都踏实、真挚，清澈得像山里的流水。读这些文字的时候，觉得这水里流淌着关于一个人寻找的脚步声。

---

① 川端康成（1899—1972），日本著名小说家。1968 年以《雪国》《古都》《千只鹤》三部代表作获得诺贝尔文学奖，成为继泰戈尔和萨缪尔·约瑟夫·阿格农之后第三位获得诺贝尔文学奖的亚洲人。从欧洲文学的深处，回归东方文学和日本文学的中心，川端康成的文学之路，对中国当代的许多重要作家都有深刻的启发和影响。

我在写一点关于费孝通的文字时，手边缺少相关的资料，随口告诉了网上萍水相逢的朋友。我们以文而知，既熟悉又陌生，并不以为这样说了，事情就能够得到解决。不几日，朋友突然发来消息，告诉我，要找的书已经找到，要我留下地址，给我邮寄过来。但等了好多天，也没见书送到手上来，我心里的一点惊讶也就不了了之。有一天，邮局来了催领包裹的通知单，两本厚厚的书终于放在我的书桌上，最初惊讶的感觉淡然了，心里的一点感激化为了无声的友谊的鸟儿。书原本是个沉默的物件，这一刻却觉得它似乎有脚，在人心上能留下那么多的脚步声。

书虫猫老二

三个月大的猫老二一身虎纹灰斑，在院子里上跳下蹿，一时癫狂起来，一眨眼就像一只鸟儿一样，蹿到三四米高的葡萄架上去了。困倦来时，它就在斑驳阳光的碎影里，无所顾忌地靠在它妈身上呼呼大睡。猫老二是只小猫，但它现在的性情更像一个八九岁大的顽皮小男孩。

猫老二出生的时候，我刚刚回到家里不久。所谓要写一点文字的心，毫无征兆，只是因为对朋友的一点许诺，就想把这个许诺像债一样还清。从城市到乡村，所要不为其他，只是一个静字。母亲以为我是回家来娶个媳妇，安安分分守着二老，像野草一样地过完一生。我把这些误会解释清楚，然后开始翻书整理资料。父母听说我要写什么书，惊讶之余，还有一点点隐藏起来的失望，但还是唯唯诺诺地不再多说什么。

水一样的日子就这样慢慢过去，母亲把我换下的衣服一声不响拿走，洗干净，晾晒到屋檐下面的钢丝上。每天按点做好饭，在厨房门口像母雀唤雀儿一样地唤着我的名字。夏末初秋的安静院落里，父亲把院子扫得干干净净。由书房出来，阳光、阴凉和清亮的水渍洒满了院落。

写着写着，觉得混沌，停下敲打的键盘，在院子里走，猫老二就会无声无息跟在身后，“喵喵”地叫个不停，这叫声有时候听起来楚楚可怜，有时候听起来温情脉脉，但不管怎样，都会让人忍不住转过身来。我弯腰试图抚摸它，它又一闪腰，躲到它妈妈的影子背后去了。

记不清是哪一天，我正在台灯下敲着文字，猫老二在台灯背后转出身形，在黑色键盘的边上，一声不响坐下来，像来看望老朋友一样地瞅着我，然后落落大方、自在从容地舔起爪子，梳理起毛发来。

夏目漱石[①]的《我是猫》里，那只能听懂主人和旁人的闲言碎语的猫，大概也是这个样子。猫老二在肉饱饭足之后，把睡到自然醒的美容功课搬到我的书桌上来，这件事，我是非常欢迎的，但猫老二是不是能每天不邀自来，这还要看它是否赏脸。

在一些无可名状的时刻，当生活和书本从两个方面挤压我，也不能把我从凝胶一样的状态里激活过来。对自我的深深厌倦像章鱼的触角，吸住人的背脊，孤独所形成的无底洞穴，侵蚀到心里来。伸手抚摸身边正打着鼾的这个柔软温暖的小生命，内心的焦灼感会稍微减轻一些。

我钟爱的尤瑟纳尔[②]，在写作之余，去园中漫步时，也有一只陪在她身边的小狗瓦伦蒂娜。那是一只毛发金黄，样子俊俏而温和的狗，在格鲁乌图的园子

---

① 夏目漱石（1867—1916），本名夏目金之助，笔名漱石，取自“漱石枕流”（《晋书》孙楚语）。夏目漱石在日本近代文学史上享有很高的地位，被称为“国民大作家”。他对东西方文化均有很高造诣，既是英文学者，又精擅俳句、汉诗和书法。写小说时他擅长运用对句、叠句。他对个人心理的描写精确细微，开启了日本后世私小说的风气之先。

② 尤瑟纳尔（1903—1987），真名玛格丽特·德·凯尔扬古尔，尤瑟纳尔是其与父亲一起以姓氏字母重新组合后为自己起的笔名。法国诗人、小说家、戏剧家和翻译家。尤瑟纳尔坚信，历史是一所“获得自由的学堂”，是对人类进行哲理思考的跳板。因此，她特别青睐历史，她的虚构作品漫游于古代、文艺复兴时期，以及20世纪初的广大空间；若用现代的文论言语表达，尤瑟纳尔的所有作品都是互文性的杰作，充满着今与古、此与彼、我与他、灵与肉、具体与抽象的对话。她是法兰西学院历史上第一个女院士。《哈德良回忆录》是20世纪历史小说最优秀的杰作之一。她是对我影响甚为深刻的作家之一。

里快活地奔跑，在女修道院的院子里的黄水仙丛中蹦蹦跳跳，如同精灵。用文字凝固生活里一些微不足道的细节，把它们变为返照心灵的重音，这样做，与其说是在陈述情绪，不如说是在做着深潜在细节里的雕琢。猫老二于我正是如此。米兰·昆德拉[①]在他的《生命中不能承受之轻》的最后一章写道，虽然卡列宁（卡列宁是特蕾莎捡到并一直陪伴在特蕾莎和托马斯动荡人生里的一只小狗）的微笑和它的死让特蕾莎不再怀疑托马斯为她所做出的巨大付出，这让两个人的生活因某种和解而变得轻盈，但昆德拉给卡列宁赋予了太多意识上的感受力，从而让这只小狗变得沉重起来。卡列宁的微笑是形式和内容合二为一的伤感的微笑。但猫老二于我更多是疏解而非隐喻和激发。

在文字的节奏里跑动，在翻开的书页间酣睡的猫老二，一副无所事事却又忙忙碌碌的样子，和人的世界相对应，在猫的世界里，猫老二会不会和我一样也是个书虫的样子？

---

①米兰·昆德拉（1929—），小说家，出生于捷克斯洛伐克布尔诺，自 1975 年起，定居法国。昆德拉把哲理小说提高到了梦幻抒情和感情浓烈的一个新水平。其代表作《生命中不能承受之轻》被评为 20 世纪最伟大的小说之一。

公雨·母雨

这个题目不是我发现的，而是母亲给的。

正午的天空，一时暗得发黑，空气里气流急促，雷雨随着轰鸣声瞬间落下，核桃大的雨点砸在院子里“啪啪”响。母亲站在屋檐下面伸了脖子看砸到红砖地上的雨点。

“是公雨啊，看来这雨下不了几点儿。”

“雨还有公母？”我在屋子里对着屋外的母亲喊。从小到大，还没有听她这么说过。

“这几滴雨周围是圆的，没有爪爪。”母亲指给走出屋子的我看落在眼前红砖地上滴雨的痕迹。核桃大的雨斑周围有稍许溅开的水痕，但不多。“这就是公雨，这雨下不长，一会就停了。母雨落到地上时周围会溅开很多小爪爪，一滴雨里带着好多娃娃，那样大雨就要真的来了。”

雨还在下，没刚才大了。

“你不要乱说了。”平时总拿母亲的话马首是瞻的父亲看我迷糊不解的样子，笑母亲。

“不信你看！”母亲言之凿凿。

像敲门无人应，敲门人怏怏离去一样，雨从天而降，猛砸几下地面，现在几近稀落无声了。奔马一样的黑云划过天空，可以从云层透过的金色光柱里猜想天堂的颜色。没几句话的工夫，天就放晴了。

不管气象学的知识里是否有公雨、母雨的解释，公雨、母雨的概念里都藏着中国人最为朴素的自然观，藏着人与天地循环相连一体的亲密气息。那种阴阳的交融，随着意识延伸，生成着数不清的精灵，在绿草和鲜花的缝隙中，将低微的浮尘中的光晕凝聚推升，然后在冷暖气流中间诞生的风精灵的鼓动下，在众人时常触目可及的自然舞台上，跳起让人禁不住想参与其中的舞蹈。

很喜欢这种对雨的说法，尤其是母亲这样说。

送寒衣

农历十月初一，在乡随民俗里是送寒衣的日子。这寒衣送给爱过、亲过、养过我们的已经化作魂的鬼，送给料峭阴冷时节，可能在某个未知世界的角落里正缩紧了身子的鬼。说到这些鬼，我们心里一般不会怕，倒会有一点温暖，因为今天的我们正是我们纪念的亲人们的延续。

父亲昨天到街上买了白纸、往生钱和冥币，他要给爷爷、婆婆、大伯父，还有几个姑姑准备过冬的资材。母亲要给舅爷、外婆、大舅和大姨准备过冬的资材。我没有多少这样的概念，所受的教育和我的人生旅程，让我对日常民俗觉得有隔膜。时常绕着内心世界旋转的，不是宗族观念，而是一个独立、单薄的自己。我拥有自由，我能够冒险，但我也少了很多的牵连和支撑。我时常以为生死是一瞬间的事，活了尽心活，死了如灯灭。事实上并不是这么回事。

阳光很好，洒满了院子，几乎没有风，空气暖暖的，非常适合坐在阳光下面做些事情。母亲把白纸剪成一件件棉袄的样式，而且还分了单衣和棉衣，说是套装。我问，怎么这么讲究？母亲说，鬼和人一样，也要配套齐全。我完全不懂这些，但就一种信仰来说，怎样信，怎样做，本无可厚非。父亲把冥币均匀地分成几等份，如果分得不均，母亲就会唠叨，说父亲偏心。没办法，父亲就从偏心的那堆里匀出几张来，这种情景倒有些好玩。他们一边忙，一边给我讲爷爷、婆婆、外婆的事，就好像他们都从冥府里走出来，正笑呵呵地和我们坐在一起。

下午，起了风，风吹起枯黄的碎草，草尖在风里顺着风势没有着落地跌宕。

苍灰色的山，在寒风里被阳光照着，安静非常。我端着纸钱、酒水、香蜡，随了父亲，走在山路上，到家族的坟地里，把这些寒衣里的温暖，化成灰烬，由袅袅余烟，把活人的心意送到死去亲人的驻地。

傍晚时分，我随了母亲，到村头的大路边上烧寒衣。路边偶尔有卡车、货车的灯光扫过暗寂的路面，车轮卷起浓浓土腥味的烟尘。烧寒衣的时候，母亲说话的声音有些悲切，我扶着她，看着风卷了烧化的纸的碎末，一直朝着暗夜里看不见的所在飞去。母亲说："你婆该不冷了。"夜风里有些冷，拂过脸上的空气凉凉的。

"外婆该不冷了。"这样想的时候，倒觉得这寒夜里有了一点暖。

冬天里的金翅雀

北方冬天的严寒刚刚来到，村子周边很少见到鸟。嘴里呼出的水汽一片灰白，像是流动的如烟水晶。秋时空气薄凉，在季节的变化当中，绿色逐渐褪尽，薄凉不知不觉渗透到冰寒深处。早晨，可以见到严霜像钢盔一样禁锢住大地。阴云下面，偶尔能见到雪，都是一粒粒的冰晶。暂时还看不到雪片，只有寒流来袭，或到深冬时节，冬天的繁花才会从高远天上飘然落下。这是物候天象里的一处圣景。时常想象冬天的世界是个六边形里的魔盒，每一片雪花里都藏了天地六边的格局。我们的眼睛和我们的内在时常因为自得和激情而处在一片消融的趋势当中，因此把六边的平衡化作了高低不一的陡势。

山脚枯地上，我无意中发现一只冬天里的金翅雀，它体温尚在，却羽翼规整地死去了。我把它带回家，放到窗台上。在我的家乡，金翅雀是人们熟悉的一种留鸟，它站在细细的树枝上一惊一动，很有舞蹈家的一派我动自然动的风采。它有很多好听的名字，比如绿雀、芦花黄雀，家乡人多称其俗名——黄蛉蛉。如果不太注意，很可能将站在树枝上浅吟轻唱的黄蛉蛉当成是一只出类拔萃的麻雀，因为它的形态大小和麻雀一样，但身形要比麻雀苗条、有韵致。和毛色杂乱的麻雀相比，金翅雀的毛色同样也是灰色，但这灰更加细密，质地更均一，这灰的细密茸毛里藏着有一点轻淡柔和的黄晕。

小时候，大人告诉我们小孩子，家里经常见着黄蛉蛉了，就要小心，因为它产的卵和它孵出的小鸟会引来山上的长虫（西北把蛇又叫“长虫”）。但小时候还没有碰到过发现黄蛉蛉后紧接着就碰到蛇的事情。我很喜欢这种形态娇小、姿态优雅、歌喉婉转的鸟。它穿越绿枝，在浅草里翻捡虫儿，样子非常轻快灵活，而且它在忙着生活的时候，还能唱优美的歌。它的乐天和喜不自禁的好动，其中应该藏了自然那根灵敏的琴弦。

死去的金翅雀，像正在酣睡，世间任何的轰鸣都不能再让它醒来，这可能是世上最美的睡意。它在我的手掌心里，随着我手掌的摇动，身子翻来覆去，黑得透亮的眼睛，还没有完全失去水色，但光泽已经不见了。从耳羽和浑身的毛色推测，这应该是一只雌鸟。无法知道它的死因，它的身上没有任何伤痕，不知道是不是饥寒而死，或者不小心遭了毒害。以人的视角，它死得安详又处之泰然。任何一个人，他离开这个世界的时候，如果能够心神如此，都应当感谢苍天。我把一只死去的鸟儿带回家中，可能是一点怜惜，怜惜看到自己喜欢的东西在自然里一点点破碎，终归有一点不忍。一点徒劳无益的善念，引导我把它从枯枝中间捡到手掌心里。

第二天，待阳光照着窗台的时候，我记起这只冬天里的金翅雀来，发现窗台上空空的。问父亲，他说，一早在窗台上发现了一只死去的黄蛉蛉，很是奇怪，就把它丢到野外去了。

有一点遗憾。但也好，自然里来的，终归要回到自然里去，万物的宿命本就如此。在自然里归化金翅雀生命的地方，有一天说不定会长出一丛细密柔嫩的绿草，而这绿草可能正是它的孩子们喜欢吃的。

寒冬依旧，而这只金翅雀夹在这场冬的协奏曲里，成了一个沉默的音符。

十月迎春花

雪疹子散到院子里，一触地面即化，是地气温热的缘故。

“育，迎春花开了。”母亲惊诧、欢喜的声音传到书房里来时，是在冬天阴历的十月初。这个时候，在二十四节气里，正是小雪的末段。

木犀科的迎春花，逢早春初上，寒雪将融时，开精灵一样的黄色小花，这是常理。从三月始，到七八月间，迎春花断断续续，开开停停，停停开开，一直都是这样温和而持续地和时间的利箭夹道而行的节奏，到九月的时候，迎春花就好像累了一样，不再见花，只是尽力抽条长枝。或许是即将到来的严寒让它的心里生了警戒吧。

今年的九月末，暖暖的阳光照了很长一段日子。早上晴好，父母晨练回来时，我刚刚起床。他们告诉我，今天草上的霜多厚，回家来的路上碰到了谁，哪个老朋友或者小字辈又送给他们多少抱不动的新鲜蔬菜，说话的时候，嘴里呵出的白气在阳光的折射里缭绕起来。

不到中午，院子里的光景，又是可以坐在椅子上晒着太阳边翻书边写字的好时光。

或许这样的地气物候，给了迎春花以早春到来的错觉，寒风里，碎雪屑撒落到地上的时候，一两朵跑得最快的迎春花，就在冷风里，开到了母亲的眼前，让她觉得好奇和诧异吧！

我随母亲的声音，到迎春花的藤架下去看。枯叶和硬枝中间，星星点点的迎春花，正逢着地气里的温热，而不是按着所谓天象常理的框架，羞涩地开在这个冬天寒意轻薄的早晨。

偷鸡贼

夜晚十点之后，父母已经安睡，我在书房里翻书，院子里万籁无声，寂静非常。听到大门被敲得沙沙响，似乎是风吹落叶，或者枯草在寒风里相互摩擦发出的声音。但这声音由沙沙声变成细碎的敲击，让人疑惑。快午夜了，还有谁来家里？

推开房门，天地一片灰白，不知从什么时候开始，鹅毛白雪已经盖满院落，窗口透过的灯光照在雪地上，雪中空洞晶莹的反照，浮光掠影一般穿过黑夜。寂静的空气骤然清冷得让人缩起身子。伸手去接几瓣落雪，雪触手即化。我拿了手电筒，去开院子里的大门。快到门口时，听到慌乱的声音，由近及远地消散。

开门后，发现门口雪地里一串串梅花脚印，拳头般大小，在通向后院的矮墙边，是一道划开雪面的印子，似乎有什么东西在慌不择路的时候，在雪地里有过匆忙奔跑中的一段滑行。到后院里各处查看，鸡窝里的几只鸡一只只像泥塑的菩萨，木柴堆和煤炭堆在手电光的照射下黑影翼翼，走近了，发现和平常一样。各处都没有异常，但心里总觉得蹊跷——那是只夜闯人家的野猫吗？

第二天早起，我还在做着迷梦的时候，母亲一惊一诧地在后院叫起来。赶快起床，看到放在院子红砖地上已经冻得铁块一般血糊糊的肉块，我才知道昨晚的事并非雪地上多了几个散乱脚印那么简单——母亲早起给鸡喂食的时候，发现鸡窝里腥血遍地，鸡毛零落，一只原本每天踱着方步，生蛋正欢的母鸡，被吃得只剩下血淋淋的半边身子。

母亲说：“该死的猫吃的，你去看它的嘴。”母亲说的猫，是家里养的那只黑白相间、体胖身圆的母猫。它平日里跟在母亲后面，东家进西家出地串门，它的温顺乖巧被邻居、母亲夸，似乎有点志得意满沾沾自喜起来。它正一脸委屈地猫在屋檐下没有落雪的角落里，我去看它的嘴，猫嘴的四周湿湿的，有星星点点的血丝。这样的罪证让我非常生气，一只家养贼是谁都不希望出现的。我一脚将它踢到雪地里，猫在雪地里滚了几圈，喵喵叫着蹿出门外，身影可气又可怜。

几天之后，周边几家邻居的鸡也惨遭毒嘴，一时间，大家谈鸡色变，到处谈论神秘偷鸡贼究竟是何方神圣，有人说是野猫，有人说是黄鼠狼，有人私下里说是谁家谁家凶巴巴的家猫。从这些现象里，我倒知道了一点：偷鸡贼不是我家的花猫，因为传出鸡遭毒嘴的几个夜晚，花猫被父亲软禁在上房的屋子里，当黑夜中罪恶之嘴伸向可怜的母鸡时，家里的花猫正在暖烘烘的窝里做着鱼骨猪肺的清秋大梦哩。

“我们冤枉猫了。”吃饭的时候，母亲边把几片肉丢给花猫，边有些愧疚地对着花猫说，似乎是对当初无故惩罚花猫的歉意。

等到周围邻家把家养的母鸡杀得精光，都成了过年的年货，神秘的偷鸡贼也就消失不见。近几日里，想起自己踢得花猫在雪地里翻滚的情景，就会摇头：每个人的心里都有一个看不见的贼吧！但花猫老弟倒是对我宽宏大量，时常到我屋子里来，对我瞄上两眼，算是打个招呼，然后毫不客气地跳上床，盘身卧到枕头中央，舒舒服服念起它的弥陀经来。

写这些文字的时候，花猫正用头顶开门帘，朝我喵喵叫了几声，可能是未发现院子里母亲的身影，所以到我的屋子里来咨询一点可供参考的寻人信息。

冻土地

神秘偷鸡贼吃剩的血淋淋的残鸡，母亲让父亲丢到荒郊野外去，父亲却说：“埋到葡萄树下吧。”院子西边虬枝盘节的葡萄树，藤枝如小腿般粗。每年到了夏天，酷暑之下，院子里就会一地阴凉，藤架上挂着几百串金黄色的马奶子葡萄。

寒冬里，第一场大雪之后，院子里扫起来的雪，足以堆成一个和我一般高的雪人，父亲用铁锹将它们铲到葡萄树的周围，冬日轻暖的阳光下，这些原本松软的雪，已经消融成了暗青色的折射阳光的冰晶。雪已完全消融的地方，是一层看上去松软的浮土，我拿了铁锹和镢头，准备在这样的浮土上挖开一个埋鸡的深坑。

松软的浮土只有半寸厚，用铁锹刮去浮土，露出暗褐色的湿土，能看到湿土里交织着折射微光的冰碴子。我抡圆了镢头挖进土里，镢头尖尖的利刃在冻土地上溅起一些碎土星，镢头反震回来，胳膊反倒被铁一样的冻土地震得发麻。冬天的冻地、松软的土和柔肠百结的水，在温度调和师的手里，变成了冷硬又有柔性的大地的铠甲。难以想象，土地是否具有某种自我保护的机能，或者，土地也有它的脾气。在夏秋季节，土地和水像男人和女人一样地结合，并且把丰饶的物产尽情地从土地里贡献出来，以供养动植物的生存。到了冬天，寒意笼罩大地，当万物枯槁的时候，冻土地的坚硬，如同大地流露出来的一种深沉睡意。水在寂静神秘的世界里，悄无声息地渗进土地的深处，动植物的尸骨残根开始糜烂、分解，回归自然的本相。大地在开始自己肌体新一轮的整理、复苏。

很多时候，人类因为欲望驱赶，正在野蛮地剥夺土地自我调整、复苏的时间。我们周围出现越来越多荒败的不毛之地，如果说，这种异变、荒疏中显露出大地的伤口，不如说，这是大地由温顺变得愤怒的前兆。作为土壤和水衍生物中的一员，人没有蔑视大地的资格，而大地则有轻易毁灭人类的力量。

我用镢头死命地挖开冻土，会不会打扰它的沉睡？可能它对这种零敲碎打根本就毫不在乎吧。

浑身冒起热气，我不得不脱了毛衣。父母在边上看我忙乎半天，一块巴掌大的地纹丝不动，又唠叨我不要感冒了，真是让人上火。不得以，找来钢凿和铁锤，像石匠一样，一个方块一个方块地凿下去。好多年没有这样干过活了，一锤一锤抡下去的时候，倒觉得自己肌体里某些年轻活力重新复活过来。冻土像岩石一样硬，又像橡皮一样柔韧，黄土和水，在这样的结构里，似乎是碳的多棱体钢架和胶链剂的融合物，而赐予它这种秉性的，是肆意的寒风和冷漠的冬日。

差不多凿开一尺的深度之后，感觉土质的硬度小了一些，我换用镢头，冻地的反震力越来越小。当抡圆的镢头挖入冻土，松软的土质一下子吞没了多半的镢头时，土地终于解开了它堪比钢铁的铠甲。

死鸡残存的身躯窝成一团，埋入了冻土之下柔软、温热的土层，几个月之后，这团可能算是遭遇厄运的血肉，就能够在一串串淋浴在晨露和凉风的葡萄中间，以另一种形态被走在这个院子里的人看到。

小路

每个人的一生该走过多少不闻其名的小路？

我童年和少年时期走过的小路，当我成年之后，离开家乡，走入城市，它们就在我的世界里沉默了。这次回家，我平时很少出门，熟悉而又陌生的小路，只是在深秋吹着冷风的寒气里，在新春湿雨时节里才匆匆走过。

小时候走过千百遍的泥土路，现在走起来，感觉轻飘飘的，十多分钟就能走到尽头。原本在黄土地上蜿蜒回环的路径，夹在四季分明的时光里。属于自己的纯真岁月，正折叠起来，被眼前忽隐忽现的轨迹收藏起来。

这些所谓的小路，是在一个村落和一个县城的城乡接合部中间，有些路段到现在还存在，有些则已经被民房、小工厂还有沙土石灰的地基湮没。

所谓小路，意思是它被人的脚印揉碾成一串长长的痕迹，但又没有归整过。存在，而没有名字，质地是黄黏土或者红沙土。逢着雨天，小路变得泥泞。小时候，我穿着长筒雨鞋，踩过“扑哧扑哧”的泥水，穿过一片绿油油的田野，到县城的小学里去读书。小路的两边是灌溉田地的水渠，水渠不大，尺把深，平常没水的时候，水渠里长满冰草、车前子、荠荠菜……冬天里的小路，覆上厚雪，走得累了，可以四脚朝天，躺在雪堆里，静静看着天空无垠地穿进心里。童年时期，不怕寒，不畏冷，不像现在。

小路上有过我今天开始写作时发芽的一些梦幻的种子。因此，走在这样的小路上，会觉得生命、人生、时间，各有自己多么奇妙的指针。

说点关于勇气苏醒的事。似乎是夜晚在县城里看过学校包场的电影，一个12岁的小男孩，在夜色笼罩田野的黑沉沉的深夜，一个人死命扯着嗓子，唱着连自己都不明白的歌（有一段时间，我经常自创音调，独自行吟而歌，其实就是朝着天空大地乱吼），穿过阴影步步紧逼的荒野。在那样的时刻，一颗少年的心，既被夜色里未知鬼魂的威吓所胁迫，同样，又用一种固执的勇气，验证了自己可以一个人去走夜路。

这种能力在生活里不断改变多种形态，其中渗透了一些生活世界的经验和内在思考的积累。当我觉得可能自己要放弃某样东西，以屈从于生活的规矩时，这种能力就会不知不觉从心里浮现，为自己的继续前行又一次找到某种坚硬有力的支撑。

所谓“平静的小路”，可能只有现在回想小时候走过小路的情景时，才能理解所谓的“平静”和小路之间是如何建构起一种能够延续久远的关系。小时候，走过小路，我总会编造一些没有边际的小故事默默说给自己听，在小路上奔跑，就如同在和路两边的小草、菜苗、果树赛跑。很多小故事都和小路两边的精灵们息息相关。这种对话，直到今天才能感觉到那种少年心性的天真里深藏的平静。

成长的道路，会把一个浑浊的世界用焦虑的形式推到每个人面前。这种焦虑和那种纯真年月里的自己面对时，才能让人觉察到某种奔涌而来又消逝而去的财富，正是这样的勇气在协助着我们毫不畏惧地前往生命丛林的深处。

小路依然是熟悉的，没有大的地质变化，土地也不会轻易改变它的颜色，它的走向也没有多大变化，它依然那么窄小，没有名字，它属于故乡，属于我的青春年少。我曾经像只小鸟一样飞过它的骨架，我离开家乡时，带着忧虑踏过它。当我重回故乡，带着欢喜经过它。远离它时，生命里有更多美丽的忧伤和喧哗；离它近了，便隐约在这样无声无息、坑坑洼洼的路上，看到些遗失没落的自己，又怎样一寸寸地苏醒，随同苏醒的，还有一些每个人都曾有过的最为珍贵的东西。

辑四

时光小镇

SHIGUANG XIAOZHEN

南瓜花小路

夏秋季节，广西喀斯特地貌的群山中间，居民的日常饮食中多了一道炒南瓜花的家常菜。我这个西北人，第一次吃到炒南瓜花时，味觉上真是有些不适，但又觉得新奇。西北地区因为雨水缺少，气候干燥，葫芦科的南瓜，一根藤上长出一个果实，要将营养供给果实，就要竭尽全力，绿叶枝蔓即使生长，也只能长得紧巴巴。但在南方温润的气候，适宜的环境下，南瓜藤能长得如此疯狂、自由、热烈，几乎算是让我重新认识它。几棵南瓜蔓生攀缘，不仅占领了整个藤架，而且攀上整堵墙壁。新芽采摘一次，花儿摘上一批，隔些日子，新芽又会长出，花儿又会开放。这让人想到西北割了一茬又一茬的韭菜。

机缘巧合，我有机会到广西昭平的黄姚古镇上小住。

傍晚，晚霞将起时，我常会离开租居的房子，顺着青石板街，走入古镇深处。古镇不大，却有三条溪流穿镇而过，不可避免的，总要经历几次躲不开的洪灾。幸运的是，小镇避开了战火的掠劫，自宋朝到现在，腐朽未灭。镇子里的房子坍塌未倒，铁锈色的门窗，似乎总能幽幽飘出些腐而未朽的酸味。走过镇中心的青石板街，身子里的一些时间像是要被周围塌陷的破砖破瓦的魂器吸走。在遇到推开幽深的大门，三三两两出来一边吃饭、一边聊天的小镇居民，在碰上奔跑着跌倒在门槛边上哭喊不起的小孩时，又觉得，小镇时间的不老与延续，正从脚下绵延渗透。

走完镜子一般的青石板路，会走出古镇的一个门楼。门楼边，是悠悠漫流的一条清河，河边的一些旧房子，看上去很久没有住人了。小院的外墙，有些被荒草占住，有些被肆无忌惮的南瓜藤占领，金黄色的南瓜花朵开得到处都是，新芽如蜈蚣一样四处蠕动，南瓜却没长几个。

在镇子里住的时间一长，一些散步的路径逐渐固定下来。我在常走的路上，又发现一条被南瓜藤缠绕的小径。南瓜藤从墙壁蔓延到路面上，花儿也便铺了一地，遇到从矮墙上低垂下来的沉甸甸的南瓜，被一个土台子顺势接住。于是，我便会在散步时，关注起那个南瓜长大了几分。遇到一片被调皮的小孩子们用竹棍屠戮的南瓜藤，花儿碎叶伤残满地，总难掩一点可惜。但也并不太在意，知道过两天，眼前一定会昨日依旧。

吃饭是和房东一家搭伙。最初，房东常会炒一盘蠕虫一样的绿色蔬菜，很是好吃。问房东是什么，她说是南瓜苗。第一次吃炒南瓜花，房东并未说是什么，入口时，咸中带着甜，这种颠覆西北人味觉的刺激，几乎让人放弃。房东说这是南瓜花，听到南瓜花三个字，味觉的隔阂似乎也被打开，这盘菜的香甜便一直持续下去。

有几日，房东要炒南瓜苗，家里的小孩便带我到小河边南瓜藤疯长的地方，去采摘晚餐需要的蔬菜。又闷又热的天气里，嫩得出水的南瓜苗，金粉一样的南瓜花，小孩边摘边你追我赶做游戏。小男孩的皮实、刁钻、顽皮，也让我玩兴大发起来。奔跑中，不知自己踩断了多少南瓜藤，揉碎了多少南瓜花。

疯长的生机，浪掷的精力，这种节奏我并不喜欢，对南瓜苗和南瓜花的兴趣也就持续不了多久。

水临渊

南方的雨季，穿越古镇的河流，因光影的多变，像是飘动在梦境里的彩虹。

夜晚下的雨，早晨停了。

翡翠色的植物，环绕在镇子周围的，如织毯；镶嵌在镇子里的，似耳坠、如手镯、像脚环。浮雾拉缓了时间的节奏，凉凉的叶面上，总觉得有什么东西在叠加，在流转。

穿过青石板街，走过一段泛红的黏土路，就会走到古镇里动脉一样的一条河流中间。河面上，一块块方正的石头铺成的跳脚石，以一条直直的斜线，把几十米宽的两岸串联。

究竟为什么来到这个偏远的古镇，甚至会租了房子住下来，连我自己都觉得像一个谜。

在水面的跳脚石上走过，站在河流中央的石头上时，前不着岸，后不落脚，脚步一时之间停下来。叮叮咚咚的水声敲着耳鼓，静看水面，如被大自然催眠。

水流似乎有些匆忙，我轻轻调整了一下呼吸，为防止落水，稳了稳身子的重心，慢慢闭上眼睛，把双手打开。岸边是巨榕、香樟，两岸是卫士一样高耸茂盛的毛竹林，四周浓荫环绕，阳光被隔在外面的世界。

闭上眼睛的一刻，我心里的一点孤独涌得厉害，似乎有一股旋风，正把自己从这个世界上卷起，这股无法抗拒的力量一时把自己的意识如搅拌机一样搅动。耳边的水流声，像雨打草叶。似乎自己也化为了雨滴，随着风势，落进脚下清河的波纹里。哗哗的水声和哗哗的生命的流淌一时共鸣起来。

脑子有点眩晕，浑身一阵颤抖，我赶忙睁开眼睛，身子斜得差点跌到河里。

水面上的光影胶质一般晃动，撕扯又弥合着水中的一切，四周鸟鸣声时起时伏，飞鸟冷不丁像箭一样飞过水面，水中镜面映照着鸟儿的身影，那些鸟儿不时衔起一片片金色阳光遗失在水纹里的碎片，穿越林子，穿越河流，飞向心中的栖息地。

石跳桥上，我也赶快跑起来，以便让自己尽快从刚才面临的那道奔流湍急的深渊上跨过去。

古镇的清晨

古镇的清晨，幽静沉寂，群山从一片青色中正试图脱出，更像深梦未醒的黛色。离太阳升起还有些时间，微明的光线穿越烟雾，雾蒙蒙的镇子正要被点亮起来。

青烟缭绕，在农家灶房的烟囱里飘起。稻秆和玉米秆的火苗里，油煎豆豉豆腐、香菇蒸饺、肠粉抖动的褶皱、薄玉白粥，带出小镇早餐的阵阵清香。这些烟气把古镇和镇子外面喧嚣的世界隔开。淡青色的烟气逐渐变得灰蒙蒙的，追随着穿越小镇的河流，浮起在一座座石桥上。

这个九月的清晨，梦散得早，人醒得也就早。穿过镇子的小河，和几百年时光里的无数个清晨一样，哗哗的水声试图催醒古镇上睡梦里的人们，却又把更深的梦投入人们的生活深处。

在镇子上生活了将近一个月之后，城市里的一些陋习，不知不觉中被改变。城市的骚动和无聊，正是每一天总是晚睡的原因。古镇的夜晚，整个镇子被蛙鸣和蛐蛐声环绕，农忙了一天的人们早早安睡了，街边酒馆里的灯不到十点也熄灭了。

夜并不很深。白天写了不短的时间，夜晚早早有了倦意。我抱上一本书，躺在床上，翻着书页，不知不觉也睡去了。不是进到梦里去，小镇里的河流洗净内心的很多焦灼，当内心的褶皱平展时，谁又会稀罕梦的诱惑？

早起，我常会到街前的陈家阿婆那里吃早餐。早餐有新磨的豆浆，有米粉包的山菇野菜肉末馅的米饺。吃早餐的人里，只有我是个外乡人，引起了热情爽朗的阿婆的谈兴，在我吃米饺的时候，阿婆拉着小小的竹椅，坐到我的旁边，和我有一搭没一搭拉起家常来。阿婆是古镇的女儿，她熟悉这个镇子的种种典故，明了那些口舌相传的轶事传说，只要我稍一问起某处的疑惑，她会讲上一大串。她那么愿意把镇子里的旧时光翻出新颜色，让外来人看。聊到兴头上，听说我是来写作的，她越发来了兴致：“我给你唱个曲儿吧。”

广西的本地白话转成普通话之后语音有些听不清，但音调古雅清幽，歌儿不知是她自编的曲调，还是从古老民俗中传承下来的老曲。吃着她亲手做的米饺，听着老人兴头颇浓的清曲小唱，古镇的清晨仿佛从时间的此刻，飞到不知何时的往昔。

吃过早餐，结账时，想为刚才的小曲付一点小费，她却问我，是不是好听啊，好听明天再来，给你唱和今天不同的曲儿。小费并没收。

走出小餐馆，街道上漂浮的薄雾已经在阳光里散尽。

古镇入口，分成两条路，一条石板路直通向镇子深处，一条路走下台阶，会来到水边的石跳桥。在石跳桥的石墩上，我会蹲下来，石墩周围，能看到很多啄食青苔的亮绿色游鱼，一群一群绕着石墩打转，鱼儿多到能用手掬起来。

一次，光线浮起，清晨的气息将要散尽的时候，窄窄的石跳桥上突然跑过几个穿着红裙子、黄裙子、粉裙子的少女，我连忙站起，为她们侧身让路。她们仿佛镜中虚拟的精魂，轻灵缥缈地从我身旁穿过，好像侧着身子的我并不存在一样。

小米东·七寸猫·时间的尾椎

外婆说过：“猫管百家事。”她又说：“猫还是家神的使徒。”

信也好，不信也罢，猫从来不辩解，它走路的步伐轻得在时间的沙地上不留下一丝痕迹。

母亲养过各色的猫，像是花猫、黑猫、白猫、灰猫种种。写这些文字的时候，想起乡下家里刚刚走掉的那只闯了祸事、毛色如黑漆般的家猫，关于猫神的影像，在眼前如四色的绒线团子一般滚动起来。

“喵——喵——”猫的叫声里有特别的颤音，叫的次数多了，让人心烦，初听却有十足的魅力。它的眼睛和小爪子会随人的手指而动。你在游戏，它的琥珀一样的眼睛却在无声地言语：“哪里，哪里啊，停下，你这个中了魔怔的怪物，快停下！”猫走路极有绅士的派头，不管走行屋脊，跳过藤架，还是走进书房，都会预先摆出一种不屑一顾的骄傲神气。

“啊，来看看七寸猫，来啊，快来啊！”爬满南瓜藤的矮土墙围着的院子里，房东的儿子小米东大声冲我喊。我在房间里上网，翻书，写字。不知小米东的哪根神经又被绷紧了。穿着布衣小褂，头如西瓜一样圆的小米东，对我这个，不会下地种田、不会插秧割稻、不会下池塘摘莲藕、不会爬山摘草药，城里来的人，好奇得不得了。当他和七寸猫玩出新花样来的时候，总会叫我做他们的观众。

刚到乡下，我连他们家的厕所都不知道在哪里。大人在家的时候，他胆小得不敢说一句话，家里的大人让他叫我一声叔叔，不知所措中他畏畏缩缩地叫不出来。但他常常出其不意地在我的窗台下面大声叫："我要尿尿了，要去尿尿了！"以便引起我的注意。等我走出二楼的房门，在走廊边，想看他在院子里作怪样子时，他又飞快地跑回一楼的屋里，在虚掩的门口探头探脑偷看我。

"去，去，去啊，嘻嘻嘻……"我正在房间里写东西，房门被推开一条缝，然后一个花白相间的小绒线团子被推进来。

"喵——喵——"一只小猫咪很不情愿地叫着挤进门来。那是我第一次看到七寸猫，黑白相间，干净，漂亮。小猫咪吓得快要哭了，有些凄厉地叫着，身后有一双推动的小手。我走向门边，小米东又"嗖"的一声躲得不见影子了。

慢慢熟悉之后，调皮的小米东用老朋友的口气告诉我："猫猫六个月了，就是长不大，我们叫它七寸猫。七寸猫什么都会，会抓小虫子，会唬小老鼠，会荡秋千，会沿着木藤爬墙，会跟着我到田里捞鱼抓虾。它长不大，真像个小怪物，我好喜欢它！"小米东当着我的面，一手捞起七寸猫，放到自己肩头上。

七寸猫只有巴掌大，小米东第一次把它放在我的手掌上的时候，它面对突然出现的这个陌生的悬空平台，眼泪巴巴地不时朝着小米东看，在手掌上颤颤巍巍地转过来转过去，试图找个合适的机会，跃到小米东的怀里。小米东察言观色地看着他的七寸猫在我眼里转动，自己的好东西和人分享了，他心满意足了，说："哎，七寸猫好玩吧！"陌生的戒备心消失之后，小米东不叫我叔叔，而是喜欢喊我"哎"，就好像唤他熟悉的伙伴一样。"哎，七寸猫给你玩吧，我要写作业去了。"我就放下手里的活计，帮他照看他的宝贝。

七寸猫渐渐也跟陌生的我熟悉了。书桌上摆了书、电脑和几盆花。砖红的小花盆里分别种了剑兰、文竹。小花盆是我买的，花是小米东帮我从不知哪里挖来的。他满手泥巴，手上还有血痕，剑兰叶定然很硬。挖了黑土，小米东很老练地把花栽在花盆里。我问他手怎么受伤的，他扬了一下下巴："这算什么！"七寸猫就在书、电脑和花盆中间随意走动，不时朝我"喵——"地叫上一声。

七寸猫到书桌上，就好像到了它出生的母巢里一样舒展放松。它走过花下，草叶被它的身子触动，在它眼前来回晃动。这种晃动，好像有风和它嬉戏，文竹的细枝都被它的小爪子扭断了，七寸猫毫不在意地又抱着几片枝叶打滚。光影从明亮转到阴暗，又从阴暗转到明亮。我翻动书页的手不得不阻止这团绒球过于天真烂漫的动作。于是它扔了怀抱的枝叶，转过身，来和我的手指玩耍。一定有个我所未见的灵，在七寸猫的眼睛里躲闪跃动着引逗它。我所未见的，正是七寸猫所专注的；我所遗失的，正是七寸猫所捡拾的。它一瞬一瞬地扑向时间，好像有个神秘的圆锥，在隐秘时间的舞台上做着陀螺一样旋转的舞蹈。

不知道是我先无聊了，还是七寸猫开始无聊了。它平静了，躺在我的手掌上。我的书没合上，它黑玛瑙一样的眼睛却独自先合上了。它接受我的手指在它的四肢百骸中间游走，以温顺、自得、平静的神态展示一种惬意，向我敞开它全部的信任。我抚摸它，毛茸茸的温暖的感觉淹没了手指。

当我试图抽回手，七寸猫随之变换了身姿。它侧身用带着梦境的眼睛看我一眼，美美地伸了一个懒腰，毛发颤抖着。它转头朝四周看一看，然后站起身，熟门熟路地爬上我的手臂，迈着娴熟小心的步伐，爬上我的肩膀，在肩膀上探查好形势后，伸出爪子，抓着衣服上的褶皱，飞也似地跳到我的腿上。

如果没人来打搅（小米东假如有其他活计要干的话），它就会在我的两腿中间，盘起身子，打起鼾声，把整整一个下午的时光睡过去。

"东东发高烧的时候，这个猫啊，就紧紧靠在东东的额头上，一步都没离开，直到东东高烧退了。我们都快吓死了。东东当时烧得话都说不明白！"吃饭的时候，房东说起七寸猫，说到小米东的发烧，一腔温情在她脸上浮起。她把正在饭桌旁的小板凳边蹭身子的七寸猫一把抱在怀里，用手一遍一遍用力抚摸，七寸猫“喵喵”直叫，表示出自己的抗议。

晚上写东西的时候，房东不允许小米东来打搅：“不要打搅叔叔，听到了吗？叔叔干正事，叔叔在忙！”小米东嘟着嘴，七寸猫爬在他肩膀上，不情愿地叫着。

但小米东有自己的招。乡下人睡得早，晚上九点之后基本都要睡觉了。小米东和爷爷睡一个房间，房间就在我住的隔壁。九点之后，正是我写作清醒的时候。小米东等爷爷睡了，偷偷爬起来，七寸猫像是合伙人一样藏在他怀里，人猫一体，悄悄探头，从我半开的房门口溜进来。

对于一个乡下小孩子，九点之后，乡村空间如沉底的月宫。小米东看我不赶他，就会顶着困倦陪在我身边，看我在电脑里敲下蚂蚁一样的文字。橘红色的台灯下面，他托着下巴，睁着好奇的眼睛，像梦游中的灯神一般问我：

“你在写些啥？”

“在写时间。”

“时间是什么？”

“就是你和七寸猫经常玩的东西。”

“啊，这样啊！”

“我在写你和七寸猫。”

一听这话，他的兴趣来了，坐直了身子，看着电脑屏幕上蚯蚓一样的文字，然后又把在桌子上独自玩耍的七寸猫强行抓过来：“在写咱们，来看啊！”七寸猫有些不愿意地望望小米东，又望望我，“喵，喵”地叫，表示自己什么都没看懂。小米东自己也贴过来看，只认识不多的几个字，只能转头茫然看向我。

“哎，我能！我也来！”他突然伸出手，比画着要到键盘上敲字，向我提出这样的要求。他自己也感觉这种要求有些过分了，脸突然红起来。

经我允许,他在键盘上敲出一组又一组毫无关联的文字,那些文字宏阔深奥,如世纪铭文，没有谁能读懂。七寸猫在小米东身旁，看着小米东的手指头像虫子一样动，也伸出它的爪子，朝着键盘一捞一捞。在时间的键盘上，七寸猫也有自己的一篇传记要写。

望着眼前的情形，如同金刚钻钻透迟钝思想的深海岩层，在沉寂时间的河流深处，那些漂流的浑浊，在灯光下，正被小米东和七寸猫捞起又丢下地玩耍。这种关于语言的神秘启示，在此前我所读过的所有书中，都未曾有过明示，但在此刻，一切经由精神波动的趣味衍生出来的语言变迁，没有由来地如决堤的河流冲进我的脑海。

小镇

到广西昭平的黄姚古镇小住，是我一直以来向往的旅游方式：住到时光和自然天然铸造出来的美景中，住到日常陌生的生活里，然后，让自己消失。

只有让自己消失，对美和安静的拥有，也就变得不可能被剥夺。

黄姚古镇像极了一个古色古香的盆景。不大的小镇里，按八卦的样式，纵横排列着几百户古朴残破的老屋， 有三条浅处刚好淹过脚面，深处可没过头顶的溪流弯弯绕绕地在小镇中穿过。溪流边上，密生着花草、树木和竹林。住在这样的小镇上，把自己镶嵌进小镇百姓的日常生活中。有几时，觉得自己在旅行，因为，对小镇的居民来说，我只是个旁观的过客。有几时，当我坐在租住的农家闷热的二楼房间里，每天按部就班，安静地读书写字，有人帮着做饭、洗衣，有人准时来叫我吃饭，夜晚会有人来拉我去玩扑克牌，居然有种居家的错觉围过来。

“一石，到广西的黄姚来玩吗？”7 月 16 日，朋友在电话里问我。我刚刚吃过午饭，在深圳下沙的出租屋里，正呆呆盯着电脑上闪动的文字，百无聊赖。

“好啊！”几乎没有犹豫，我就答应下来了。

第一次来黄姚时，我、朋友，还有初次相识的小导游，边走边聊天，朋友突然对我建议：“一石，你可以到黄姚小住一段时间，在这里写东西，比在深圳好。”

这样的建议，不久就变为一个事实存在了。原先对黄姚的空幻梦想开始变得平实，我的一些想法随着具体生活的变化在进行调整，每日里安排了不少事，但又觉得并无多少事情要做。这个小镇一点一点进入我的文字，进入我的生命世界里。

「布衣素裙」一家

8月23日下午，阴沉的天突然下起暴雨，雨势像鞭子一样抽着大地，水雾把古镇包裹，雷声很大，似乎天地在某个未知的地方飞快地一张一合，电也突然停了。

没法用电脑，我呆呆望着窗外的雨，突然想在这样狂暴的大雨当中，到小镇的青石板路上走一走。

我向房东借了把长柄的塑料伞，伞很旧了，但并不破，而且结实好用。青石板街上空无一人，只有我穿着拖鞋，踢踢踏踏走在溅起水花的石板上。我之所以要到这样的雨雾里走，原因之一，是昨天和“布衣素裙”聊天时她说的一些话。她说，在阳朔，下雨之后，户外雨地里能看到很多西方的游客，而中国人基本都躲在房间里，西方游客这种在雨中感受自然的心态，真让她羡慕。我记住了这样的话，没有想到在她离开之后，自己也会在黄姚古镇的老街上走入漫天雨雾当中。

“布衣素裙”是我在天涯社区闲闲书话的朋友。最初我们并不相识，只是她的一些文字，读的时候，顺水顺风就到心里来，因此觉得这个人隐隐约约相熟。我辞职回家写《诗经里的植物》时，缺少资料，在闲闲书话里发帖，她要了我的地址，将资料快递了过来。书出版之后，我便想着要送她一本，这样的心态其实浅俗，有点还债的意思。送了书后，我便当一桩心事已了。大概八月中旬，一天接到她打来的电话：“不好意思，一石，书上写的一些植物好像有些问题？”有人会如此详细地读这本书，真是令我惊喜。有些问题电话里没法说清，于是我约了时间，到她家去，看到书里的一些页面被折叠起来，书页上有些地方用笔画了横线，有些地方打了问号。那一瞬间，我有些感动，觉得书在朋友手里不完全成了摆设，自己曾为这些文字经历的日日夜夜都是值得的。她的书房里，关于植物方面的书籍就有半个书架之多，很多都是让我羡慕的珍贵资料，我便知道，她给我打电话，告诉我书中一些让她疑惑的地方，一来是把我看成了一个可以直言相告的人，二来更是为了植物本身——她对植物的兴趣该是超过我吧。

到黄姚的第二天，我正忙碌着协调自己吃住行的事情，收到她的短信，说，可能一家人要来黄姚玩。这么快就有朋友来了，有些出乎意料。

22日中午时分，接到“布衣素裙”的电话，说她已经到了黄姚古镇的售票口。那个地方，离我的住处只有5分钟的路。天气闷热，我去接他们的时候，远远便看到笑嘻嘻的“布衣素裙”、谦和面善的先生，以及他们见着生人有点腼腆的儿子，一家三口正站在榕树碎叶的阴凉里。

将车停到黄姚古镇的镇政府里，到街上寻找吃饭的地方，作为老练的旅行家，“布衣素裙”显然对这种事情比我要在行得多。吃饭时，问及当日的行程，一切都没有确定下来，决定吃过饭后，由导游带着逛逛古镇，再决定是否当天离开，还是住上一宿。

古镇不大，步行走得快些，两个小时就能逛遍全镇。日常的旅游，可能要的更多是一份意外惊喜，不需要把自己的性灵插入所看景致的细节变化当中。

走在古镇的青石板街上，能感觉到街面两边几百年的旧式老屋里透出来陈腐清凉的时间的气息。第一次来黄姚时，听导游用程式化的语言讲一些肆意渲染的古镇传奇异事，我茫茫然听着，反而觉得，这古镇如同一个粉饰过的僵尸。

当走入农家，完全出于惊讶和好奇问导游一些让人不解的问题时，她向我们讲述故事，逐渐有了娓娓道来的语调。这些语调随着我边走边产生的疑问，忽暗忽明，一步步唤醒了古镇宁静幽深的历史里藏着的古老灵魂。一些前朝旧事，近代风云，当代家常，还有诱惑我来黄姚的缘由，这些原木各自独立的线条，不知不觉间拧成一股绳。古今、美景、自我，历史的沧桑，自然的纯美质朴，自我的生命困惑，种种结构里的悲喜剧，拉近了我和古镇的距离。

吃过饭后，“布衣素裙”一家三口由小导游带着，消失在弯弯曲曲的古镇巷道里。差不多两个小时的时间，古镇游的一群人已经结束了他们的行程。小导游带他们到我住的地方。

“我们在古镇的旅店里住下来了，等一会儿，还要到河里去游泳。”“布衣素裙”说。

我曾经问导游古镇里的河流叫什么名字，她说叫姚江。姚江的江字太大了，小河宽处也不过二十来米。她说：“那就叫姚河，姚溪也行！”好像她是土地婆婆，可以随便更改地域河流的名称。我喜欢姚溪这个名字，清秀、婉约、质朴。河水清清的，上面散落着落叶，水流下面铺了数不清的石螺，顺着水流，一群群的小鱼在水里摆动。我既喜欢城市，又喜欢乡村。城市里需要隐忍，更需要激情，能很方便地获得一种让生命绷紧的张力，乡村则能够让身心舒展。城市里隐忍的，在乡村，反而成了一种创造力；城市里激情振奋的，在乡村，就是能平心静气的内敛的安然心神。“布衣素裙”说要留下来，想住上一宿，大概走过小镇，安静的旧屋，水流的温度与颜色，挽留了她吧。

吃晚饭时，因为都学化工专业的缘故，我和江先生（“布衣素裙”的先生）聊了不少，如果我不写文字，那么我们的经历应该比较相似。

可能吃饭的时候落过一点雨，昏黄路灯下，能看到小镇散乱的街面上潮乎乎的。回到住地，临分别时，“布衣素裙”说，明天会早走，就不打搅你了。

江先生的临别话，倒是一份邀请，邀请不久的将来，我能到成都去玩。一些地域让人觉得亲切，可能不仅仅是景致风俗和历史的沉积里有的让人说不出的美和诧异，更是因为有朋友情谊的根须在那里延伸！

第二天下午，我发短信问“布衣素裙”他们下一站去湘西的行程，“布衣素裙”回复的短信是这样的：“我们又当圆规了，走错了路，不知今晚何时到，不过见识了侗族村落，金色稻浪是意外之喜，一路上很美！”

“一路上很美”，还有比这更惬意的话吗？

鬼节

“8月26日之前，如果不来黄姚，就是你的遗憾了。”催我来黄姚的短信里这么说。黄姚对我来说人生地不熟，既不存在什么企图心，也就没什么可错过的。因此，短信里说的“遗憾”让我百思不得其解。

我疑惑地问：“遗憾什么？”

朋友甩过来一句：“过来就知道了！”

8月26日下午，我吃过晚饭，走过街面，看到路边青砖的墙上贴了红色的通告：晚上8点整，黄姚一年一度的槟椂节[①]就要开始，路线从见龙祠一直到仙山祠。想一想阳历8月26日正是阴历的七月十四，才恍然明白短信里“遗憾”两个字的意思，心里感激那个催我来黄姚的人。

关于鬼节[②]，在我西北的家乡是个普普通通的节日，时间在农历的十月初一。这一天所做的事情，是为即将和我们一样度过隆冬的亲人的亡魂送上寒衣。纸质棉衣马褂的样式，看母亲剪过，分别陪着父亲、母亲去给爷爷、外婆送寒衣，一点抚慰，一点悲怆，都是尽的一点活人的心意。在福建泉州的海边渔村肖厝

---

① 槟椂节是黄姚当地人对鬼节的叫法。

② 南方鬼节标准的叫法是中元节，中元节是道教节日。七月十五日为中元节，与正月十五日的上元节和十月十五日的下元节同为古老传统的节日。道教认为，“三元”是“三官”的别称。上元节又称“上元天官节”，是上元赐福天官紫微大帝诞辰；中元节又称“中元地官节”，是中元赦罪地官清虚大帝诞辰；下元节又称“下元水官节”，是下元解厄水官洞阴大帝诞辰。道教《太上三官经》云：“天官赐福，地官赦罪，水官解厄”“一切众生皆是天、地、水官统摄。”中元节时，道教宫观，如地安门火神庙，西便门外白云观为了祈祷“风调雨顺、国泰民安”，照例举办“祈福吉祥道场”。因此，在七月十五日这一天，民间都会准备丰富的牲畜，祭拜地官大帝及祖先。

工作的时候，记得是在农历七月半，当地人为亡魂过节日，厦门一带把这样的鬼节叫普渡节。现在又在广西的地界上偶遇广西的鬼节，因此把自己所遭遇的相似的节日串起来想，倒别有一番民俗的趣味。

下午原本是个阴沉的天，晚饭后，走过街面，感到空气越发潮湿起来。房东家精瘦刁蛮的小米东跑到屋子里："晚上带你去看舞狮子，去不去啊？"离8点还远，我就被他拉着出门了。

夜晚，小镇的街道走起来像个迷宫，从四五米宽的主街，穿过只有一米左右狭窄的巷道，有些路径甚至要穿过一些住家的厅堂。这些路径的形式，让人想起当地人代代相传的亲密宗族关系的血脉。

我住的地方靠近三星楼，我问小米东要往哪里走，他说："去永安门。"出了永安门，就是姚溪，顺着姚溪，过了护龙桥，就是兴宁庙。所谓庙，其实只是个小亭子，亭子的供龛里是个威仪的武将，一脸庄重，在香烛缭绕的烟气当中扎着马步坐着，面容狰狞，像某个龙神的人形化身。走过兴宁庙，就是仙山祠。祠堂是个小广场，鬼节的仪式是从兴宁庙开始的。

绵绵雨开始下，夜幕沉下来。古镇里没有路灯，每隔几十米才会有一盏盏光影暗淡的白炽灯，把微弱的光照到青砖房子的墙壁上和青石路面上。落雨后，白炽灯照着宽窄不一的青石板的夜路，越发像幽暗不明的迷宫在眼前绵延。

将近8点，远处传来紧密喧嚣的锣鼓声。"开始舞狮子了。"小米东听到锣鼓的声音高兴地跳起来。每年这个时候看舞狮，对小米东是个无比期待的节日。"我们到见龙祠去。"他扯住我的手，拉着我在湿滑的青石板路上狂奔。

跑了不到几百米，经过"小桥流水"（架在姚溪上的一座小桥的名字），就能看到姚溪对面的见龙祠。沿着见龙祠的台阶走到河边，是一个能站几十人的水边平台，平台上有人正在点着一捆捆的焚香和烛火。

顺着溪流，能看到水面上有一排上百米长的河灯的灯架，灯架是用三根细竹首尾插上酸柚组成的三角形，将这样的三角形一个一个用绳子串联起来，就是河灯的长龙。一群身上套了充气轮胎的十几岁的少年，手里各自拿着点燃的香火蜡烛，像鱼一样穿行在灯架周围，正把香和蜡烛插到柚子上。柚子灯逐渐点了起来，一条长长的火龙在昏沉雨夜里浮动在姚溪的水面上。火龙的龙头是个用彩纸糊成的小乌篷船，小乌篷船上用很乡土的文字写着山民们对无常命运真诚又茫然的祝福：祖国山河秀，人们志气高。横批是：山清水秀。“山清水秀”是本地人最引以为傲的四个字。黄姚古镇正是这四个字的写照。乌篷船前面依次是两条引着火龙的竹排，打头的竹排上，是一对舞狮。锣鼓声里狂舞的金红狮子，已经不单纯是驱除厉鬼、安抚维护乡民平常日子的神灵，更成了喜庆欢乐的道具。狮子狂舞的形迹在水面上随着一路的烟花爆竹的烟雾在漂浮。火龙后面跟着一个竹排，竹排上有六个上了年纪的唢呐手，唢呐并不是那种婉转凄鸣、呜咽哽塞的调子，虽然含一点哀的音色，但基调却欢快跌宕。

雨势逐渐大起来，河岸两边到处是挤在一起的人群和相互勾连的雨伞。这种景象让我想起家乡的元宵节，但即使是元宵节的气氛，也很难和眼前热闹的情形相比。

游龙到仙山祠之后，我以为柚子灯会熄掉，但河里的灯一直亮着，似乎是让烛火自行燃尽。鬼节到第二天晚上，从 8 点开始，还有一场仪式。想想觉得情形和第一天应该相差不多，本不想去看，但扭不过房东家小米东的拉扯，陪他再去，发现情形和昨天有些差别，柚子灯的长龙依旧，只不过长龙打头的是唢呐手的竹排，而舞狮的竹排却排到了柚子灯火龙的末尾，或许担心鬼节里离了地狱的厉鬼会有偷跑的情形，所以要用狮子的神威看护。火龙游到差不多兴宁庙的河段，唢呐手的竹排继续往仙山祠走，这或许是活人要尽完自己的仪式。而火龙末尾舞狮的竹排则撤去了，一路护着河灯游在水里的少年，要把所有的河灯熄灭。水边混乱的人群开始疯抢四散在水面上的酸柚，这些驱鬼的酸柚，成了鬼节终了的彩头。

还有一个有意思的事，原本青石板铺成的路，石板与石板之间的缝隙，在这样的鬼节里，正好替代香炉，用来插上焚香火烛。鬼节结束后，走在黑漆漆的街面上，老街两边房间的门口，能看到香烛的点点红星，浮动的檀香的烟气，漂浮在街上影子模糊的人群中。小镇一时间变得诡异，透出一股神秘难言的异世之美，难道真有鬼魂在满足地悄然离去？整个古镇陷入一场看不见的亡灵之舞里。

到昭平买书

夜晚下雨，雨势不大。雨浇过老屋屋顶的瓦面和黝黑的树影，白天飞鸟在蓝天下的新枝上惊飞的情景投影在梦里。有一点孤独在心里被捕捉，这孤独变得让人难以抗拒。于是夜里伴着雨声的梦，如烟云雾气的迷阵一样，总是走不出。

只要下雨，黄姚就像陷入一场梦里。千年的老屋成精魂，暮年的老人成精怪。俗言对不对呢？

这样的夜晚，似乎比平常的夜晚要长。我突然想起自己在一个地方蜗居多天，该出去走一走。打算到昭平县城去，买点茶叶和咖啡。

第二天，在黄姚镇子出口的亭子旁等到昭平的车，上午差不多每半小时就有一趟，一个半小时路程。残破的车经过山边弯弯绕的山路，沿着清幽幽的桂江，晃着晃着就到了依山傍水的小城昭平。

站在昭平的街面上，和住在黄姚古镇的感觉相比，仿佛自己从几百年前回到现代时光。沿着街道，走上一条新修的步行街，眼前的情形，和重庆的解放碑、深圳的东门，除了人流，并无多大差别。

街道上人不多，好多新铺子门口贴了降价的招牌，连个歇脚的地方都没有。到一家不小的超市里，竟然没有找到咖啡，茶叶也懒得买了。走出街口，正好看到一家大众书店，本能一般走了进去。到处是学生用书和青春笔记读物，走过几排书墙，觉得失望，准备离开时，眼光滑过书架最末的一排，看到了沈从文的《湘行散记》。《湘行散记》旁边是一排大家小书，于是便毫不犹豫地买了如下这些书：费孝通的《乡土中国》、黄裳的《笔祸史谈丛》、周作人的《我的杂学》、姜亮夫的《敦煌学概论》、翦伯赞的《史料与史学》、沈从文的《湘行散记》。就当这些书是自己想要的茶叶与咖啡了。

晚上，我在黄姚小屋的台灯下，读姜亮夫的《敦煌学概论》，开始在书上做起笔记来。这本书日后把我引向了莫高窟。

时光老人

古镇里多的是老人，和孩子们如绿树河流般童真雀跃的样子相比，老人们就像古镇里暗影斑斑、苍朴宁静的房子。

我作为外来者，生活在古镇里，偶尔也会和这些老人们当中的一两个产生超于平常的交集。随着流水一样的日子过下来，渐渐觉得，缺了这些老人们的身影，所谓古镇，也就缺了从遥远的过去流淌到现在和将来的桥梁。

走过古镇的街面，去吃饭的路上，在街边一间老屋门口，常能看到一个坐在藤椅上的老妇人，雪白的头发用一根黑丝带子拢着，身着灰白麻衫，衣服很破旧，但干净整洁，苍白的脸色，同古镇的砖瓦门窗的缝隙对照，显得更加苍白。她对过路的游客并不在意，只是盯着石头地面或眼前的老房子安然地看着。这个恍然失神的老人，命运的轮回和岁月的挤压似乎正把她雕成一座封闭了悲喜的雕像。从她身旁走过，能明显看到老人额头上鬓角处的老人斑，这些突兀惊人的斑点很像是从古镇老木头房子的色泽里渗出来的。老人脸上的线条并不生硬，反而有一种月牙将要收尽的纤细锐利的柔和。老人年轻时定是一个被这秀山静水滋养，同时也被这古老的镇子把秀眉红妆遮掩的女子。天赐的容颜，为谁梳妆，被谁遗忘?

经过迎秀街的次数多了，远远看到她，偶尔感觉她也会无意中注意到我。这个时候，走过她身边，她会微微转过头，眼睛的深处流转着一点好奇与期待的光晕。老人脸上稍微舒展的线条一时似乎变得年轻。时间似乎静止了。也可能，她未必真的看我，她在看着的，是曾经出现在自己生命里的某次电光火石的相遇，那相遇的细节已经忘得一干二净，记忆里人影的轮廓模糊不清，但曾经有过的心跳又让人永难释怀。我放轻脚步，不知道是不是惊到了她朝我看过来的穿透岁月的一瞥。

古镇的街道上，也常能看到把美术课堂搬到古镇来上的美术系的老师和学生。老街非常适合入画，它是时光被大自然收藏下来的最好的那一类摹本。不少支起画架的学生，在老街上一坐就是一天，笔下画的四季的变化和老时光的沉淀，把古镇里的老屋残墙、石桥、古榕和绿树一一收录。古镇的古老斑驳，显出了凝固时间的深沉厚重，要勾勒心境与个性的独一，倒越发显得艰难。

老人们注视着孩子们日复一日画出它们，看上去无动于衷，或许也会冷冷一笑。每个老人都是古镇历史博物馆的一条长廊，却没有几个人试图从这座博物馆的大门里走进去。

迎秀街上，还有一座日军入侵广西时，时任广西壮族自治区艺术馆馆长欧阳予倩[①]在黄姚避战住过的老房子。我对欧阳予倩的了解，除了这个女性化的名字，还有他扮成青衣后，比女子更让人惊艳的戏中人生，还知道 1949 年，中央请他当过第一任中国戏剧学院的院长。

欧阳予倩的故居顺着街道挤在一排青砖房子中间，高高寥檐下面，是个残破的半掩着的木板门，门口总能看到一个干瘦的长胡子老人，或坐或躺，在扶手椅上小憩。

某天晚饭刚过，我经过那座房子，试探着问老人："老人家，到屋子里看看，可以吗？"

"啊，啊，可以的，可以的，你进来！"老人从椅子上一下子站起来，热情地给我拿椅子，也让我坐。

老人很是健谈，这和平常镇子里遇到的本地人不太一样。本地人对外来陌生人的戒心很是强烈，广西人彪悍的本性也渗透在这样的待人接物里。

---

① 欧阳予倩（1889—1962），男，中国戏剧艺术家，湖南省浏阳市人。他不仅在中国话剧方面是实践和创造的先驱，也是改良旧剧的倡导者和实践者。他是春柳社的台柱、戏剧社的灵魂、民众剧社的主干、南国社的导师，被称为"中国现代戏剧之父"。1938 年，避战乱的过程中，曾在广西黄姚短暂居住，期间进行了桂剧改革的实践。

言谈中知道老人家姓覃，是土生土长的黄姚人。谈到欧阳予倩，他咂咂嘴：“1944年，日本人打到广西，欧阳予倩还有千家驹[①]一帮人，避日本人到黄姚的时候，我14岁。欧阳予倩一家三口就住在这座房子里的。”和所有当地人说的普通话一样，老人在一句话的末尾总会加个尾音很长的“的”。

“啊，欧阳予倩的女儿很漂亮的。”老人这么说的时候，不看我，而是看着我身后黑沉沉的墙壁，脸上的皱纹里随之有微笑浮现。

“他女儿当时和你一样年纪吗？她叫什么名字？”我问。“她叫欧阳敬如，敬礼的敬，如果的如。”老人可能担心他说话我听不清楚，很详细地说了两遍。

“她比我大，那时好像十七八岁了，还唱欧阳予倩编排的桂剧呢！”

我问：“你现在见了她的照片还能认出她当时的样子吗？”

“认得出的，怎么认不出，那么漂亮，怎么认不出。他们一家人都挺好的。刚解放，欧阳予倩做过中国戏剧学院的院长，他了不起。”老人翘了大拇指，显出一种得意的神色。“当时中央请他，家里人本来不想让他去做，他做事是个太认真的人，这样的人我敬他，但这样太劳人。最后不知道怎么答应了。他做事情太认真，死得早，是累死的，如果只搞他的戏剧教育，不去当那个领导，应该还能活得更长一些的。”老人有些遗憾地说。

“欧阳予倩唱的戏你听过吗？”我没头没脑地问。

“欧阳予倩在黄姚编排过戏剧，但他没有亲自唱，他女儿唱过，欧阳敬如唱的，她唱得好，扮相好。”老人又笑了。

“这四个人里，欧阳予倩和荀慧生[②]的关系最好。”老人转过身子，指着

---

① 千家驹（1909—2002），经济学家，浙江武义人，笔名钱磊。1932年毕业于北京大学经济系。1938年，在广西黄姚，和欧阳予倩等人创办《广西日报》昭平版。1949年后，历任中国人民银行总行顾问。

② 荀慧生（1900—1968），京剧表演艺术家，著名京剧旦角，荀派艺术的创始人。祖籍河北东光，初名秉超，后改名秉彝，又改名“词”，字慧声，1925年与余叔岩合演《打渔杀家》起改名为荀慧生，号留香，艺名白牡丹。梅兰芳、尚小云、荀慧生、程砚秋并称四大名旦。

身后墙上贴的积了一层油烟的四大名旦的油画像，这些画像在二十世纪八十年代，应该是农村里最常见到的墙上贴画。“荀慧生唱小旦的，唱得很好听的。”看来老人听过荀慧生的不少戏，我猜想，这可能和欧阳予倩不无关系吧。

和老人聊天，或者更准确地说，听老人给我讲一些和这座房子里曾经住过的欧阳予倩相关的事，对老人，这是他生命里至关重要的一份记忆。对我，却是我把古镇掩隐的时间的云雾拨开，见到它内藏着历史传奇的一份探究。

荏苒的时光，改变着空间、时间和人心的质地，既神奇，又真实。一个艺术家尽着他的心力带给人民愉悦。覃老先生与欧阳予倩一家萍水相逢，这一点点擦肩而过的记忆，到现在在老人身上还能见到光。艺术，通过愉悦的形式，渗透进人的心灵深处，不知不觉，它会将人从时间的牢笼里拉出。

说了不久，老人显出了倦容，我便让老人躺在椅子上休息，自己通过穿堂和天井，到后堂去看欧阳予倩一家的居所。后堂是个二层楼的结构，但木制楼梯上厚积的尘土和暗结的蛛网，说明这里很久没人住了。抬头往楼梯上面的拐角处看，黄昏里，一点即将逝去的光线点点移过楼上的窗棂。恍惚间，似乎有个穿着蓝衣的女孩，轻快地笑着，一下子跑下楼梯，穿过我呆呆望着楼梯的身体，跑过穿堂，走到老街的街面上去了。

我转身走出老屋，向老人告辞。老人站在门口送我，有点不舍地点着头。分别时，从他笑容里，能够觉察，老人应该听人说过我住在镇子上写作的事。

几天后，我邀请老人到我住的地方来，让老人看我在网上找的一些和欧阳予倩有关的照片。关于欧阳敬如的照片，整个网络上都没有找到，或许嫁给田汉公子的欧阳敬如是个生活里非常低调的人。但老人指着欧阳予倩的一张访问图片里一个标致恬静的女子，像小孩子一样对我说：“这个就是她的，这个就是她的，一点没错的。”说完，老人像花儿一样笑起来。

过了几天，我专门把这张照片洗出来，给老人送去。老人接过照片，因为意料之外，如梦有成，惊喜之情让手指颤抖着，一时停不下来。

摸鱼儿

第一次去黄姚，看着古镇边上透亮如玉的流水，我问导游："河里有鱼吗？"

可能觉得这个问题有点莫明，导游用不满的口气说："有鱼啊，怎么会没有鱼！"导游是个溪水一样清、鱼儿一样美的女孩子。相处几个小时下来，看着她喜乐的容颜里，似乎眉目间总藏有舒不开的哀愁，因此像喜欢黄姚一样，对这个生活在古镇里的小导游好奇起来。

水面清澈得让人欢喜，但随随便便走过去，不细心去看，水便只是自然的一座梳妆台，觉察不出水里有什么活物。

读书，写字，清净日子像流水和浮云，心里无风，世界不动。偶尔会有点心烦，于是想到去姚溪里抓鱼。问房东家的小米东愿不愿意一起去，话一说完，他光着脚丫子，跑在我的前面，已经冲到门外去了。他说带我去仙人古井："那里水浅，鱼儿也多。"

被看作古镇一景的仙人古井，其实是在姚溪边上用青石砌的五个水池子，池子底有无法知道根脉的地下水终年涌出。把手伸进水里，地下流水的动感，带着沁人心脾的凉意，瞬间传遍全身。自然带给人惊心的欢喜里，是神安物静的大自然馈赠的勃勃生机。

被明净的地下水淘洗了千年的古镇，可能确有让古镇居民觉得自己是有幸得了仙人之福的一点自得，才给这里起了"仙人古井"的名字。经过漫长时间的打磨，水池边上的青石被古镇里一辈一辈淘洗青菜、浆洗衣服的女人们磨得越发光滑，因此这个临着溪水的平台，看上去倒更像是一面仙人对镜览容妆时遗失在人间的古镜。

五个水池相互连通，最后有出口通到姚溪。古井旁边的溪水深度没不过脚踝，溪水里，水草揽住我的双脚，脚步移动，搅动河底浮沙，溪水一时浑浊起来。

小溪中间，水流很急，站在水里不动，浮沙转眼就被冲走，水很快清澈如初。站在这样的水里，觉得自己在西北乡下度过的童年的梦里那些戏水摸鱼儿的想象，此刻都梦已成真。

河流两边没有水草，水流反而顺着细密的沙层渐趋舒缓，沙面上能看到一群群针眼般大小的小鱼苗，在水流的波纹里如风筝一般飘动。有些拇指粗的鱼儿，只要脚步一动，它们就像箭一样钻入碎石的缝隙里。

我不是摸鱼儿的料，忙碌半天，还没有小米东抓得多。

过了两天，我心有不甘，借了房东家像捕虫网一样的渔网，又到仙人古井旁边来摸鱼儿。几个古镇里的男孩子跟着我到溪边，想看我怎样抓鱼，又怎样被鱼戏弄。渔网的网眼太大，我站在溪水里，很多次看着漏网之鱼逃出生天。男孩子们叽叽喳喳地相互调笑，对我嗤之以鼻。有个男孩实在看不过，急得下了水，捞起水里的田螺，把田螺在石头上砸碎，把肉的碎末和一些叶子丢到渔网里，然后指着渔网让我在水里等鱼儿自投罗网："这样才能抓到鱼的，这里的鱼儿最喜欢吃田螺肉的。"让我感觉自己笨得要死。

渔网下到水里后，我便站在水里等。清澈见底的水里，一群群的鱼儿，先是试探性地碰一碰渔网里的田螺肉，又瞬间闪离，终于察觉危险不大，才一嘴一嘴去叼碎肉。在鱼儿吃得起劲的时候，快速起网。网子里不少活蹦乱跳的银鱼！

还有一件有意思的事，是在一个少人去的水渠（是从一条溪流引到另一条溪流的暗渠）侧壁的石缝里，发现长了好多石螺。刚到古镇的当晚，小导游和她的同学专门抓来很多这种石螺，伴着紫苏叶和小米椒大火爆炒，做给我吃。

逐渐消失在古镇里

从远处看，一个人钻入大雾，往深处走，逐渐就在视野里消失了。

黄姚对我而言就像一团时光里的浓雾，反过来，黄姚也让我逐渐成了一团雾，这是一种奇怪的对比。黄姚给了我奇特的雾化，让我得以从过去几十年的人生形成的一个硬壳里钻出。

带着一点说不出来的寻觅来到古镇。不曾想与原先的预想竟然会有如此大的不同，完全不是人入画中游的纯美想象，也不是一人一事相对时的满足与平和。自己倒越发变得敏感，越发从骚动里品尝出无边的安静。心中以前被压抑的狂想越发任性，越发多态。从没觉得来黄姚是一种避世，倒觉得自己在往自然、时间和生命这些主题更大更深的一个循环里走去。

生活的节奏倒还不错。早晨总想着去晨练，想在喀斯特地貌的秀山绿水中间让自己的脚步轻盈舒展，但可能古镇的山水绿树中间，空气太好了，随处飘动的宁静时常让早晨的我睡得忘乎所以。很多个早晨，一觉醒来，阳光的影子已经静伏在窗边的书桌上。清晨美好的时光，像流沙一样在手缝里溜走，漏下，浪费了。

但是，对如此流逝的时间，为什么心里会没有一点惋惜？

突然没有由来地想开个博客，便开了，随意起了个名字“嗯，就做一只水猴子”，一些日记一样的文字常放到博客里。网络上的私人博客都是一些暧昧的地方，但也藏了一些看不见的台阶，隐约促使我每天检查自己的生活：是脱离了既有轨道，还是依然是个守规矩的司机。

来黄姚的目的，除了一点颇为缥缈的私心，更重要的，是想独自一人，驱除一切杂念，让自己进入一种阅读、写作的状态。毫无疑问，这种想法浅薄、无知，几近于疯狂。拿自己的人生掷向某个梦境的光点，等同于猴子捞月。人们时刻规避这一点，是为了让自己活得踏实。我重视这一点，却是出于一种直觉，觉得写作就是自己本身。还好，《美人如诗 草木如织》出版之后，认识我的人里，用怪异眼光看我的人少了。这让人反思，公众对一个人价值的认定系统同自我价值的认定系统，是截然不同的两套马车。但一个人最终必须要同时跨在这两套马车上，才能真正将写作进行下去。其中难度，真不知有多么大！

书房的窗外，是喀斯特地貌的一座锐利的塔峰，它有时雄伟，有时灵秀，同我写作的心境紧密相关。看着眼前的山，我常会想，写作究竟意味着什么？

杜拉斯[①]在她著名的文论《写作》里说：“写作是我的职业。”这句话对我有命定的指引。这话说的是一种选择，这种选择的艰难和不得不选，杜拉斯只有在“写作”这个主题展开后，才用它表达了压抑在心口的一种倾诉。这样的话无法从嘴里说出，无法去告诉众人它对一个人究竟有何意义，它只像刀尖一样指向选择者，对别人只是风一样的话。

脑子里时常有一些观念的鸟儿，有时聒噪，有时欢鸣，有时枝头惊飞，有时天际翱翔。当一个主题进入轨道，我常会在椅子上坐一天，所思所写会让人

① 杜拉斯（1914—1996），原名玛格丽特·陶拉迪欧，法国作家，电影编导。代表作有《广岛之恋》《情人》等。人们评价杜拉斯的作品：“承认或者隐而不说，形成了杜拉斯作品风格的魅力所在，那种意识的震颤波动。”王小波曾评价她：“现代小说的最高成就者是卡尔维诺、君特·格拉斯、莫迪亚诺，还有玛格丽特·杜拉斯。”

忘了世间的一切。通过文字，脑子里闪动的火花，冷静的激情像激光一样在文字中间移动。如果在写作中自我苏醒的话，这种状态算不算是写作苏醒的征兆？当然，写作没有这么简单，连同苏醒的，还要有性灵的敏锐、观念的洞察，但首先要进入，进入之后，才能谈写作世界里的其他。

寂寞是如此天然的常态，然后是最终之地的孤独。寂寞其实是一种社交选择，孤独则来自生命的本质。但我总会限定自己与外界的交流，只要它对写作产生恶性影响，我的选择总是却步。

在古镇里阅读尤瑟纳尔，是最愉快不过的事情。历史与时间这样古奥的主题，在一个时光小镇里，由解读历史与时间最优秀的作家指引，可以生成多样的演绎。从中觉察到自己历史知识的巨大残缺，这残缺不是知识结构上的塌陷，而是自己并非全然对历史那么感兴趣，自己真正感兴趣的，是时光和人性，是命运与灵魂。在写作的DNA里，我的感受体系总是朝着内部深潜。

晚饭后，在黄姚街道和河边散步，已成常规。光滑的石板路和明镜一样的溪流一路伴着我。眼前秋树的闪光里藏着古镇百姓们的酸甜苦辣，不时投入眼帘。随着对古镇居民生活的了解深入，一窥他们生活的好奇心日渐增长。

农耕归来的古镇居民，在黄昏里牵着水牛走过我身边。这样的情景让人想起陶渊明的《桃花源记》。乡民们脸上流露的神情，有清苦，也浸着安宁，这样的生活有它自身的庄重。初到镇子上，觉得这样的贫苦生活，让人同情和怜悯。但现在，倒为自己有过这样的想法感到羞愧。

漫无目的地边走边看，古镇的夜色恍如紫百合，把我收进它的开放里。

在静谧的夜色里回到住的地方去。一路上，担心着镇子里的土狗突然从半掩的门后黑影里狂吠着冲出，又被夜色里稀稀落落的游客灯火不时照亮眼前，天上星光的钻石把夜色折射成看不透的明玉。时间的薄雾，浮起又散去，笼罩着心头。

镇子里的狗

俗语说：狗非家奴，却是诚仆。

古镇的狗群像是与镇子紧密关联的一道开关。

一天，去吃午饭，走过古镇街面，中午闷热的阳光里，远远看到街面中间，两只黄狗正凶巴巴地对视。我有些迟疑是不是要从这两只狗旁走过。两只狗不时各自露出尖尖的牙齿，“呜呜”嚎叫，神情凶悍，恍若无人。终于鼓起勇气走过去，竟然完全没有引起两只狗的注意，它们竟然把我当成了空气。

街道上别无他物，只有我和两只黄狗，这让热乎乎的空气更加凝滞。我在不远处停下，看两只狗在眼前拉开架势。有一条狗却泄气了，胆怯了，向后退着，呜咽一声，转身逃跑了。

狗是乘势而上，欺软怕硬的动物，尤其对落单、弱小的活物，更会虎视眈眈。

镇子里的大部分人家似乎都养狗，千百年以来，狗群在古镇里已然成势。在这个近似封闭的繁殖系统里，狗与狗之间多多少少都有血缘上的关联。古镇里的狗几乎都是土狗，皮色大多麻黄、麻黑，偶有黑白黄相混的。黄狗看起来温顺，黑狗看上去凶悍、狡猾，花狗更像游走在各个狗群之间的游荡者。狗与狗相遇，从相互躲闪的对视当中流露出来的气息，能够判断不同狗在狗群当中的位阶。

下午游人多的时候，游荡在古镇里的狗看上去非常温顺，任游人怎样侵扰，极少回应以吠声。但在夜晚和清晨，狗群仿佛成了整个古镇的守护者，落单的陌生人很容易遭到狗群的追击。镇子里的人偶尔看到狗对游客吠叫，总会说，不要怕，这狗不伤人。我经过很久，才学会一点和古镇里土狗群相处的方式。想要被狗群认可，则根本是不可能的事。

第一次来黄姚时，和朋友走在老街上，看到一家门口跑着巴掌大的毛茸茸小狗娃，憨态可掬，惹人心喜。朋友说："这狗好漂亮，给我女儿买一只。"走向门口去询问主人，门槛的阴影里突然窜出一只咧着牙齿的母狗。这种家养看门的狗，性格里混同着温顺和野性的两面。狗对古镇和主人的忠诚，往往超乎想象。

住到古镇后，一次黄昏里的散步，由姚溪边上的见龙祠转到新兴街上去。新兴街很短，两边的屋子一直被暗影遮住，昏昏暗暗，似乎一直都是黄昏。我独自穿过无人的街道。街上意外跑来一只小狗，竟然对着我凶巴巴吠叫。用脚拨弄了一下它的身子，用的力稍微大了点，踢得小狗几个翻滚，觉得好玩又好笑。

这下可不得了，一下子捅醒了一个大狗窝。随着小狗的一声尖叫，近旁各门各户的阴影里，"忽"地钻出一只又一只大狗。我在昏暗里看不清这些狗的毛色，只觉得自己陷入了被臼齿和獠牙盯上的深井。我惊得一身冷汗，意识几乎凝固，向后倒退了好几步。还好，狗群不是狼，不具有连续进攻的意识。其中有一只大狗冲到小狗身边，抬头向我猛吠。

在无人的狭窄的街道上，一个完全未知的狗王国向我合围过来，四周都有狗，我甚至都没法转身跑开，只能嘴里大声叫骂警告，慢慢退向一堵墙。平日里样子温顺的狗群，在黄昏时，立刻就会换上这样一副凛然不可侵犯凶神恶煞的面孔。我惊得毛骨悚然，一时不知怎么办才好。

一个木门里有人探出头，冷着脸看了我一眼："不要管，你走你的，你管它们反而会被咬。"试着走，果然，走过这些"凶神"身边，不理它们，它们倒也不敢把人生吞活剥了。因此故作镇静，一步一步狼狈不堪地退出新兴街。走出街道，重新看到石头街面上的人影，我长长舒了口气，才察觉后背湿漉漉的，一片冰凉。

经过那样一遭，每到黄昏，见到镇子里的狗，总有些心有余悸，散步的路径也改了不少。

早晨，我在青石板路上，气喘吁吁中跑过暗青色的晨雾。有些人家的门口，主人还没醒来，躺在门口青石板上的土狗，把身子挺直，睡得正香。这些睡得昏天黑地的土狗，样子像婴儿一样柔软。也有毫无倦意的精壮土狗，三三两两，精神抖擞地跑过街道，灵敏的鼻子把镇子里飘动的种种不同的气味一一收集起来。

雨后黄姚

中午微阴，抬头能看到薄雾轻轻拢着窗外的青山。下午，雨从天上落下来时，整个世界都能清晰感觉到那种“唰唰唰……”的雨声，雨点敲打万物的不同声部，将一首时光圆舞曲在满世界，又在人心上奏起。雨溅在发热的石板路上，升腾起白茫茫的气雾，一股浓浓的水腥气弥漫在空气里。瓦屋灰黑色的瓦楞上，雨花飞溅，水轮滚动，季节藏在古镇深处的车轮开始跑起来。透过抖动的雨帘，远处长身屹立的榕树、慈眉善目的香樟在风势里，斜影飞白，时隐时现。

雨化成一个水晶罩子，只要逢着雨天，这个水晶罩子就会罩在古镇的镜面上。风风雨雨冲刷着千年的古镇，古镇被这样的风雨守护，不仅得自当地居民心上的一点纯朴与慈悲，也是靠了天地自然造化的庇护，才能把古镇的形迹和神情几乎完整地一直从往昔保存到现在。

雨声缠绵，让人感到，在千篇一律的现代社会，古镇更像一个独具秉性的异域，这异域被现代的荏苒时光所遗忘，又似乎被过去的静默时光所收藏。

古镇只要下雨，不管雨势大小，时间长短，总会化为我心里一首擦拭得明亮起来的情诗。镇子给人的感觉，清秀、哀婉总是胜过沧桑、宁静，它是一个女人沧桑与俊美的合体。

雨洗着镇子，就像清水拂过带着斑痕的白玉。在这样的雨天，镇子里过着安贫日子的居民，该是比平日里多些叹息！平日，当我走过古镇里那些残破的老屋，看到昏黄屋子里的木桌上摆的粗粝俭朴的饭食，心里由不得被一股黯然笼住。

去吃晚饭的时候，雨停了，街面上灰暗朦胧，青石板路被黄昏的光线照得发亮。走过雨后路面湿漉漉的斑痕，如同走在一幅笔势正在点染勾勒的水墨画中间。

晚饭后，回去的路上，树的绿影在微风里拂动，雨带来的清凉流动在空气里。转到古镇的湖边（其实是一个不大的鱼塘），雨后的湖边空无一人，古镇周围的山色暗影如黛，夜晚的薄雾轻轻在湖面上的荷叶中间飘起，游鱼的背脊不时在水面上浮动。

绕过湖边，穿过幽暗的巷道，往仙人古井的方向走。平日里路边看到的丛丛苍翠的毛竹，泥墙脚下成片的紫茉莉，从矮墙上低垂盘绕的南瓜藤，在黄昏里，隐隐约约，变得难以琢磨。由仙人古井走到兴宁庙，在流水边小站一会。这里的美不是看远，小桥流水里都是亲近天地的润泽，水色的盈然渐渐会把生命与时间浸染得如万花筒一般多变。

感觉到自己被自然之流无尽地淘洗。

由兴宁庙走过仙山祠，便到了小镇的边界。所谓的边界，其实是一条秀竹掩隐的小道。这个小道，我已经走过好多遍。在雨后的黄昏里，和往日相反的方向散步，这还是第一次。相同的路，换了方向走，雨势改变了古镇的气息，将一种新鲜感投影到我心里。

从石跳桥上走过姚溪，发现急雨过后，姚溪里的水变得浑浊，水面比平日里高出将近半尺，差不多要漫过石跳桥一块块跳石的石面。走过石跳桥时，心里颤颤巍巍，担心一脚踩空，自己便会一下子滚落到浊流翻滚的姚溪里。

景中景

美丽的姚溪在镇子里七弯八拐，像个窈窕清亮的女子。这女子如自然里的雾，随天时气候的变化，行影时聚时散。散步的时候，在河流边上竹林的阴凉里，静静站上片刻，试图在这里听到古镇的柔媚和它轻飘飘的呼吸。

朋友在电话里说，可以在黄姚读一读梭罗的《瓦尔登湖》。

安静里其实更需要读些激越的文字，这样可以避免忧郁和孤独把一个结结在心里。书虽带在身边，却没有去读。相反，梭罗说瓦尔登湖的一句话，倒似乎正与自己此时的处境相对应：

这不是我的梦，

用于装饰一行诗……

写作，直到房东叫吃饭，我才会从藤椅上站起。伸一伸发酸的腰，看窗外阳光下面的真武山，一时变大，一时缩小，察觉自己的大脑依然处在工作状态里。

关于美，说它是现实的图景激起想象中愉悦的精神上的快感，算是；说美存在于所有细节的掩藏当中，等着那双发现的眼睛到来，也可以。美总是距离生成的神奇的魔法。美撞击灵魂，与意识的形成有着紧密的关联。一直以来，美感都是人类文明史最隐秘的一个课题。

黄姚景区门口如拱门一般的龙爪榕，第一次见它，觉得榕树的根须像这样纠缠盘绕，罩在石板路的头顶，遮去头顶半边的天空，还真是很拽的一棵榕树。后来问黄姚本地的老人，说本地人叫这龙爪榕为“向树泥鳅”。参天蔽日的榕树，真有泥鳅游在时光之河里的神奇？

离我住得最近的一个门楼叫三星楼，三星楼是来古镇写生的学生们画得最多的局部景致之一。出门往新街去，就近走总要经过三星楼。经常看到神色专注的学生，坐在离三星楼十多米外小石桥边的芭蕉树的阴凉里，画笔拿起又放下，美在时光里坍塌又重建，色泽与笔调的动荡，在人心上竟然举棋不定起来。画中的三星楼古朴里渗透着沧桑，但从三星楼的门洞里走过的时候，觉得这光滑、冷硬的石板，时间沉寂的门楼，有一种完全与我无关的时间的另一条通道，连接着另外一条无人能知的命运。

古镇里，自然造就的景，画中景，我的想象，时间刻出的轮廓，每一个景聚焦的中心在哪里？夜晚，当我试图把这个问题弄明白时，发现桌上台灯把自己的身影投到身后的墙上，那个影子也正变成一个模糊的图景。

小镇昆虫记

昆虫是自然进化之物，往细微处看，可以说是顺应了天地激烈的碰撞，跨越了几亿年时光的漫漫长河，为适应自然保持了极佳的平衡节奏的生命杰作。但在平常意识里，单只的昆虫是弱小的，是不起眼的，当它侵入我们生活的环境里，人们大多是对它怀有恶意的。

在古镇，认识昆虫和认识人不一样，要认识人，就要从屋子里走出去，到古老房子围着的石板路上，和路上碰到的人，偶尔把一些话题谈到深处。

昆虫则不同，昆虫在白天或者夜晚一些悄无声息的时刻，从住屋开着的房门或窗口，追着光，闻着食物的甜酸味道，扑进屋子。

蚊子闻到血的味道，会亲昵地落到我的皮肤上。椿象、螳螂会冷不丁落到我正在敲打的键盘上。有一些小甲虫会爬上书籍。灯蛾最是烦人，但我也怜悯它们不顾一切追光的劲头。

屋子里这么多不请自到的昆虫，会让人不安吗?

上午，空气清爽，小虫子们一般还没有醒来。这个时候安静地读书写字，记不起有虫子在自己的生活里存在过。

快到中午，世界橘红而温热，昆虫们的活动开始频繁起来。这时候，书房里的昆虫也逐渐开始活跃。

傍晚，没有风的话，房子里一般都潮湿闷热，昆虫开狂欢派对的时间终于到来了。冲完凉，点上蚊香，开始工作，房间的大门就要紧紧关上，窗户也只能留一个小小的开口。点上蚊香熏蚊子，房间里没蚊子的时候，反倒把自己熏得像一只大蚊子。

初到黄姚时，我对一切还不熟悉。一个晚上，我正在院子里的冲凉房里冲凉，冷不丁看到青藤绕着瓦檐的冲凉房的房角边上，有半个巴掌大小的棕色蜘蛛顺着土砖砌成的姜黄色的墙壁，节奏徐缓，步伐庄重，一步一步爬下来。对有蜘蛛恐惧症的我来说，眼前出现这么大的一个蜘蛛，真要被吓死，至于有没有毒，都还在其次。还好手边有喷水的水管，紧张之中一阵猛冲，蜘蛛被冲下墙壁，冲到冲凉房门脚的流水孔洞里，顺着孔洞把蜘蛛冲出冲凉房。我接下来洗澡的动作不可谓不快，几乎闪电一般穿上裤衩，提着毛巾，冲出了冲凉房，担心再迟一点，又会有十只八只更大的蜘蛛，把我堵在冲凉房里。

黄姚给我的最初的昆虫考验，是蟑螂、蚊子和苍蝇。

蟑螂在农家特别多，尤其在水多的地方。如果要把我在黄姚见过的蟑螂和我在深圳下水道出口处见到的蟑螂，抓起来放到一起，做一次角斗士一般的比试，那么，相同个头的蟑螂，一只皮色黝黑、腿脚粗壮的黄姚蟑螂绝对可以挑翻三只身材修长、腿脚苗条的深圳蟑螂。黄姚的蟑螂，让人退避三舍，却又总是退避不得。还好我住在二楼，房间里除了饮水机，其他地方没什么水。住了两个多月，偶尔在夜晚，碰到过几只莽撞无聊的蟑螂爬进房子，没头没脑往垃圾桶里钻，也懒得去管。买过一些蟑螂喷剂，杀死过几只枣红色的蟑螂。在城市里见到蟑螂，那么恶心，但我在古镇里杀死的几只蟑螂，总觉得它们是多么完美的昆虫标本。

古镇迎接我最富激情也最噬血的昆虫是蚊子。不管是出门散步，还是在房子里读书写字，蚊子大妈不仅总在耳边嗡嗡叫个不停，还要亲个不休。散步时，水边碰到的蚊子，姿态苗条，口器短小，缥缥缈缈亲上一口就走，看似只留下一个小红点，时间一长可了不得，这小红点会长成一个大红包，痒得人直想挠穿自己。可能我这个黄姚客人更可亲可敬，初到古镇，我的双腿时常万紫千红，但时间一长，这样的情形不知不觉有所改善，我的两条被河边、路旁的蚊子艺术家们狂热追逐的腿，逐渐回归到光光滑滑的平常面目。只是到了夜晚，碰到身材粗壮、口器长而锋利的霸王蚊子（我这么叫它们，是因为这些蚊子飞行的姿态像轰炸机一样轻盈，胆子大到好像它是人，我是蚊子），躲无可躲，花露水也只能起到微弱的作用。时常被这样的蚊子所扰，只有勤点蚊香，勤扫房间，功效还算可以。蚊子和人类相比，在这个地球上生活得更久，对地球变化的生态，对我这个人类的应对，它们肯定更加得心应手。

苍蝇——乡村里的流浪歌手之一，非常多，也很会选地方，不会到处都来。房子打扫干净了，喷一点杀虫剂，它们就另选歌唱的舞台。只是吃饭的时候，苍蝇像要和你争抢食物，刚开始觉得脏，后来清扫干净了也是如此，也就无所谓了。乡下的苍蝇，与居民住屋周围种地时施用农家肥关系密切。说实话，古镇的苍蝇没有大城市里的苍蝇令人恶心。但也仅此而已。

在生物进化史里，蟑螂排行老大，在地球上的存在史有三亿多年；蚊子排行老二，存在史也有两亿多年；苍蝇排行第三，存在史也有一亿多年，都比人类在地球上的存在史长得不以倍记。它们和人类的关系，既共生，又敌对，相互若即若离，互为印证，互为参考。以人类的标准衡量，可能人类比这些昆虫聪明，但就生存竞争的策略来说，显然昆虫们已经经历过很多很多次的考验了。人类的智慧，地球生命进化的智慧，宇宙循环的智慧，定义之复杂，远不是人类说了算的。

但一些令人喜欢的昆虫，还是不得不说，像螳螂、蜻蜓、豆娘、蛐蛐、蝴蝶、椿象。

西北似乎并无螳螂，我在福建海边工作时才第一次见过。螳螂是天生的绅士和武士。说是绅士，是因为，公螳螂会在和母螳螂交配后，把自己的身躯贡献给母螳螂当作美餐，如此绅士，至少要超过英国人。说是武士，则是因为它们天天扛着两把大砍刀，这砍刀不止砍其他，也可以砍自己。我房间里的睡床用一个蚊帐罩着，这样睡觉的时候，蚊虫就基本远离我。在蚊帐上发现过两只棕褐色的公螳螂，它们身躯修长，姿态端庄，却不怎么警觉。捉它们的时候，它们姿态凶猛，翅膀伸张。这两个“苦丈夫”，不会是为了躲避它们凶悍的老婆，才跑到我的房子里来的吧！晚上读书，从开着的窗户口飞进来过绿螳螂（也就是母螳螂）。透过灯光，它们的身体看上去像绿玛瑙一样晶莹剔透。用手去捉，手没碰到它们的身体之前，它们猫着身子一动不动，好像蓄势待发，一碰到身体，大砍刀挥动，口钳蠕动，翅膀吱吱震颤，试图让人惧怕它。捉过一两次母螳螂，但我更喜欢安安静静地看它。它飞进窗口，姿态优雅，停在窗台橘黄灯光下面的姿态，从容极了。这只翡翠螳螂静静伴着我读书，神情高贵娴雅，那样子的媚态，勾起人的很多想象。天明到窗台上去看，昨晚停留在那儿的螳螂，踪影全无，只余残梦。

来说说蜻蜓。“雨前蜻蜓漫天飞，雨后蜻蜓叶上头”，农谚里的这个“叶”，指的是荷叶。古镇一下雨，就成了一场梦境。雨中，撑着伞，往黄姚的古屋青石巷道里走，这梦境，从古屋的墙缝里，朽木门板的残破纹理里，青石路面的反光里，点点滴滴渗透，组成一张梦境之网。蜻蜓就飞动在这个梦境的雨前雨后，我喜欢镇子里的蜻蜓，喜欢它把古镇的梦在我眼前织得更密。“烟雨时节竹林过，蜻蜓点叶听石鸣”，它们停留在这样的画中，不只是一个静物。

刚开始我把豆娘错认是蜻蜓。停在叶面上时，和蜻蜓平铺开的翅膀相反，豆娘的翅膀是收束起来的。豆娘飞行的姿态，也没有蜻蜓的迅急和缥缈，而是像灵光在扑闪。豆娘的名字名副其实，它的身体像豆芽菜，体态纤巧，像个可人的姑娘。和蜻蜓的相遇需要特定阴湿的天气，碰到豆娘则是平常事。时常在黄昏散步的路上，碰到豆娘在高高深深的竹林下面灌木丛的叶子上，安然歇息，悠闲飞舞。

房东做了好吃的肉粽，用盆子装了五六个，让小米东端到我的房间里来，作为我的早餐。最后一个残存的粽子没吃完，留在盆子里。清理盆子时，在盆底发现了一只蛐蛐，和西北乡下那种黝黑色的蛐蛐不同，这只蛐蛐是灰色的。不知道它是怎么跑到盆子里来，发现的时候已经气息微弱，把它拿到房东家院子旁的菜地里，放到红薯嫩叶下面。清凉的泥土气息给了这个小昆虫神奇的活力，我看到它如同打了个激灵的狗一般复活过来，几个转身便消失在青葱翠绿的绿色缝隙中间。

昆虫的种类见得最多的是蝴蝶，有粉蝶、大凤蝶，还有不知名的宝石蓝色蝴蝶。蝴蝶多是飞在残墙藤架间开放的花朵上。散步走过盛开着的南瓜花、紫茉莉、葛藤花，不管再怎么轻手轻脚，都会惊走蝴蝶。等人走远，蝴蝶又飞回来。飞舞的蝴蝶，很像梦，有时远，有时近。为什么有那么多人喜欢蝴蝶，为什么那么多人喜欢沉醉在自己的梦里，为什么总想要去编织自己的所谓“蝴蝶梦”？

椿象，俗名臭斑虫。问小镇的小姑娘本地话该怎么说，她说的调子，听起来像臭屁虫。椿象总是难以让人喜欢，散发出来的气味那么独特，久久不散。晚上，碰到椿象飞到窗台上，都不敢用手碰它。椿象不要碰就好，它在窗台上像个富贵老爷一样安安静静散步，蛮漂亮。但也不能靠得太近。它的气味真是太浓太浓，让人难说爱它。

书房里还来过食指大的大黄蜂。这个记仇的主，真不知道在哪里招惹过它。我闷着头写字，大黄蜂一下子冲进窗口，嗡嗡嗡到处示威。它一点不怕人类，倒似乎追着让我怕它。我拿起书来，想用书本把它拍死，或者赶走。好像成功过一次。但下一次见到，依然怕它。

河流·拱桥·喀斯特石山

◎ 河流

古镇里相互勾连起来的一条河，按照流淌的水道分，却有三个不同的名字，一条经过见龙祠，叫竹江（几米宽的河道，像节节青竹一样延伸，叫竹溪多好）；一条蜿蜒盘绕穿过镇子，叫姚江（我却喜欢叫它姚溪，姚溪这个名字最先是小导游发小脾气的时候告诉我的，我记下来，觉得姚溪比姚江好听）；一条从兴宁庙前的出口流到姚溪里，叫兴宁河。这些溪流的名字，是我在散步时，和站在渡口边上给游人撑竹排的船夫聊天时，他一道一道讲给我听的。

兴宁河浅清，而竹江和姚溪深翠。常话说“水至清则无鱼”，这说的该是死水。兴宁河水浅得刚盖过脚面，水清得如果让孙悟空说一声“定”，可能眼前沙石滩上除了一片枯叶碎石，这水就从眼前消失了。哗哗的流水里，鱼儿和河边的蚊子一样多，成群结队游起来，气势非凡。竹溪和姚溪的水则像玉一样，温而润泽，站在水边上看，脚边暗绿色的水中，游鱼、碎石毫厘必现。但往流水的远处看，清清的流水像梦一样变得朦胧，这是水里无数看不见的活物偷了找寻它们的温暖光线，反而把清凉明丽的绿色短波还馈到我们眼睛里来的缘故。

鱼儿在徐缓的水里游得不匆忙，大小不一的鱼群游起来，很像演员站在舞台上，层次分明，各有情致。

很多天不下雨，有一天黄昏，从河上的石跳桥上走过，水面降了不少，因此流水的感觉在走动的步履中间几乎难以察觉，一步步从方块石头上走过，突然发现水里有四散惊游的鱼儿，所谓“闲步惊飞四时鸟”，第一次觉得只有在这样明镜一样的水里，才能有这样鱼儿惊游四时的感觉冲击到人心。

除了河道，镇子里还有些沟渠。这些从河流的上游直接引到镇子里来的沟渠，地势要高过镇子里的河床，沟渠的水里，水草繁盛，鱼群、石螺、田螺，一样不少。顺着这样的沟渠散步，走过被水流洗透的农家院落，觉得过着如此清苦生活的农家，才是天然的农家。渠里的水，经年不断，哗哗哗流淌到姚溪里。水渠的功能从水利上考虑是防止干旱，担心穿过黄姚的河流干枯掉吧。

因这样天然水流和暗渠交织的水系叠加，黄姚在我心里变得更加丰满。

◎ 拱桥

镇子小河上的拱桥不少，有四五座之多。最初对这些石拱桥没怎么注意，但住的日子一长，经常从一座座拱桥上走过，便觉得这桥勾连的，不仅是道路，还有生活和人心的纠缠。水上有桥，就如同人衣服上的纽扣，布衣有对襟的纽扣，精美华服有钻石玛瑙的纽扣。河流上的小桥，错落有致地修整着小镇日常的杂乱。

河上架的桥，基本都是石拱桥。对石拱桥的认知，还是课本里讲解的河北赵县的赵州桥。1400 多年前还没有建筑学一说，但普通石匠李春造的赵州桥一立就是 1400 多年，这种稳固性里有天时地利人和，但最重要的还是古人的智慧。

一天，下午的散碎光阴还多，走过新安门，旁边的小桥流水，正跨在竹溪上面。想起一点石拱桥的构造，出于好奇，迈过路旁的台阶，从被水溶蚀得剑拔弩张的石灰岩上小心翼翼爬到单拱石桥的底部侧面。不会游泳，因此不可能钻入水里，游到石拱桥的底部，去看桥体的结构，但从侧面也能大概看得清楚。石桥的地基建在坚固的石灰岩上，圆弧形的桥拱像用圆规画过的一样光滑，从这光滑的曲面，能感觉到建桥师傅让人赞叹的手艺。桥拱是用长方形的梯形石敦按照内外圆弧的曲面，非常标准地相互堆叠压在一起，桥上铺了青石板，这样的构造，桥体的重量越大，石拱桥就越稳固。

古镇经历千年，不知道这石拱桥的桥龄几何，但看这些由民间工匠们凭着勤劳积累下来的经验和个人精巧的心思建构的桥梁，让人觉得，所谓知识，书本上的那些死物，不管在心里堆积多少，如果不把它们变成实在的活物，又有什么值得炫耀的资本。

◎ 喀斯特石山

窗外的真武山已经由盛夏的苍绿转成秋时暗绿朱红交叠的颜色。石头山俏俏立着，最初看上去美丽如画的感觉，几个月之后，又感觉到另外一种琢磨不定的动感。

四周的山峰各自独立拔起，像犀角，像剑锋，如鸡冠。在这样的群峰之间，自己每日静坐，读些闲书，写点文字，隐隐有种奢侈的感觉。但看看日常艰苦辛劳，眉目未必时常舒展的小镇人家的生活，又在自己的感受中感觉到一种肤浅。

坐车经过新修的公路，能看到路两边层层碎裂的石灰岩一叠一叠盖在大地上，这样的情形，倒让人以为，这样一群一群独立妖娆的山峰，一定是大地震怒时，挥拳敲打山峦，山峰的棱角飞溅起来，插到大地上形成的。

小导游说："这里山峰的地质构造，都是喀斯特地貌。"进一步问她，什么是喀斯特地貌，她也无法具体回答。

从查找的资料里知道，所谓喀斯特，其实就是水溶岩，也就是碳酸钙石灰岩经过亿万年雨水的侵蚀逐渐形成的地貌特征。目前地球上15%的地貌都属于喀斯特地貌，这样的数据让我对喀斯特这个名词感觉亲切。从地质学的资料里知道，40亿年前，地球上二氧化碳的含量是现在的20万倍，因为海洋的出现，二氧化碳大量溶解到水里，和岩石中的钙离子结合，形成难溶于水的碳酸钙，大量的碳酸钙沉积到水底，日积月累，逐渐形成了我们今天看到的像千层饼一样的石灰岩。经过沧海桑田的地质运动，裸露在大地上的石灰岩，在雨量充沛的地方,日削月割之下,逐渐形成了眼前的大量峰林——洼地的热带喀斯特地貌。

这个简略的说明，部分解释了我对这片石林石峰的好奇。

古镇的石山，从远处看，都是立纹，而到近旁看，又有层层的横纹，知道这些山石的构成，也就能够明白它们和天地之间各自相互影响的规律。远观是立纹，是有天地风雨这双精奇的手；近看为横纹，则是地质运动保留下来的这些石灰岩层受过内伤的原始痕迹。

在流水边上，能看到石灰岩的石雕，剑峰耸立，峭势逼人。所谓的雕，是天然流水的水波冲淹。这些石头，因为离水近，被水剥蚀的速度，在几十年的光阴里，能用人的眼睛观察到。

石灰岩非常坚硬，却可以一点一点溶解到含有二氧化碳的水中。在喀斯特地貌分布广泛的昭平县，有不少地下水溶蚀形成的地下天然溶洞，洞穴里流水潺潺，钟乳石、石笋，各安形态，悄然林立，因为不可知的自然之手，这些无生命的钟乳石、石笋在想象里似乎是活的。

割稻子

10月将到末尾，黄姚的秋稻熟了。走出镇子，往昭平的方向，公路两旁能看到成片金黄色的稻穗在风里摇摆。7月，初来黄姚时，水汪汪的稻田里还是一片嫩绿，稻子的青苗只有一乍长。稻子一眨眼就到了成熟收获的季节，时间快得惊人。

10月中旬，我曾问房东："割稻子的时候，我去帮你们，行不行？"回答是："你不忙的话，来帮忙刚好。这个时候，家里正忙不过来。"

割稻子，对从小在北方吃着麦子长大的我来说，还是头一次，因此觉得既好奇又好玩。

一天早晨，天色半阴。院子里，房东家的小米东问我："我妈今天去割稻子，你去不去啊？"我上午要整理写作的资料，没法去了，就说："我下午去。"

在黄姚的几个月当中，大多数时间都是绕着镇子穿行，极少出镇子远行。

写作的任务完成后，我沿着阳光照着的公路，一路走出镇子，按房东所说的方向去找紧靠公路边上房东家的稻田。走出镇子，转身去看，眼前是一片开阔的平坦地带，我的身后是连绵的喀斯特群山。从群山的包围中走出，真有种恍若隔世的感觉。

稻田找起来很方便，离开镇子，沿着公路步行10分钟，右侧紧靠路边的一块稻田里，能看到已经割完一片稻子的房东，还有一个前来帮忙的亲戚，正在一台脱粒机上给刚刚割好的稻子脱粒。我学着他们干活的样子，笨手笨脚地开始忙乎起来。

原本以为稻田里会到处是泥，没想到黝黑的泥土就像稻田的肌肤，泥巴一点都不会沾到鞋子上。淤泥里能看到不少拇指大小的田螺，还有很多粉红色的福寿螺的卵，在割稻子的时候，从寄生的根茎上掉落到稻田里。

一片稻田割好，在地里脱完粒，把脱下来的稻米装好袋，然后到房东家不远处的另一片稻田里继续割。房东说，这片种的是江米，我才发觉，不同的稻田，种着的是不同稻米的品种。

我小时候在西北见过割麦子，用的是木柄的镰刀，房东给我割稻子的工具，却是尺把长的像阿拉伯弯刀一样的镰刀，手柄是塑料的，弧形的刀刃是锋利的锯齿。这种镰刀割起稻子来非常称手。我埋下头，弯着腰，按着一种自然省力的节奏，黄绿色的稻子一小片一小片在眼前倒下来。这种劳动的感觉，真是舒畅。一个写作者正需要有这种收割，不知不觉中流很多汗，让汗水模糊了视线，让叶子的碎屑和泥巴沾满双手，才能够觉得自己写下来的一切，和土地，和人心，和自己生活的世界，发生着怎样的关联。

割着割着，我的腰和胳膊开始发酸，于是一次次频繁地抬头，直腰。我已经汗流浃背，房东和帮忙的亲戚的脸上却只有微小的汗渍渗出，他们劳动的神情苦哈哈的，很少开玩笑，却对我干活时莽撞任性的样子有一种体谅和理解。

原本以为割稻子是件轻松的事，而实际却是流着汗水，腰酸背痛，忙碌依然停不下来。才发觉，肉体的困乏，贫瘠的土地，死死把肉体和观念锁在生活里。稻田里的一切其实基本都是古镇居民生活的延伸。稻田里的土地显得浑厚深远。古镇沁入我心里的颜色，变得超过了梦幻与歌咏，显得平凡而亲切。

割过稻子之后，第二天，我的两条手臂上起了密密麻麻的小红点，这些红点不痛不痒，只是看上去无比怪异，难道是感染了意外的疾病？房东说：“城里人真是细皮嫩肉。那是割稻子时，稻叶的硬边把皮肤划破了，过几天就好。”果然，不到一个星期，手臂上的小红点就都消失了。